滴水穿石
——脱贫攻坚福建故事

《滴水穿石——脱贫攻坚福建故事》编写组　编著

海峡出版发行集团 THE STRAITS PUBLISHING & DISTRIBUTING GROUP | 福建科学技术出版社 FUJIAN SCIENCE & TECHNOLOGY PUBLISHING HOUSE

本书编写人员

温铁军	黎 昕	薛 东	黄跃东	曲鸿亮	林淑霞
张文彪	许维勤	耿 羽	任君翔	吴美章	储白珊
刘国军	庄亚界	谢振华	张永定	吕云河	程枝文
吴军华	吕田田	叶陈芬	白 冰	吴旭涛	李加进
吴苏梅	张 辉	王一雄	李向娟	蔡雪玲	王婷婷
张 颖	陈晓星	曾 程	王 帅	庄 严	洪雅君
阮锡桂	陈 旻	方炜杭	张维璟	陈木易	郑景顺
许珊珊	阙国豪	李志兰	谢开飞	黄琳斌	徐树才
吴启荣	洪锦城	张文艺	陈绿原	陈景军	罗清武
高 博	邓忠卫	邱洪福	熊星婷	林 奥	杨珊珊
韩 超	杨心亮	朱苑璟	叶国强	卞军凯	张 杰
陈天长	楼卫东	吴金垵	谢星星	叶欣童	叶义斌
陈永章	范陈春	陈锦雄	吴庆堂	裴 贤	项裕兴
杨燕蓉	魏兴谷	王树瑜	马啟燕	吴通华	戴 敏
赵锦飞	徐庭盛	曾大龙	黄水林	郑雨萱	吴振伟
李典利	邓 婕	康泽辉	夏思萱	游笑春	吴恩儿
黄如飞	萧镇平	张文奎	林 密	王宗平	

出版说明

2020年是决胜全面建成小康社会、决战脱贫攻坚之年。

福建是全国较早实施扶贫开发战略的省份，在全国率先开展有组织的开发式扶贫，践行“滴水穿石”“弱鸟先飞”精神，创造出许多引领全国扶贫开发的宝贵经验：山海协作联动发展、造福工程扶贫搬迁、选派党员干部到重点贫困村驻村任职、科技特派员当起农民致富帮手和高参……

尽锐出战，多管齐下，福建走出了一条特色鲜明的脱贫攻坚之路，让福建人民朝着共同富裕的方向稳步前进。

摆脱贫困，并非一朝一夕之功，更非唾手可得之举。回首来路，才能更好地走好未来之路。

基于此，我们撰写了50篇福建省脱贫攻坚故事，内容涵盖驻村扶贫、产业扶贫、科技扶贫、生态扶贫、山海协作、社会扶贫、易地扶贫、保障扶贫等诸方面，重点反映福建的特色，旨在记录福建扶贫一线人员的责任担当，展示福建精准扶贫的丰硕成果，分享减贫伟业中的“福建经验”。

书中还收录温铁军撰写的《我国国民经济不同阶段反贫困战略演变》和黎昕等人撰写的《改革开放以来脱贫攻坚的福建实践》两篇文章。他们分别从专业角度论述了我国扶贫工作的历史背景和福建省脱贫攻坚的特色经验，以便读者更好地理解福建脱贫攻坚的思路和举措。

本书编写组

滴水穿石　久久为功
（代序）

温铁军

福建的脱贫攻坚经验证明：受到地理环境约束造成物质层次的贫困，不仅能够被实事求是地坚持滴水穿石的艰苦奋斗精神所逐渐缓解，而且最终会被举国体制的制度优势所克服。

有“东南山国”之称的福建，境内山地丘陵面积约占全省土地总面积的80%，仅东南沿海一侧有少数平原分布，因此被称为“八山一水一分田”。福建历史上靠传统农业，民生多艰，贫困属于常态，遂有大量人口流落海外成为侨民。

近代工业化成为主流以来，福建虽然临海却没条件辐射内地；因受困于地理环境，“闽道更比蜀道难”，民国初年的《道路月刊》曾评价：“闽省腹地，山脉绵亘，道里崎岖，鸟道盘纡，羊肠迫隘，陆行百里，动须旬日。”长期以来，交通都是制约福建经济发展的瓶颈。由此可见，即使福建工业化开发有资源条件，但其物产却难以流通。

福建沿海的集中连片贫困地区宁德，地处长江三角洲、珠江三角洲及台湾省三大经济区的中间位置，独具“北承南联、西进东出”的区位优势，又拥有世界良港三都澳。然而，宁德曾因长期贫困而被称为“黄金海岸上的断裂带”。1985年，闽东地区是全国集中连片贫困区之一，当时宁德地区的9个县有6个被认定为国家级贫困县，120个乡镇有52个被列为省级贫困乡镇。

当年宁德发展不起来是有客观原因的：一是受地理环境的约束，二是受宏观环境的约束。

（一）山海赋予宁德丰富的物产，但也阻碍了物产的流通

宁德，山海相连，物产丰饶。她是闻名全国的“银耳之乡”“紫菜之乡”“大黄鱼之乡”。其四季柚、槟榔芋、晚熟荔枝、芙蓉李、黄桃、竹笋、油柰、无核柿等均为知名果蔬特产，油茶籽、茶叶等产量位居全省前列。但长期以来，宁德地区却面临着“一方水土养不活一方人”的窘境。

——地理条件限制了发展空间。宁德从地理的角度看就是微缩版的福建：地势西北部高，东南部低，中部隆起，大致呈“门”形的梯状地势。宁德背山面海，内陆5个县除古田外，县城的海拔均在600米以上，其沿海4个县市区都只有很小的谷地和滩涂，水深港阔，但缺乏腹地，被称为“九山半水半分田”，工农业发展用地奇缺。

——天然良港长期未能充分开发。宁德本有天然良港，具有对台优势，然因其战略地位重要，长期以来作为海防要地，经济不发达，运输量不足，海陆交通不衔接，经济腹地不足，港口不能得到很好地开发。

宁德海域面积4.46万平方公里，海岸线（不包括岛屿）长943.2公里，浅海滩涂9.34万公顷。区域内有岛、礁、沙、滩、岬角、水道、河口共1215个，大小港湾29个。其中，三都澳深水岸线长度居全省港口之首，同时三都澳水深港阔，避风条件良好，不冻不淤。其地理位置恰居我国南北海岸线中点，是闽东沿海的“出入门户，五邑咽喉”。19世纪末20世纪初，美国一直觊觎三都澳，并宣称：美国如取得三都澳，太平洋就会成为“美国湖”。抗

战前，三都澳为大半个中国供应“美孚石油”和其他日用品，是当时宁德战时经济的一个缩影。1952年6月，三都澳被辟为军港。

三都澳的经济区位，从国际层面上看，该港口处于太平洋西岸国际诸航线的中心位置，与南北美洲、大洋洲、亚洲等许多国家和地区的环太平洋航线联网，有建设成为国际商贸中转港口的条件。从国内层面上看，该港口位于中国海岸线中点，处于长江三角洲经济区和珠江三角洲经济区的中间地点，北邻浙南中心城市温州，再往北是以上海为中心的长三角经济区；三都澳距基隆港仅277公里，有条件接纳台资与劳动密集型产业从台湾转移到大陆，发展本区外向型经济 。

然而，用本地老百姓的话说，三都澳命运多舛，“10年前线、10年内乱、10年军事禁地”，一直处于待开发状态。当地干部与国内航海学家为三都澳的开放开发做了不懈努力。然而，直到1992年宁德成为国家级“开放促开发扶贫综合改革试验区”之后，次年9月，国务院才正式下文批复，同意三都澳城澳港对外开放。

——交通落后阻碍了地区发展。福建省十分之九都是山区，使得福建省内陆交通的发展很困难。鹰厦铁路建成于1957年，这也是福建的第一条出省的铁路通道。福建的第二条铁路线是从江西横峰到南平，即横南铁路。这两条铁路是福建最早建成的通往外界的路线。除了古田站以外，当年宁德其余各县市均不通铁路，交通运输基本倚仗一条山区公路。宁德没有民用机场，长期依赖福州机场和温州机场与外界相连。

“闽东老少边，公路绕山边，铁路沾点边，坐车一直颠”，是对当时宁德地区交通现状的高度概括。交通落后限制了物资的运送和商品的输出，导致商品经济的发展滞后，处于闽浙交界地区的宁德根本无从发挥其边界门户型的区位优势。

宁德位于福州、温州两个开放城市的中间地带，然而被南北框形的大山阻隔，无法得到外向型经济为主的福州经济模式和“小商品大市场”的温州经济模式的辐射带动，无法形成与福州、温州相配套的产业，共同发展。

记得1992年我来考察扶贫开发试验区立项的时候，至少要翻两座山，早晨从福州出发，下午才能到宁德，交通非常不方便。因大山阻隔，宁德无法融入福州的经济圈。

我认识到，宁德和北面的温州相比，资源环境条件稍好一点。改革开放之前，宁德的农业资源还能够维持基本生存，所以宁德无需像温州那样有几十万人在外边捡破烂，收废品。这些在外的温州人在改革开放之初给温州带来了一个靠废品经济跨过“资本原始积累”门槛的机会——淘塑料，这样就有了塑料行业；淘废旧电器，温州变成低压电器制造中心，后来发展成亚洲地区最大的低压电器集散市场……

福建省委原书记项南同志说：“我做梦都想着福州至温州能通6车道的高速公路。公路一通，闽东的门就打开了。” 闽东的高速公路建设可谓“醒得早，起步晚”。早在1982年，大陆还没有一寸高速公路时，时任省委书记项南同志就提出了建设高速公路的设想。直到1998年，罗宁高速公路飞鸾岭隧道胜利建成通车，宁德至福州公路行程才缩短至约一个小时。2009年温福铁路正式通车运营，宁德一跃进入“动车时代”，到福州的时间缩短到40分钟。至此，宁德与福州的“一小时经济圈”终于形成。这为2000年宁德撤地建市之后20年的支柱产业发展创造了基本条件。

（二）20世纪80年代末90年代初，希冀大发展却遭遇宏观经济波动

1987年，宁德地区财政总收入刚超过1亿元，在福建省排行倒数第一。随着市场化经济改革的展开，宁德与临近的福州、温州、广州等东部沿海地区发达城市的差距逐渐扩大，被称为黄金海岸线上“经济断裂带”。次年6月，习近平同志从厦门来到宁德工作。

为解决贫困地区工业化“无米之炊”问题，有干部期待解决三大事项：

开发三都澳港口、修建福温铁路、建设中心城市。习近平同志认为不太可能，因为港口、铁路有赖于国家的决策，靠闽东自己是难以投资建设的。当时国家建设资金严重匮缺，福建省老港口还吃不饱，国家资金不可能投向宁德。宁德既不是经济中心，又不是原材料产地和物资集散地，因此铁路和港口建设都面临资金短缺的制约。

面对“老、少、边、岛、贫”的现状，习近平同志提出了“滴水穿石”和“弱鸟先飞”的精神和理念。他认为，宁德的发展要立足实际，充分利用好现有条件，实现逐步发展。不要有超过现实的思想，急于上大项目是不切实际的。同时，他还辩证地提出“毛羽不丰满者，不可以高飞”，可能性和必要性不等于必然性，决策需要考虑到国情、省情、区情。

事实上，习近平同志作为地委书记对他主政的宁德地区提出“弱鸟先飞”的策略，认为发展需要有一个渐进的过程，显然基于当时快速发展的宏观条件并不具备。

20世纪80年代农村改革带动的“乡镇企业+城镇化”成为有效拉动中国内需型经济增长的动因，但又因农村大量占用原材料和工业产品这两个市场，而促推了1988年由“价格闯关”引发的通货膨胀形势严峻。1988年，发生年度居民消费价格指数（CPI）高达18.6%的恶性通货膨胀（“物价改革”提出之后月度最高上涨率为26.7%）。接着，1989年发生以企业“连锁负债”为表象的生产停滞。这就是典型的滞涨危机，伴随着20世纪80年代中国市场经济的发展而爆发。1989年政治风波后，正处在工业化高速成长时期的中国，突然遭遇外资陡然中断，这时资本极度稀缺的危机是空前的。中国经济增长速度从1987年的11.6%下降到1989年的4.1%，1990年则进一步下降到3.8%。同时外部环境发生了剧变：苏东解体。

1992年，全国财政收入3500亿元。其中，中央收入1000亿元，地方收入2500亿元，中央财政支出2000亿元，赤字1000亿元，当年的赤字大部分向银行挂账。在这种情况之下，1992年由国务院批准成立的闽东“开放促开发扶贫综合改革试验区”可以用“臣以险衅，夙遭闵凶”（《陈情表》）来概括——生不逢时。尽管宁德申报成功国家级试验区，但仍然没有发展起来。因为那个年代不具有投资的条件。

——错失发展外向型经济时机。1989年西方制裁中国，外资一下降为零。经济大萧条情况下，中央加大对外开放政策力度。这使得20世纪90年代初珠三角代表的“岭南模式”发展起来，甚至超越“苏南模式”，一定程度上这也是被西方制裁逼出来的。原来我国对外资还有规模、比例、投向等限制，但当中国工业化高速增长、外资却突然中断的时候，珠三角率先放开海外投资的限制，吸引了大量海外华人资本投资的劳动力密集的轻型工业，演变成以“三来一补”的加工贸易为主的外向型经济地区。过去还老黄瓜刷点漆——装嫩，给二手设备刷上漆当一手设备卖给你，现在漆都不刷了，直接把二手设备卖给你，按一手设备卖钱。于是，中国沿海的外向型经济基本都变成了“港台为前店，内陆为后厂”的外向型经济，进出口占国内生产总值（GDP）比重一度高达70%。而同期的美国才27%，我们最高的时候是74%。

——资金长期外流，并不支持本地经济发展。宁德因交通不便，相较于福建其他沿海城市，并不受这种低端商品生产的外商所青睐。

尽管宁德本地经济落后，但是金融机构长期是贷款大于存款。宁德人外出谋发展，带动资金外流，并不支持本地产业发展。比如20世纪80年代以来，周宁人陆续赴上海从事钢贸生意。周宁县约21万人，在外经商就业人口达8万余人。因上海市金融机构对钢贸企业信贷业务准入门槛较高，致使在沪经营钢材的周宁企业不得不转向周宁当地寻求资金支持。金融机构流向异地的信贷资金占全县贷款总量的50%以上，外流的民间资金占民间融资总量的80%以上，这就使得原来就资本高度紧缺的宁德本地经济难以得到发展投资 。

从2001年以后，钢材贸易开始从最初的纯实业经营逐步演变成了一种上规模、规范化的融资模式：民间标会或高利贷—钢贸商户—钢贸市场和担保公司—银行—民间标会或高利贷，链条上的资金暗流涌动，民间拆借利率也随之一步步被推高。这个链条被一部分人不断地重复操作。说白了，就是以钢材贸易套取银行贷款 。钢贸产业贷款的资金实际流向，往往是进入了高回报率的房地产、高利贷行业。这些投机行为给宁德本地带来的只能是负面影响。2008—2010 年这几年，只要在钢贸市场租个店面，凭借一张周宁人身份证就能贷到500万元的款项，紧接着就可以开公司、买豪车、住豪宅，那段时光被业内人士戏称为“捡钱时代”。2013年美国停止量化宽松，世界钢材市场价格陡然下跌，进入通缩，引起国内钢贸市场危机爆发后，周宁县金融机构汇票业务出现垫款3.46亿元，形成大量不良资产 。

（三）新世纪中央财力不断提升，有效实现地区差距再平衡

借道新能源产业，宁德迎来“穿石”时刻。长期的“滴水”过程，就是为了迎接“穿石”的历史时刻。对宁德来说，锂电池产业链开启了宁德的新时代。

2008年宁德核电站开工，2013年投入商业运营，为宁德工业生产提供了充足的清洁电力。

在党的十七大确立“生态文明”发展理念之后，2008年国家开始鼓励示范城市开展新能源公共交通，并提供大量补贴。同年，新能源科技有限公司总裁曾毓群回自己家乡宁德蕉城兰田，斥资2亿美元投资全国最大的聚合物锂离子电池项目。2011年底，纯中资公司宁德时代新能源科技有限公司在宁德成立。同期，借势国家新能源战略带来的大量补贴，国产锂电池全面增长，宁德时代凭借优异的技术领先优势与成本控制能力，迅速在国内市场站稳脚跟。

2012年新一届中央领导集体产生之后，国家推出以国债投资基本建设为主的“新举国体制”，宁德也进入加快发展的机遇期。

2015年，沈海复线宁连高速飞鸾互通至罗源界段通车，从此宁德至省会福州无需必经飞鸾岭，限速也从原来的80公里／时提升到100公里／时，福宁一体化发展再提速。这一年也是宁德市高速公路建设的收获之年。2015年，宁德市共有7个在建高速公路项目，建设里程为福建省最长。高速路的建设有助于拓展宁德城市发展空间，推进蕉城区、东侨新城区、工业集中区和三都澳港区的空间整合，加快宁德市区东部区域开发，强化与省会中心城市、浙江省等长江三角洲地区之间的经济协作。

随后宁德进入了经济发展的高速路。2018年，上海汽车集团股份有限公司（简称上汽集团）与宁德正式签约，建立上汽集团乘用车宁德基地，面积约为6800亩（1亩=1/15公顷），是上汽集团创新发展的“航母基地”，打造上汽乘用车重要的出口基地之一。随之而来的是昆山沪光汽车电器股份有限公司、上海汇众汽车制造有限公司、上海凯众材料科技股份有限公司等26家上汽宁德基地项目配套供应商企业正式落户蕉城三屿园区。

宁德时代锂电产业优势，带来了强大的产业链集聚效应，并迅速形成对全国甚至全球市场的优势。结果是，宁德的外贸出口依存度从2016年的2.11%左右迅速增长超过11%，2019年已经接近12%，其中近一半（约6%）是贸易顺差占比形成的外贸依存度。

显然，经过长期的“滴水”过程，久久为功，宁德终于实现了“穿石”效应。在高速路和高铁等基础设施完全突破地理条件约束之后，在国家新能源战略的东风之下，以中资驱动的锂电池技术创新和产业集聚，利用黄金海岸的地理优势，宁德建立了面向世界市场的出口导向型经济，补上了黄金海岸线上本已断裂的经济带。

滴水穿石，需要一个久久为功的长期深化过程。这正是共产党人习近平同志在那个时代的实事求是的发展观。

目 录

发掘特色，产业富一方

科技助力，甩掉贫困帽

绿水青山，财富山水间

山海协作，携手共发展

你我牵手，同奔小康路

【专家视角】

我国国民经济不同阶段反贫困战略演变[1]

温铁军

《滴水穿石——脱贫攻坚福建故事》这本书，是扶贫领域微观经验的结集，而全面推进扶贫攻坚作为国家重大战略，所对应要缓解的农民这个中国乃至世界最大群体的贫困问题，当然不可能是孤立的、就扶贫而扶贫的事，必须从宏观角度把国民经济发展的不同阶段和反贫困战略结合起来做分析，才能真正理解脱贫攻坚对中华民族伟大复兴和建设社会主义现代化强国的伟大意义。如果读者只看到每个具体的故事而没有对宏观背景的了解，则不可能有“见一斑而窥全豹”的效果。如果我们对于国民经济阶段性特点把握得不准确，很可能扶贫工作是事倍功半的。

贫困现象为什么多数发生在农村呢？因为农村的投资收益周期最长。作为第一产业的农业领域的种养殖业，完成的是一定空间条件下的生命周期，当然需要一个漫长的时间过程，大多以月、季，甚至以年计。时间和空间条件的差异，导致产业收益的差异，当然也派生了与金融和实体经济不同类从

① 原稿为温铁军在2018年9月16日第八届“上海公益伙伴日”社会组织与精准扶贫高峰论坛上的发言录音整理稿。2020年收录本书时有改动。

业人员的收入差异。如果用原来传统的发展第一产业的思路去做扶贫，很可能我们帮着贫困户进入的，恰是一个不可能产生收益的产业。

党的十八大以来，中央相继提出了三大供给侧改革：2014年开始强调的是工业供给侧改革，2017年追加强调了农业供给侧改革，针对的都是阶段性的实体经济的生产过剩。可见，工业的生产过剩和农业的生产过剩，已是既定的客观事实。过去扶贫常见的是送几只羊和鸡，现在养鸡整体上过剩，如果继续送鸡送羊，等于是让扶贫对象进入过剩产业。如果不能把握国民经济发展的阶段特点，很难让扶贫工作落实到位。到2019年，中央进一步提出金融供给侧改革，表明金融资本经济也相对过剩。各地扶贫干部费劲巴力地招商引资，却不知道资本其实是过剩的，也在到处找机会投资。欠发达地区大多是资源富集区，完全可以自主发展，实现生态资源价值化。过剩资本应该出高价才能参与我们贫困地区的资源资本化！

可见，要形成国民经济不同阶段与反贫困战略研究的指导思想，才能正确理解微观领域的扶贫经验。

一、国民经济不同阶段反贫困战略研究的指导思想

第一，体现新时代。当今中国，贫富差距日益拉大，继续按照原来“效率优先，兼顾公平”的思路走不出贫富差距拉大的困境，因此才有从“科学发展观”到“生态文明”的一系列的战略调整。特别是习近平总书记提出“两山思想”，带领中国转向生态文明建设。我们在生态文明转型期开展的扶贫工作，一定要体现生态化，而生态化的主要内涵就是多样性。为此，就不可能延续过去有效、但在目前已经生产过剩的产业化扶贫思路，要体现新时代的产业扶贫战略。

第二，坚持客观性。国民经济阶段划分需要把海内外、宏微观、政治与经济等多种条件因素纳入做综合分析，而不是只讲某一个因素。

第三，把握实质性。当代中国贫困的实质在于国民经济不同阶段的资源性与制度性条件的短缺，这也是反贫困战略要针对的问题。世界上追求现代化的发展中国家都以西方国家为样板，导致意识形态领域，包括思想理论教学体系等，基本上是发展主义思维。发展主义以两大内涵为支柱，一工业化，二城市化。但是，世界上沿着西方发展道路走的发展中国家，大部分都栽在工业化、城市化上。如果我们过去是沿着发展主义的思维方式来制定扶贫政策，那么现在就需要在生态文明发展战略指导下，重新考虑新的扶贫政策和脱贫攻坚路线图。

二、国民经济五个阶段反贫困战略的经验归纳

第一阶段（1950年代）：新中国通过土改消除了绝大多数农村贫困。

新中国通过土地改革，到1952年基本完成平均分地，我们实现了孔夫子2500年前的理想，共存、共生、共享，耕者有其田。新中国成立后，超过四分之三的村庄是按人平均分配土地，当年农民占人口总数的88%。农民成为了小土地拥有者、小资产阶级，全国基本消除了面上贫困。尽管存在生产资料投入不足、劳动生产率不高现象，但就财产关系来说，平均了土地，意味着不再有绝对贫困人口。

第二阶段（1960年代）：苏联背信弃义给中国造成巨大困难和损失，国民经济进入调整阶段，全国人民勒紧裤腰带共渡难关。

1960年7月，苏联突然撤回全部在华专家，破坏了我国国民经济的既定计划。许多重大的设计、科研和建设项目被迫停工、下马，中国财政出现严重赤字，国家“二五”计划不得不暂停。1960年冬，中央决定对国民经济进行调整，加强农业生产，大力压缩基本建设和重工业生产，对落后的工业企业关停并转，精简职工和城市人口，消灭财政赤字，稳定市场，那时候干部、工人、农民都贫困。

第三阶段（1980年代）：相当于二次土改的家庭联产承包责任制，农民得到自主发展权带来的伟大创造，既消除了农村贫困，又缓解了城市危机，出现了内需拉动型的黄金增长。

1980年在全国推行的农业生产家庭联产承包责任制，即分田到户的“大包干”，相当于二次土改。中国再次因平均分地而消除了绝对贫困。这次中国农村全面减贫对世界减贫做出巨大贡献。家庭承包经营被称为农民群众三大创造之一。另外两个创造是乡村企业和城镇化。农民得到了自主发展权——可以自主推进工业化、城镇化，短短十几年，县以下城镇总量翻了十倍，农村工业化从无到有，原来公社化时期的“五小”工业[②]，发展到2700多万家乡镇企业。中央同期出台政策定向给予农村贷款扶持，实行低税制……所以，那时候农民人均纯收入增长快于城市（曾经连续四年农民收入增长快于城市），城乡差距迅速缩小，由原来1：5缩小到1：2，那个阶段农民消费拉动了城市刚刚兴起的纺织业、塑料业等，于是城市产业的需求也拉起来了。那个时候扶贫，要帮助贫困地区创造一个能够形成工业的城镇，然后用这个城镇拉动就业，带动发展，这叫做“创造增长极”。以农民创造出的农村工业化和农村城镇化为主要的目标，来推动发展带动扶贫，这在20世纪80年代极为有效。可见，80年代中国是内需拉动反贫困的城乡融合发展战略，在世界范围内，当时中国的反贫困战略是最成功的。

第四阶段（1990年代）：国内滞涨危机和西方制裁再度造成农民负担加重和城市企业破产，类似第二阶段的困境再度发生。

20世纪80年代原材料供应相对紧张，有关部门推出针对性的治标性质的“物价闯关”，客观上造成物价失控。1989年政治风波后西方封锁撤资，正在工业化高潮过程中的中国陡然遭遇外资撤出，1990年开始进入发展低谷。农民人均纯收入连续4年增长下降，农产品难卖，城市工业品也难卖，大量国

② 五小工业：一般指小钢铁、小煤矿、小机械、小水泥、小化肥五种工业企业。通常是对直接为农业生产服务的县办（包括县、区投资）地方国营工业的简称。

企倒闭，4500万国企职工下岗。分税制改革以后，农民负担陡然加重。而同期教育医疗等相继市场化，农民必须用现金支付的开支增大，而获得现金能力下降，农业收入完全不能满足农民的现金开支，造成“三农”问题愈演愈烈。

20世纪90年代国家提出“八七扶贫攻坚计划”——1993年到2000年的7年时间里完成8000万人口脱贫，实际上并没有落实下去。城市贫困，农村也贫困，在危机频仍的阶段不可能专门有效缓解贫困。客观上看，这次贫困是深度社会解体型贫困。因为转型造成农村社会濒临解体，各种不良现象是危机阶段的代价在民间发酵。这个过程一直延续到中央正式把“三农”问题作为重中之重，开始强调必须转向对“三农”的投入，开始给农民种粮补贴，在相对困难的情况下仍然加强扶持农村，农村情况才开始有所改观。

第五阶段（21世纪）：国际资本流向中国促成GDP高增长，带动农村3亿人口外流，城乡二元结构突破和经济金融化拉大贫富差距，农村不可能维持劳动力密集的一产化农业，同时救助性投入要求精准扶贫。

进入新世纪，改革开放取得重大成效，扶贫效果也十分显著。一是综合国力有了很大增长，国家有能力加大扶贫投入。二是充分发挥了我国社会主义制度集中力量办大事的显著优势，举全国之力，把精准扶贫精准脱贫纳入全面建成小康社会的战略布局，坚决打赢脱贫攻坚战的政策力度之大，是前所未有的。三是坚持以人民为中心的发展思想，不断保障和改善民生，增进人民福祉，走共同富裕道路，信息技术发展也在很大程度上缩小了城乡差距。同时，西方模式发生一系列危机，大量西方资本涌入中国，全球资本结构发生重大改变。外资大规模流入促进高增长，中国成为世界第二大经济体，形成了最完整的产业链。但是，贫富差距也拉大，消除贫困成为至关重要的任务。由于中国变成了世界第一货币总量大国，于是提出了金融供给侧改革。

三、生态化扶贫是方向

2019年的中美贸易战正在向2020年的“新冷战”演变，美国带领西方强行把中国列为主要敌人，意图与中国“全面脱钩”。这对已经深度融入全球化的中国，是一个前所未有的新挑战。一般情况下，会有相当程度的外资流出，很多外向型企业倒闭，大量农民工失业，已经脱贫的农户可能会返贫。

应对这个重大挑战，我们提出“国内大循环为主体的双循环战略”。此前就有“生态文明+乡村振兴”的现阶段新战略，中央要求财政金融向乡村倾斜，创造大量的公共设施拉动就业机会，以使得劳动力密集型产业向越南、柬埔寨、缅甸、孟加拉国转移的时候，乡村可以吸纳无法在沿海就业的农民工回流。

乡村产业兴旺乃是百业兴旺。如果生态文明作为指导思想，乡村建设作为国家战略的“压舱石”，那么农村就不仅让农民搞农业，还要有城乡融合的新业态。

各地的扶贫干部要特别注意农业供给侧改革，传统农业产业化基本上全面过剩，这时候下乡扶贫再送猪崽、小鸡雏已经过时了，因为养殖业是过剩的。我们现在有全世界最大规模养殖业，人均肉的消费是世界平均水平两倍多，因此贫困地区再上养殖过时了。同理，上经济作物种植也过时了。近年来，我国蔬菜生产量接近全球70%，而我们只有全球人口19%，生产接近70%的蔬菜意味着三倍半的过剩。在扶贫攻坚的基层工作中，如果还像过去那样弄大棚，搞种养殖业，仍然把扶贫集中在一产农业的领域，岂不是落后了吗？可见，我们应该坚定“两山”思想，贯彻生态文明发展战略，推进生态资源价值化，针对乡村振兴，搞多业态扶贫……

有鉴于此，希望大家把握宏观背景，理解生态文明的多样化内涵，广泛发动群众集思广益，结合各自所在的地方特点，去考虑什么东西是创新性的。党的十九大提出乡村振兴战略的同时，强调了三产融合的绿色生产方式。我们鼓励在此基础上推进农村空间生态资源的六产化[③]发展。只有把新时代扶贫长效机制建设与国家新战略有机结合，既符合生态文明战略又符合乡村振兴战略，扶贫工作才可以事半功倍。

③ 农业“六产化”：农业产业化的“升级版”。指第一产业接二连三、向后延伸，第二产业接一连三、双向延伸，第三产业接二连一、向前延伸，一产的一份收入，经过二产加工增值为两份收入，再通过三产的营销服务形成三倍收益，综合起来是六份收入，产生乘数效益，实现一二三产融合发展。

【专家视角】

改革开放以来脱贫攻坚的福建实践

黎　昕　张文彪　许维勤　耿　羽

消除贫困、改善民生、逐步实现共同富裕，是社会主义的本质特征，是我们党的重要使命。改革开放以来，特别是党的十八大以来，福建认真贯彻落实习近平同志关于扶贫的重要论述和中央决策部署，大力发扬“滴水穿石”“弱鸟先飞”精神，聚焦全面小康目标，全面实施精准扶贫、精准脱贫，2020年全省现行标准下农村建档立卡贫困人口全部脱贫，2021个建档立卡贫困村全部退出，探索走出了一条特色鲜明的脱贫攻坚之路。

滴水穿石，弱鸟先飞，推进贫困地区扶贫开发

“滴水穿石”“弱鸟先飞”是习近平同志在《摆脱贫困》一书中倡导的一种精神、一种意识，这种精神、这种意识始终像一条红线贯穿于福建扶贫开发进程中。

福建地处东南沿海，由于历史地理的原因，新中国成立后较长一段时间，福建建设投入少，基础设施落后，群众生产生活比较困难，特别是农村地区贫困人口发生率比较高。1984年6月24日，《人民日报》头版刊登一篇反

映宁德地区赤溪村下山溪畲族自然村群众贫困状况的“读者来信”，并配发《关怀贫困地区》的评论员文章，在全国引起强烈反响。同年9月，中共中央、国务院发布《关于帮助贫困地区尽快改变面貌的通知》，拉开了全国大规模扶贫工作的序幕。福建历届省委、省政府认真贯彻中央的路线方针和政策，从不同层面积极探索扶贫开发的政策措施和工作机制。在这些探索实践中，习近平同志当年在宁德地区的实践和思想，具有极其深远的意义。

宁德是当时福建经济最不发达地区，集革命老区、少数民族地区、边远山区、海岛地区于一体，也是全国18个连片贫困区之一，全区9个县有6个属于贫困县，其中各种贫困的情形和贫困的原因，几乎涵盖了全国所有贫困类型，扶贫开发任务非常繁重。1988年至1990年，习近平同志担任宁德地委书记，他以强烈的使命感、紧迫感和对老少边地区人民的深厚感情，走遍闽东的山山水水，深入实际调查研究，千方百计寻求贫困地区脱贫致富之道，带领闽东人民翻开了扶贫开发、摆脱贫困的新篇章。他清醒地看到，脱贫是一项长期艰巨的任务，要实现这一目标，必须正确处理“改革开放与扶贫的关系”，始终扭住经济建设这个中心不放，大胆改革和开放，扎扎实实走出一条因地制宜发展经济的路子，同时要有打持久战的思想准备和“滴水穿石”的韧劲。他认为，“扶贫先要扶志”，“‘摆脱贫困’，其意义首先在于摆脱意识和思路的‘贫困’”，“弱鸟先飞”。他提出贫困地区的发展最根本的是要靠党的领导和人民群众的力量；要有比较明确的脱贫手段，要推广“一村一品”，提倡科技扶贫；要把脱贫与农村社会主义精神文明建设结合起来；扶贫要注意增强乡村两级集体经济实力，增强脱贫后劲；对于一些因连年病灾造成的特困户，要给予适当救济，并扶持他们发展一些力所能及的生产经营项目；对于居住在山高偏远地方的少数民族，要制定一些扶持少数民族乡村发展的特殊、优惠政策，给他们更好的帮助；要把发展林业作为脱贫致富的重要途径，完善林业责任制，健全林业经营机制，求得经济、生态、社会三大效益的统一。

习近平同志在闽东围绕摆脱贫困所进行的思考和实践探索，揭示了扶贫开发工作的客观规律，主要是基于共同富裕的社会主义基本价值理念，在党的领导下，通过各种资源灌输、要素调整和机制建构创新，激发和挖掘贫困群体的内生力量，使之逐步产生和增强自我减贫能力和创造力，实现扶贫的机制化和脱贫的可持续化。

早在20世纪80年代末，时任福建宁德地委书记的习近平同志就开始探索“连家船民”上岸和“茅草房”下山搬迁工程，解决搬迁和生产就业等问题。1994年，福建省又在全国率先组织实施“造福工程”，即将长期散居偏远山村或偏僻海岛的村民，整体搬迁到生产生活条件较好的地方。

习近平同志非常重视通过山海协作促进山区发展，以消除连片贫困。他曾亲自促成福州与宁德两市间的对口协作。1998年福建省委做出山海协作全面部署，习近平同志担任全省山海协作联席会议召集人。2001年初，省委、省政府出台《关于进一步加快山区发展推进山海协作的若干意见》，就加快山区基础设施建设，改善山区生态环境，进一步加大对山区财政、金融政策扶持力度等方面做出具体规定。其后福建又出台一系列相关政策，完善和细化相关措施，形成山海联动、融合发展、持续缩小区域差距的有利态势，成为消除连片贫困的有力抓手。

习近平同志对南平市向农村选派干部（即选派村党支部书记、科技特派员、乡镇流通助理）的工作进行了专题指导和调查研究，在此基础上总结经验，明确提出农村在农业经济发展上要依靠科技的思想，并从这个思想出发指导工作实践。

习近平同志在福建工作期间，亲自探索实践扶贫开发的路子和途径，创新形成了一套行之有效的扶贫开发办法，福建成为他“精准扶贫、精准脱贫”扶贫思想的发源地。

科学扶贫，精准扶贫，深入开展脱贫攻坚

党的十八大以来，以习近平同志为核心的党中央着眼于全面建成小康社会和实现中华民族伟大复兴的中国梦，坚持以人民为中心的发展思想，作出了坚决打赢脱贫攻坚战的重大决策，实施精准扶贫精准脱贫基本方略。2014年11月，习近平总书记来福建视察时强调：加快科学扶贫和精准扶贫，支持和帮助贫困地区和贫困群众尽快脱贫致富奔小康，决不能让一个苏区老区掉队。福建省认真学习贯彻习近平总书记的重要讲话重要指示批示精神，突出问题导向，注重发挥改革对扶贫开发的牵引作用，以“敢于担当”和啃“硬骨头”的决心和行动，深入开展脱贫攻坚，确保现行国定、省定扶贫标准贫困人口如期脱贫。

改革创新，不断完善脱贫攻坚政策体系和长效机制。福建在深入开展脱贫攻坚过程中，十分注重改革的牵引作用，通过深化改革，不断完善脱贫攻坚的政策体系和长效机制，确保中央政策的好处毫不走样地全部落实到基层，落实到每一个农民。

坚持政策引领，注重落实领导责任。福建省委自2013年召开九届九次全会专题研究部署扶贫开发工作以来，每年都召开一至两次全省扶贫开发工作会议，相继出台了一系列政策文件，形成扶持贫困户、贫困村、扶贫开发工作重点县的政策支撑体系，不断提高政策支持的效率和效益，发挥政策在全面取得精准扶贫精准脱贫实效上的合力和引导作用。制定出台打赢脱贫攻坚三年行动实施意见，全省建立省负总责、市县抓落实的领导体制，形成省市县乡村五级书记一起抓扶贫的治理格局。全省纪检监察机关紧紧围绕习近平总书记提出的“六个精准”目标要求，以严明的纪律为打赢脱贫攻坚战提供坚强的纪律保障。

坚持深化改革，不断完善脱贫长效机制。一是率先实施造福工程易地扶

贫搬迁。1994年以后，福建省委、省政府连续27年将扶贫搬迁列为为民办实事项目，把易地搬迁与新型城镇化、产业发展、完善公共服务、生态修复、乡村振兴相结合，实施大规模“造福工程”，解决条件恶劣地区群众的居住环境问题。截至2020年，福建省累计搬迁172万人，整体搬迁7300多个自然村。二是强化山海协作和驻村帮扶。通过共建挂钩帮扶机制、共建山海产业园区、共建培育发展支柱产业、共同开展干部人才交流，不断增强精准服务的针对性和实效性，形成山海联动融合发展、持续缩小区域发展差距的有利态势。截至2019年，福建省先后认定32个山海协作共建产业园，其中23个省级扶贫开发工作重点县都与对口帮扶的沿海较发达县建立了共建产业园区。三是夯实村级组织基础。认真落实“四下基层”工作机制，按照“高位嫁接、重心下移、互动联动、一体运作”原则，坚持把选派驻村第一书记作为扶持贫困村发展的重要措施，围绕“党建带扶贫，扶贫促党建”，着力在抓引导、强班子、打基础、优服务、建机制、聚合力上下工夫，使党建优势转化为扶贫优势、党建活力转化为攻坚动力。2004年以来，从省、市、县三级累计选派近2万名优秀年轻干部到贫困村和村级组织薄弱村担任党组织第一书记，为改变贫困村面貌起了极其有力的作用。

精准发力，真正做到扶真贫、真扶贫、真脱贫。福建省按照精准识别、动态管理、应进则进、应退则退的原则，以省定的扶贫标准为主要依据，综合考虑“两不愁、三保障”，采取进村入户、逐户走访摸底、实地察看核实的办法，重点把农民收入算清楚、算准确，同时通过“五看法”和“六看六比”等有效方法，深入核查、相互印证、科学识别，对全省的贫困人口、贫困村和扶贫开发工作重点县进行全面建档立卡。坚持“输血”和“造血”并举，精准落实产业、就业、金融、健康、教育、低保兜底等扶贫措施，探索出不少具有地方特色的扶贫经验，如“宁德模式”、三明“348”工作机制、龙岩精准扶贫“九措到户”，以及政和县、屏南县小额信贷扶贫等。

一是推进产业发展与生态扶贫相结合。把绿色发展理念融入精准扶贫精准脱贫过程中，努力把生态优势转化为发展优势。加大贫困地区、生态敏感区、水土流失地区的生态保护和修复力度。长汀县以习近平总书记对长汀水土流失治理作出的两次重要批示精神为动力，发扬“滴水穿石，人一我十”精神，把治理生态与根治贫困结合起来，开展大规模的治山治水，生态文明建设取得显著成效，形成“长汀经验”。

二是推进就业扶贫与金融扶持相结合。加大以工代赈力度，安排专项资金支持各地开展技能培训，提升贫困户就业能力。实施扶贫小额贷款贴息，解决贫困户贷款难、贷款贵问题，让有劳力和劳力弱的家庭都能享受到金融活水带来的可持续扶贫效益。

三是推进产权制度改革与开展资产收益扶贫相结合。坚持把深化集体林权制度等改革与加快脱贫攻坚结合起来，积极组织和引导贫困户盘活宅基地使用权、集体林权、土地承包经营权等自有资产，将耕地、林地等流转到龙头企业或专业合作社进行规模经营，持续探索创新“借林”扶贫等一系列综合配套改革。

四是着力提升贫困地区基本公共服务水平。积极探索医疗保险精准扶贫机制，通过政府主导、商业运作，制定医疗保险精准扶贫政策，积极解决因病致贫、因病返贫突出问题；探索低保与扶贫有效衔接机制，采取多种措施提高救助水平，全面落实困难残疾人生活补贴制度和重度残疾人护理补贴制度。

扶志扶智，充分发挥贫困地区群众的主体作用。加强和改善党的领导，发挥农村贫困群体摆脱贫困的主观能动性，一直是福建精准扶贫精准脱贫工作的重要内容。多年来，福建一方面强调，要坚持政府主导、坚持统筹发展，坚持专项扶贫、行业扶贫、社会扶贫等多方力量，多种举措有机结合，互为支撑，加大政府投入和社会支持。“十二五”以来，全省各级财政共筹集60多亿元资金用于扶贫，在此基础上，2016年开始，福建每年按上年度地方一般公共预算收入的0.2%筹集资金专项用于精准扶贫精准脱贫。同时，鼓励各类企业通过多种形式带动贫困户创业，促进贫困劳动力就业，增加贫困户收入。开展“百龙联百村”活动，通过省级重点龙头企业与贫困村结对共建，实现与精准扶贫的有效对接。另一方面强调，贫困群众既是脱贫攻坚的对象，更是脱贫致富的主体。把激发贫困地区和贫困群众的内生动力，调动贫困地区和贫困群众的积极性，不断加大内生动力培育力度，作为精准扶贫精准脱贫的重要着力点。福建是全国著名的革命老区，红色文化资源丰富，福建在加大对老区脱贫攻坚政策资金支持的同时，注重用红色文化扶志，大力弘扬“滴水穿石”的攻坚精神、“弱鸟先飞”的进取意识，主动作为，坚决破除“穷自在”“等、靠、要”等懈怠思想，帮助贫困户掌握一定的实用、管用、有用生产技能，用现代科技致富。寿宁县下党乡下党村积极推动“互联网+TV”党媒精准扶贫模式，抓住茶叶和乡村旅游两个主产业，打造扶贫定制品牌“下乡的味道”，为消费者提供全流程可监控无污染的绿色新产品，有效地带动了建档立卡贫困户脱贫和村集体收入的增加。“中国扶贫第一村”赤溪村干群抛弃“要我脱贫”的被动想法，确立“我要脱贫”的积极观念，十年“输血”就地扶贫、十年“换血”搬迁扶贫、十年“造血”“旅游+产业”扶贫，因地制宜，精准发力，终于走上了脱贫致富的小康路。

福建脱贫攻坚的经验与启示

党的十九大报告指出：从现在到2020年，是全面建成小康社会决胜期。紧扣我国社会主要矛盾变化，坚决打好精准脱贫攻坚战，是决胜全面小康社会的关键，是建成人民认可、经得起历史检验的全面小康社会的必然要求。改革开放以来，特别是党的十八大以来，福建认真贯彻落实习近平同志关于扶贫开发重要论述和中央决策部署，坚持精准方略，在思想认识、资源整合、政策支撑、制度保障、责任落实等方面精准发力，奋力推进脱贫攻坚，取得了显著成效。福建的实践和探索给我们如下启示。

脱贫攻坚必须坚持以人民为中心，共享全面小康。只有始终坚持以人民为中心的发展思想，聚焦问题，精准发力，协调推进脱贫攻坚各项工作，才会在具体的每一项工作中做到真正贴近人民意志、体认人民意志、回应人民意志，让困难群众最大限度地获得实实在在的利益，尽快补上农村贫困人口脱贫这块经济社会发展的最突出的短板，使全体人民朝着共同富裕方向稳步前进，共享全面小康，并在实实在在地带领广大人民摆脱贫困的行动中，锻造以人民为中心的价值目标。

脱贫攻坚必须坚持全面深化改革，不断完善政策体系和扶贫开发长效机制。改革开放是当代中国进步的活力之源，是解决中国现实问题的根本途径。推进精准扶贫精准脱贫，深入开展脱贫攻坚，必须进一步深化改革开放，不断完善有利于贫困地区和扶贫对象加快发展的扶贫战略和政策体系，构建扶贫开发的长效机制。尤其需要处理好问题导向政策和目标导向政策的关系，中央扶贫开发政策和地方配套响应政策的关系，综合性精准扶贫精准脱贫政策和专门性政策的关系，精准政策设计和政策落地的关系。根据不同推进阶段出现的问题和目标任务，及时进行政策的更新调整，努力做到政策稳定性与灵活性的有机统一，确保中央政策的好处毫不走样地全部落实到基层，落实到每一个农民。

脱贫攻坚必须坚持从实际出发，找准路子精准施策。福建的实践证明，贫困地区和贫困人口要实现真正脱贫，关键是要找准治穷致富路径，针对致贫原因，对症下药。贫困地区和贫困人口只要立足实际，廓清发展思路，找准主攻方向，发挥好比较优势，锲而不舍地干下去，完全可以加快发展，脱贫致富，共同走上富裕之路。

脱贫攻坚必须坚持群众主体，激发内生动力。全面小康不仅要实现物质上的必要丰富，更要实现人的全面发展，因此，真正解决贫困问题决不能忽略群众的主观能动性问题。治贫先治愚，扶贫先扶志。“扶贫既要富口袋，也要富脑袋。要坚持以促进人的全面发展的理念指导扶贫开发……提升贫困群众教育、文化、健康水平和综合素质，振奋贫困地区和贫困群众精神风貌。”只有充分发挥政治优势、制度优势、文化优势，把思想引导放到更加突出的位置，让积极向上的正能量成为贫困群众脱贫致富的良药，才能达到真正调动贫困地区、贫困群众的主体积极性，实现可持续发展的脱贫长远目标。

脱贫攻坚必须坚持党的领导，强化组织保证。根本的是要落实好中央统筹、省负总责、市县抓落实的管理体制，坚持发挥各级党委统揽全局、协调各方的作用，落实脱贫攻坚一把手负责制，省市县乡村五级书记一起抓，为脱贫攻坚提供坚强政治保证。要加强脱贫第一线的核心力量，建设好农村党组织，发挥基层党组织战斗堡垒作用，以昂扬的精神状态、扎实的工作作风，团结带领广大干部群众团结一心，坚定信心，顽强奋斗。唯有如此，才能夺取脱贫攻坚的全面胜利。

初心谨记，驻村更驻心

火车跑得快，全靠车头带。摆脱贫困，走向富裕，离不开好的带头人，离不开基层党组织坚强堡垒作用的充分发挥，离不开村党支部书记的正确领导。选派驻村第一书记是实施精准扶贫的有效措施。

2002 年，时任福建省省长的习近平同志结合对南平市向农村选派干部的调查与思考，提炼出“高位嫁接、重心下移、夯实农村工作基础”的思路，以及选派村党支部书记、科技特派员和乡镇流通助理下乡的工作机制。从2004年开始，福建省累计选派近2万名优秀年轻干部到基层，担任贫困村或村级组织薄弱村党组织第一书记，实施“部门挂钩、资金捆绑、干部驻村”的工作机制。驻村干部们带来了新思路新资源，一大批贫困村旧貌换新颜。

广大驻村干部不忘初心、牢记使命，驻村更驻心，加强了基层党组织建设，推动了当地脱贫攻坚事业的发展，同时驻村干部也在脱贫攻坚一线磨炼了意志，提升了能力。

他，心里装满了整个山村

李彬，福建省人民检察院反贪局副处级检察员，作为第二批省派干部，2007年10月到清流县李家乡鲜水村担任村党支部第一书记。驻村三年来，他把全副身心交给了村民，使一个后进村面貌巨变，而他自己却累垮了，在驻村工作即将结束时，被确诊患慢性肾衰竭。中共福建省委原书记孙春兰曾作出批示："李彬同志的事迹十分感人，他无私奉献倾心尽力为人民群众谋利益的精神十分可贵。"

他是我省驻村干部的优秀代表，被授予"全国模范检察官""全国优秀共产党员""福建省优秀共产党员"等荣誉称号。

"我一直在想，做什么，怎么做，做成什么样。"

2007年10月15日，李彬来到鲜水村。鲜水村给他的第一印象，是三个想不到：想不到村部这么破旧，想不到村貌这么脏乱，想不到冷泉这么好的资源一直浪费着。从一名优秀检察官到合格"村官"，从未有过农村生活经历的他面临着新的考验。

李彬挨家挨户走访，摸清了"家底"：鲜水村位于清流县南部，距县城65公里，全村1400多人，年人均收入不到3000元，是个典型的农业村，公共基础设施一片空白，村两委班子威信不高。

从零开始，真心融入当地，从实际出发做实事。“我一直在想，做什么，怎么做，做成什么样。”他说。修复村部、修筑村道、开发冷泉等，一共15件事，列入他为鲜水村制订的三年发展规划。

修复村部，李彬亲自动手。

2007年11月底的一个晚上，李彬召开村干部和党员会议，其间，一位坐在窗口的党员突然站起来问“是不是快要结束了”，李彬以为他家里有急事，后来才知道这位党员是因被冷风吹得受不了。

“没阵地，基层组织就无从建设。”几天后，李彬先垫钱给会议室窗户装上玻璃；后来，又垫出1万多元，全面整修村部。有一天，三明市人民检察院检察长林丽玲到村里，进了村部大声叫“李彬”，但只闻应声不见人，仔细一看，李彬头戴报纸糊的帽子，正在粉刷墙壁，一脸一身都是涂料。

经过努力，村部焕然一新，农家书屋、老年人活动中心、文化长廊、农民休闲广场等建起来了，鲜水村变美了。

饮水工程，是李彬办的又一件实事。一直以来，鲜水村人喝着三种水，有的喝冷泉水，有的喝井水，有的喝河水，水质没保证。罗清妹老人第一批喝上自来水。“以前，喝水靠我家老头子走十几分钟去挑，可老头子78岁，走不动了，要不是李彬，真不知怎么办。”她说。

改善鲜水村的道路状况，是全村人的梦想，也是李彬铁心要办的事。鲜水村位于三明市清流县的最南端，距县城65公里。交通不便，使这个本就偏远的小山村与外界的沟通更加困难。

为了向上级争取项目资金，李彬不记得跑过多少个部门。每当陪同办事的村干部想要放弃的时候，他总是笑着安慰说：“筹集资金就要皮厚腿勤，跑一次不行，第二次、第三次……总是能行的。”

功夫不负苦心人。也许是这份为民办实事的执着感动了大家，李彬终于争取到70万元修路资金，对原环村土路进行修直扩大硬化。

◎ 鲜水村村貌（林旭煌摄影）

2010年7月，工程动工，他天天泡在工地上，盯紧工程质量。为了节约修路资金，使修建环村路保质保量顺利进行，他身兼数职，几乎每天都在工地上拿着皮尺丈量路基，核计用料、工资……

如今，3.5米宽的环村水泥路，将鲜水村主村与自然村相连接。

“来了李书记，那是我们鲜水人有福气。”村民们自豪地说。

“跟着李书记的思路走，我们放心”

冷泉，是鲜水村的独特资源，这里出产的“冷泉鱼”曾是贡品。在李彬的组织下，村支书李杜华联合6户村民，成立六丰冷泉渔业专业合作社，建起100亩标准化池塘，扩大冷泉养殖规模，实现养殖产业化。

◎ 鲜水村冷泉资源丰富（林旭煌摄影）

◎ 冷泉小镇（林旭煌摄影）

李杜华说："李彬要我们养鱼，他自己先研究怎么养。跟着他的思路走，我很放心。他还仔细研究了政策，到省里帮助争取了10万元标准化池塘建设补助。"

村民邹春让曾跟李彬"拧"着干过。海南客商投资500多万元成立鑫发公司，种植珍稀苗木，要租用300多亩山地，涉及他的六七亩杉木林。他心疼未到砍伐年限的林子，不同意出租。

李彬多次上门做工作，并买了2000多只鸡苗送给他，让他在苗木林下养殖。仅这项，邹春让就可收入五六万元。这个公司还带动周边20多户村民种植100多亩珍稀树种。看到自己和村民都得了实惠，邹春让心里特服气。

巩固传统烟稻种植，扩大特色种养规模，村民人均年收入增长到6100元。

"最困难的时候，我们第一个想到李书记"

每次外出回到村里，李彬说的第一句话就是："我回来了。"而在村民眼里，李彬就是他们的家人，一有难处，就找李彬。

2009年2月的一天，村民沈在启发现家中被盗，损失1万多元。李彬第一个赶到，他把沈在启拉到一边，从自己口袋里掏出1000元塞给他："先买一些生活急需品，困难都会过去的。"看到沈家房前屋后的林地适合养鸡，李彬就鼓励他发展养殖业。令沈在启想不到的是，几天后，他就接到李彬电话，说已帮忙联系了一家养鸡大户，并买来了鸡苗。

2009年2月19日，邻村发生山林大火，火势快速蔓延到鲜水村赖桂坑，离村民邹立和的养牛场只有20米。这时，有村民发现牛栏里还关着32头黄牛，邹立和一家正在附近扑火。

"赶紧把牛转移出去。"面对步步逼近的大火，已在扑火现场坚守了一夜的李彬，带人冲进牛栏，把32头牛一一牵出来。转移好牛，回头一看，大火已烧到牛栏后侧，他的手和脚都被划伤了。

"多亏李书记救了我的牛。后来，我把牛卖了，加上积蓄，花20几万元盖起了房子。"邹立和的身后，是一幢崭新漂亮的两层楼房。

在李彬的驻村日记里，一一记着村里困难户的详细情况。他主动联系省、市、县检察院等多个部门，与全村86户困难户建立长效帮扶机制，为困难户发放慰问金7万多元。

"遗憾的是我没能给驻村工作画上句号"

2010年春节后，村里人发现李彬明显消瘦，脸色憔悴，就劝他回家检查身体。他却说："驻村时间快结束了，还有很多事没做完。"连续两年常规体检，李彬因村里的事，都错过了。

4月，李家乡组织干部体检，他又错过了。五一节期间，他回了趟福州，5日就返村了。村民问起体检的事，他笑着说："检查了，没事。"后来大家才知道，他担心汛期村里的安全，根本没去体检。

6月9日，省检察院检察长倪英达到鲜水村调研，看到李彬脸色很差，了解情况后，“强行”把他带回福州。11日上午，检查结果一出来，医生要他马上住院；下午，医院发出病重危通知书。

“我没有站好最后一班岗，还差两个月，没能给驻村工作画上句号，而是留下省略号。”李彬觉得遗憾。

人在医院，心还在村里。6月中旬，看着病房窗外因雨暴涨的内河水，他马上打电话给李杜华：“村里是不是也下大雨了？鱼塘怎么样了？”那段时间，他每天都和村里、乡里热线联系。

7月1日，鲜水村召开党员大会，党员们发现李彬的位置空着。“今年是李书记最后一次主持党员大会，没特殊的事，一定不会缺席。李书记怎么了？”党员们追问乡党委干部。

得知李彬的病情，会场里哭声一片。“六七十岁的老人就像孩子一样，号啕大哭。”村主任李怀艳红着眼睛描述了当时的情景。“我们要去看李书记。”村民不断赶来，并且马上联系了两部大巴。

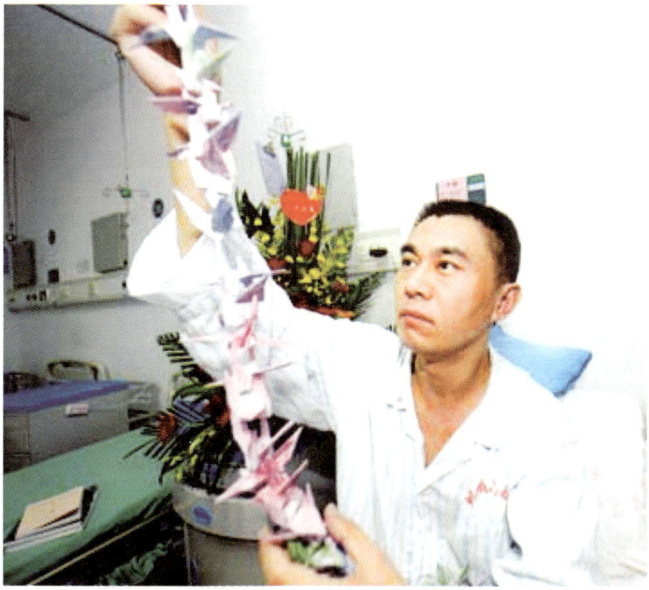

◎ 李彬在病床上深情地凝视乡亲们送来的千纸鹤

经县乡干部的劝解，村里决定第二天派代表去福州。“在病房里只待了十几分钟，李彬就赶我们走。”李杜华说，“一出病房，我们都止不住流泪了，他是为我们累病的呀！”

7月6日清晨，村部大院里，村民们自发为李彬捐款。93岁的王春凤老人颤巍巍地来了，盲人黄炳通摸索着来了；有的提着一只鸡来，有的捧来一篮子鸡蛋……罗清妹老人一次又一次来到乡政府，要求把自己的肾捐给李彬。

李彬把鲜水村装在心里，鲜水村的每一个村民也把李彬放在心上。

（任君翔、吴美章、储白珊、刘国军）

柔弱双肩举起村庄梦想

在杂草丛生的荒坡建成一座生意兴隆的角林山庄，把以前人迹罕至的大岗头开发成现在的森林公园，这是角林村民“想都不敢想”的事。2004年7月，福建省老干部局省直处副处长林三瑛，坚决响应党的号召，双耳失聪的她戴着助听器，来到宁德市寿宁县清源乡角林村担任党支部第一书记。在林三瑛的带领下，短短三年，村庄发生了巨大变化。她先后荣获“福建省十佳精彩女性”“省优秀共产党员”“省先进工作者”“省‘三八’红旗手”等称号。

“许多人都不敢相信，村里的公园真的建起来了。”角林村党支部书记周立光说，“来角林参观过的人都说，这真是一个奇迹！”

在角林村部，年过半百的林三瑛，衣着朴素，脚穿一双旧解放鞋，与村里的中年妇女并无二致。在她弱小的体内，究竟蕴含怎样惊人的能量？

“为了驻村，我做了一次假”

“我小时候患过中耳炎，后来右耳鼓膜穿孔。20多年前左耳全聋。平时，全靠右耳感知外界的声音。虽然听力差一点，但还是能瞒着大家，坚持工作。”

2003年5月7日，林三瑛住进医院接受鼓膜成形手术。不幸的是，手术失败，听力完全丧失。随后，病情进一步恶化，耳鸣引起颅鸣，“脑袋里像是装着发动机，昼夜轰鸣不停，整晚整晚睡不着觉。”

经过10个多月的治疗，林三瑛重新回到单位，双耳全靠助听器来听声音。“领导和同事都关心我，重活累活不舍得让我干。可我是个工作狂，闲不住。所以，一得知省里要选派驻村干部，我就第一个报了名。”

怕自己因为身体原因“落选”，林三瑛还特意多交了一份《申请书》。在填表格的时候，林三瑛做了一次假。“我担心省委组织部那边过不了，所以在身体状况那一栏上，填了健康。”林三瑛心里很清楚，手术后，她已经由原来的“二级残疾”变为“重残”了。

三年驻村，回家三次

角林村是个老区重点村，海拔906米，山高路陡，过去村民生活所用全靠肩挑手提，生活十分贫困，全村118户，578人，人均收入还不足1500元。

2004年7月，林三瑛来到村里没几天，一批批“要债的”就上门了。那时，角林不仅村集体收入为零，还欠着70多万元的债务。

为了尽快熟悉村情，林三瑛进村当天，就开始挨家挨户走访。家里几口人，收入怎么样，小孩在哪上学、打工，对村里发展有什么建议？无所不问。

经过半个多月的调研，林三瑛把目光盯在了村子后面的荒山大岗头上，一个宏大的“生态村庄”梦想在她心中形成。“村里唯一的优势是离城关近，路也好。我们村是闽东独立师战斗过的地方，有故事。大岗头海拔1200多米，能开发成集登山、休闲、健身为一体的森林公园。以公园为依托，再建一个有餐饮、可住宿的角林山庄，肯定能吸引游人。”

没有启动资金，林三瑛把省老干局给的5000元办公经费和自己房屋租金5000元投了进来；为了得到村民支持，她苦口婆心地挨个做工作，依托公信力强的村民成立了生态开发小组。公园的建设，终于从无到有，步上正轨。

为了把目标变为现实，林三瑛常年住在村里，仅在过年和开会时回过福州三次。村里人开玩笑，“三瑛书记比我们待在村里的时间都长啊！”

“我是成全她，让她忠孝两全啊”

儿子已经念大学，可以少操心。在角林村，林三瑛最惦念的就是年逾古稀的母亲。

2005年春节，为了避免两头操心，林三瑛趁回家过节之际，和母亲商量能否一起到角林村住。正月初九，人们还沉浸在节日的欢乐之中，杨婆婆却与女儿一起冒着寒气来到角林村。

“我是成全她，让她忠孝两全啊！”杨婆婆虽然年纪已大，但身体尚健，决定陪伴她一起完成驻村扶贫任务。来了之后，女儿公务繁忙，每天忙碌，没空侍奉母亲，倒是杨婆婆照应起女儿来。

“我一来，热心的村民就向我‘告状’，说三瑛一忙起来三顿饭都不正常吃。方便面就剩菜就能凑合一顿，有时图方便，蒸几个地瓜就把自己打发了。我听着听着眼泪就出来了。”

杨婆婆刚来村里没多久，大岗头的开发也进入关键时期。见到女儿日夜为筹钱发愁，老人毅然把三瑛父亲的抚恤金和自己省吃俭用存下来的“棺材本”8万多元捐献了出来。

“我不是有多么高尚，而是出于‘私心’。每天晚上都听到三瑛唉声叹气的，翻来覆去睡不着，心里难受。”这位爽直而达观的母亲说。

“抠门”和“慷慨”一样有名

“有一次，我和林书记去县里跑项目。办完事情已经天黑了，又下着大雨。我提议花20元钱打个出租车回村里，一下就被她否决了。她说叫一个三

◎ 角林村大岗头森林公园景区中的天池景观

轮摩托10元钱就能回了。最后，我俩都被淋成了‘落汤鸡’。”村主任何家蔚说。

为了节约村里开支，在县里办完事，林三瑛再晚都不住旅社，而是赶回村里。

在建角林山庄的时候，她天天都要去工地做“监工”；开发大岗头，她每天都要爬上万级台阶，监督工程质量。为了减少工钱，只要力所能及，什么活她都愿意自己做。

村里本来要给她安排伙食，她却坚持自办伙食。在杨婆婆来之前，因为事多，她常常早上烧一餐饭，中午晚上热剩饭剩菜吃。有时煮一餐能吃上两天。有一次，宁德市一位领导来看望她，顺手揭开锅盖一看，锅里只有剩饭和土豆。

对自己“抠门”得近乎苛刻的她，对村民却十分慷慨。

省老干局每年给她5000元办公经费，本可用于通讯费等开支，她却不声不响拿来补贴到了森林公园项目建设中，每月电话费三五百元的都自己掏。

大岗头森林公园项目缺乏资金，她不仅每晚给朋友写信募捐，还向亲友借了20多万元捐献出来。

林三瑛的“抠门”和“慷慨”，赢得了全村人的尊重和爱戴。

2004年9月，林三瑛发烧卧床。七旬老人林振妹知道了，拿着自己喝了还剩三分之一的枇杷止咳糖浆送上门去。村民周允金找到民间偏方，用中草药煮了3个番鸭蛋送给她。

林三瑛住的村委楼没有隔热层，到了夏天闷热逼人。2005年夏天没到，就有村民自发地砍来树枝铺到了屋顶上。

那些藏了三年的秘密

三年快过去了，角林的面貌一天天改变，林三瑛的“生态村庄”梦想，正在一步步实现。

2006年7月，投资80多万元的角林山庄开业。它不仅能为角林村带来近4万元的村集体收入，还能带动村里鸡鸭、青菜的销售。多方募得60多万元捐款建设的大岗头森林公园已近完工，每天吸引着来自各地的游人。公园的效益也在逐步显现。

村里的变化，村民看得到。村里的欠账全部还清，通过租赁山庄、钓鱼池等，村集体收入每年创收5万多元；90%以上的村民骑上了摩托车；20多户村民已建或在建砖混新楼房；引进种植的60多亩“小尖椒”，每亩可创收3000多元……

但林三瑛藏了三年的秘密，村民们或许永远都没机会知道：

她已经双耳失聪3年多，靠着助听器才能勉强和他们交谈。

她睡觉也不敢摘掉助听器，怕的是漏掉哪个村民的电话。

◎ 春华秋实，林三瑛舒心地笑了

不断的颀鸣，让她整晚睡不着觉。第二天清早，她还会扛着锄头，第一个出现在公园的工地上。

她很少回家，因为自己的房子已经出租，每月1000元的租金，都用来换成了公园的石阶。

为了募集建公园的资金，她每晚写募捐信写到两三点，腰椎间盘突出的她要硬挺挺地坐上好几个小时。靠着500多封信，她为村里建公园赢得了206笔捐款。

她借了20多万元捐给公园，自己还欠着5万多元房款。她说，驻村结束后，她准备用10年来还清这些欠款……

累计250多万元的扶贫款项，一座山庄，一个公园：这些是林三瑛三年光阴带给角林村的财富。144张“每周工作计划”，14本调研纪录，13本工作日记，7本“求援信”底稿，485个电子文档：这些是林三瑛在角林工作近三年来累积的所有“财富”。

（薛东、庄亚界、谢振华、张永定）

别样的家国情怀

“觉得亏欠家庭太多了，但是在小家和大家之间我还是选择后者。报国为民是我一生的追求！”安溪县龙地村党支部第一书记、福建省审计厅主任科员蔡奋山接受记者采访时说。他还调侃说，两次赴海地维和，两次驻村挂职，这下可对称上了。

曾经赴海地维和，烙下英勇奉献的印

在孩提时，辛弃疾、文天祥、岳飞等爱国英雄是蔡奋山的偶像；入党后，谷文昌、焦裕禄等亲民爱民的好干部成了他前行的标杆。正是受这些敬仰的人物影响，蔡奋山身上带着一鼓血性与侠气。他大学毕业时没有选择当时热门的外贸经商，而是满怀“男儿何不带吴钩”的理想步入军营，从一名普通的检查员成长为福建公安边防战线优秀的国门卫士，被评为福建省第四届“十大边防卫士”。30岁正是成家立业的大好年华，蔡奋山没有选择花前月下，而是毅然走向战火纷飞的联合国维和战场。2007年至2010年间，先后两次作为福建省唯一的队员代表中国参加联合国驻海地维和任务，担任联络官。作为联络官，他突出维和主业，尽职尽责完成各项勤务工作，出色地完成联合国赋予的所有任务，展现了中国的警察形象和过硬的战斗素养，为祖国和人民赢得荣誉，两次荣获联合国和平勋章，被公安部授予个人一等功、二等功各一次，获得福建省“五四青年奖章标兵”一次。

2010年初，海地发生7.3级地震，造成太子港一地20多万人死亡。地震时，蔡奋山临时因任务改变待在营地，去执行任务的8名中国战友全部牺牲，而他也曾一度失联，直到3天后才与家人取得联系。当他借用卫星电话拨通家人的电话时，国内正是凌晨2点多，他平时严厉有加的老父亲接到电话竟哽咽得说不出话来，他的妈妈和爱人在一边喜极而泣。他为国家出生入死，与死神擦肩而过，但初心不改，他说过：“来世上走一趟，就是让生命更有价值，这是我的毕生信念。”

◎ 蔡奋山（中）代表中国参加联合国驻海地维和任务

蔡奋山说，两度维和，在如此险恶的环境下，他从没有过退缩的念头，那场灾难留给他的不仅仅是劫后余生的庆幸，更多的是发现自己还能为国家做点什么的欣喜；亲历了地震灾难、痛失亲密战友，对于他的灵魂是场洗礼，让他思想境界得到极大升华。

如今两次挂职，扎下了精准扶贫的心

2013年，蔡奋山从部队转业到业务性比较强的福建省审计厅。他没有眷念城市的安逸生活，积极响应组织的号召，先后两次主动报名参加省派到安溪县扶贫挂职工作，担任村第一书记。

在参加第四批省派安溪县祥华乡珍山村驻村期间，蔡奋山怀着对农村、农民真挚的感情，全身心地投入驻村工作。三年间，他共为这个省级重点扶贫村实施扶贫开发项目16个，争取落实项目和资金6500余万元；村民可支配收入从原来的4250元提高到11500元，提升了近3倍；村民集体经济收入17万元，是4年前的近1.7倍；省级建档立卡贫困户62户259人全部脱贫。他将这个昔日连媳妇都难找的封闭困难村，打造成为省级“产业扶贫示范村”“教育扶贫示范村”，建设成为远近闻名的“明星村”“省级美丽乡村重点村”。

这些令人难以置信的成绩是如何完成的？“民有所呼，我有所应。”蔡奋山带着一鼓韧劲，坚持“点面结合、精准扶贫”的工作思路，从打基础入手，通过多方筹措，按照县道四级公路标准，将原有的3米宽道路拓宽至6.5米，先后投入近4000万元改建、提升，共建近21.6公里的通乡或村内公路，解决了珍山林等4个村1.1万余人出行难、运输难、农产品售卖难等问题，降低了村民生产运输成本，拉动了茶业、养殖等产业发展，全长近16公里的通乡公路被交通部门评为示范路。

一路通则百通。珍山村改变的不仅仅是道路交通等基础设施，还有社会、教育等各项事业。蔡奋山密切联系有关部门，获得县国家电网公司的大力支持，拟投入3000余万元，解决长期以来困扰茶叶生产用电高峰电压不足的问题；再穷也不能穷孩子的教育，凝聚关心和支持山村教育的力量，兴建起珍山小学综合楼，投资160余万元，极大改善了学生住宿和用餐条件；实施“亮化工程”，在村主道和各角落路之间安装路灯220盏。

在产业扶贫上，蔡奋山深挖村内潜力，盘活潜在资源，成功盘活废弃水稻田、山垅地300余亩，在这些土地上开发牛羊养殖基地；在安溪县的建制村中第一个实施光伏扶贫，探索出一条增加村集体收入的新路，为其他村发展村集体经济提供了经验。据统计，蔡奋山驻村以来，通过土地开发、光伏发电等项目产生的资金效益超过2000万元。蔡奋山除了解决村里的大事，还心系村里的每位贫困户。村里大大小小都认识这个有爱心的蔡书记，都视为自己的亲人、贴心人。

◎ 蔡奋山为珍山小学设立了“审计书屋”

◎ 龙地村与制茶大师结对，提升本村制茶水平

“小康不小康，关键在老乡。”蔡奋山将安溪县当成了自己的家乡，血浓于水，时刻将农村、农民放在心上，心牵安溪百姓的生产生活。2017年10月，在组织上需要干部报名参加省派扶贫工作时，蔡奋山又义不容辞地报名参加了第五批省派安溪西坪镇龙地村驻村扶贫工作。当他踏入新的村庄后，继续带着饱满的工作热情，行走在履职的路上。他察真情、看真贫，因地制宜做好扶贫工作三年规划；积极走访，在短时间内解决了村民们最紧迫的饮水问题；联合安溪县的其他14名省派驻村第一书记，提出联合创业、捆绑发展村集体经济的新路子……

未来初心不改，托起壮丽的梦

理想唯其远大，需要牺牲眼前；事业唯其为公，需要牺牲“小我”。二度维和、出生入死；两次扶贫、六载离家。从大学毕业到现在20年，蔡奋山在城里生活的时间不超过2年；结婚10年，蔡奋山和妻子在一起的时间不超过1年半。他家中有两个腿脚不便的老人，有两个幼小的孩子，一个8岁男孩在其维和期间出生，一个3岁女孩在其驻村期间出生，尽管聚少离多，但是家庭十分和睦，曾被评为“第五届全国五好家庭”。他克服孩子尚小、老人需要照顾的困难，以党的事业需要作为优先选择。

“军功章呵，有我的一半也有你的一半。”诚然，蔡奋山取得如此傲人成绩与突出贡献，是有他较高的思想情操与抱负，更离不开组织上关心，以及家人的理解与支持。2007年6月，正筹划婚礼准备结婚的蔡奋山接到组建维和防暴队的通知，他征求了未婚妻的意见，未婚妻对他说：“既然你选择了做一名军人，你就应该以军人的方式去实现自己的梦想。”第一次维和完成使命后，原本以为就此将蓝色贝雷帽收藏起来，然而，2009年3月初的一个上午，单位领导告知组织上又要派他出征海地。当时他的爱人已有孕在身，他有所顾虑，当他再次跟家人商量时，让他意外的是，他的母亲和爱人再一次鼓励他去。在两次驻村挂职出征前，虽然家里困难不少，但是家人还是给了极大的支持，让他全身心投入到工作中。

蔡奋山认为共产党员是一种身份，更是一份责任与担当，因此他时刻准备着。他白天忙村内的事，夜里挑灯自学审计知识，在短时间内通过审计师专业资格考试。他想到再次三年挂职完后，能回到自己所热爱的审计工作岗位上更好地开展业务工作。他说：“我已经准备好了，未来仍初心不改，愿意用平凡与简单书写生命的华美篇章。”

（吕云河）

乡村巨变：跨越三道坎

枫元村位于福建省三明市建宁县溪口镇，总面积15.2平方公里，距县城7公里，是革命老区基点村。全村有耕地、山地面积万余亩，年杂交水稻制种5200亩，黄花梨产量达4400吨，是当地以生产杂交水稻种子、黄花梨等农产品为主的特色农业大村。

但枫元村的发展曾一度遇到三道坎：土地肥沃，村民的收入上不去；自然资源丰富，村容村貌脏乱差；区位优势明显，乡村旅游不温不火。2013年，枫元村有贫困户60户114人，农民人均纯收入10393元，全村村集体收入仅2.1万元。

要改变枫元村的现状，必须跨越这三道坎。

一道坎：做足小农水，解决头等大事

郭小娟是福建省妇联下派枫元村驻村的党支部第一书记，2014年4月来到枫元村。

她刚到枫元村时，当地干部群众心里都打着鼓：一个省里下来的女干部能改变枫元村吗？面对众人的质疑，郭小娟决定用自己的行动改变大家对她的看法。

正式驻村之前，郭小娟已悄悄来过两次，并做了大量的调查准备工作。“来了，就要住下来，干出个样子才行。”郭小娟说，“深入群众了解真实情况，是做好精准扶贫工作的基础。”驻村后，在村两委干部的带领下，郭小娟走遍了所有8个自然村的500多户村民，深入了解村情民意。

不少村民反映，村里地势低且平坦，过去由于溪河淤积、水渠堵塞、护岸失修，一到三四月梅雨季，大雨不断，毁坏农田和农作物；到了六七月的作物灌溉旺季，又严重缺水。“我家7口人，有12亩农田，过去一直没有脱贫致富，问题就出在小农水上。”一位村民感慨。

“正是凭着肥沃的土地，枫元村的贫困户不多，但真正富裕的村民也不多。小型农田水利设施年久失修，已经成为村民致富增收的拦路虎。”郭小娟说。

◎ 郭小娟到田间了解灌溉情况

解决小农水的问题，成了枫元村的头等大事。2014年以来，在福建省妇联主席吴洪芹等领导的帮助下，郭小娟争取了资金200余万元，对两条3公里长的灌溉渠和部分冲毁严重的附岸进行维修，并很快建了一座电灌站，切实解决了村民灌溉旺季生产用水紧张和冲毁农田问题，且自来水主管铺到了村部门口，为村民提供了标准饮用水。

二道坎：甩掉脏乱差，村容村貌靓了

4月的枫元村，绿树掩映，溪河清澈见底，远处桃花梨花盛开，就像走进了一个世外桃源。

“以前，村里的卫生环境糟透了，塑料袋、生活废品、建筑垃圾……要么四处乱堆，要么倒进附近溪河中。特别是村里几乎家家户户都搞养殖业，很多人把猪圈建在小溪边，粪便、垃圾直接往溪里排，臭气熏天。”村民王

◎ 郭小娟（右一）与村民一道整理环境卫生

◎ 郭小娟（右三）在枫元村幸福院动工现场

建福说，是郭小娟改变了这一切。

“整治环境涉及千家万户，村民刚开始不理解是正常的，这就需要我们做思想工作。”在枫元村拆迁猪圈等违建过程中，郭小娟感触很深：“为打消群众的疑虑，村干部全部出动，挨家挨户宣传，村民去劳作了，我们就跑到田间地头；白天找不到人，晚上就蹲在家门口等，经常和村民聊到夜里10点以后。两个月下来，瘦了整整一圈。”这样的付出是有收获的，后来不少村民都主动自行拆除猪圈，有的还主动拿出自己菜地建公园。

郭小娟还争取了两笔款项，一笔是社会爱心款，另一笔是政府支持款，共计300多万元。利用这笔钱，村里完成了最后一条2公里长的村道硬化、枫元小学校舍及村部附属建筑修缮，在村主干道安装了32盏路灯，枫元村幸福院、标准化卫生所、老人活动中心、妇女儿童活动中心等民生项目工程相继竣工。

扮靓村容村貌，光靠输血还不行。郭小娟既看当前又谋长远，把外部帮扶与激发内生动力相结合，争取多方资源、增收节流，帮助村民增收致富。她把产业帮扶作为长效帮扶的重要载体，先后引进托斯卡纳庄园、鑫锦宏牧业等企业，引导鼓励企业通过流转贫困户土地等方式帮助贫困户脱贫；引进闽赣农机植保专业合作联社、竹子加工厂等，出租吴山拌合站，为村里建了一个200多平方米的店面，争取到县供销社在枫元村270平方米房屋所有权归村集体所有。“这样下来，村集体收入一下子就突破了10万元。”郭小娟说。

三道坎：串好散资源，乡村旅游火了

近年来，随着交通基础设施的改善，去建宁方便多了。游客可通过福银高速或者乘坐动车到建宁，建宁的游客量逐年增长。

枫元村距县城只有7公里，省道306穿村而过，且背山临水，还拥有千亩桃花梨花园。如何将绿水青山转化为金山银山？郭小娟一度困惑。

2015年，福建师范大学旅游学院副院长骆培聪在考察了解村庄概貌后表示，枫元村的自然条件得天独厚，除了赏花这一卖点，运动休闲游也是一张特别适合枫元的特色牌。“枫元村有梨山和桃花山，还有溪水和水库。如果加以利用，建设自行车休闲道和水边公园，特别适合县城的居民周末来此度假休闲，可以骑车环山，也可以亲水钓鱼，正当时令的时候还可以赏花摘果。”骆培聪建议。运动、美食和观赏摘果，这些不同分块的旅游功能可以将枫元村闲散零落的资源串起来，形成休闲乡村游的主打特色。

与此同时，枫元村自身也在发力，成立了乡村游专业合作社，开展一些乡村游活动。3月赏花，7月摘果……如今，每年3月开展的“花海跑”活动，众多媒体争相报道，枫元村一下子成为当地热门景点。“据不完全统计，每年赏花季，前来赏花的游客能突破6万人次。”郭小娟介绍说。赏花季期间，

◎ 郭小娟（左一）陪同骆培聪教授在桃梨园考察

村里的妇女抓住商机，摆摊卖时令特色小吃、手工制作品、农产品等，有的一天收入过千元。

村民周小成和老伴都已上了年纪，唯一的儿子患有精神疾病，家里缺少劳力，生活困难。“像周小成这样的贫困户，从田里赚钱难度很大，要脱贫，得想其他办法。”郭小娟说，每年的春季和夏季，都有许多游客前来这里赏花、采摘，村民可以编竹篮卖给游客。

村里成立了竹编专业合作社，吸收周小成这样的贫困户加入，并帮助他们把竹篮卖出去。

“小的10元，大的25元，虽然钱不多，但几乎没有成本，卖一个赚一个。”周小成说，加入了合作社，竹篮销售没问题了。到了赏花和采摘的季节，老伴在村里的组织下，带着自家的鸡、鸭和笋干，到景区摆个小摊，也能赚些钱。

除此之外，郭小娟还鼓励周小成进行制种生产。“福建省妇联每年帮助他争取3000元帮扶资金，流转水田6亩多制种，光这一项一年能增加约1.2万元收入。加入合作联社后，在‘五机’服务同等收费的基础上，给予他家20%的优惠，水田机插一项一年能节约成本近2000元。现在，他家纯收入达到了2万元，成功脱贫。”郭小娟说。

2015年，枫元村先后荣获省环保厅“生态村”和团省委“青春家园示范点”称号。2016年，枫元村党支部被评为“三明市优秀基层党组织”。

2016年，枫元村实现村集体收入11.2万元，成功摘去了贫困落后村的帽子。

郭小娟说，虽然现在她的驻村工作已经结束，但她的心已经“住”进了枫元村，“住”进了村民心里，她仍会为枫元村的发展出谋划策。

（程枝文、吴军华、吕田田）

“最美扶贫人”

深冬时节，从屏南城关出发，驱车近四十分钟，才到达被竹林环抱的屏南县甘棠乡新田村。

新田村是省级扶贫开发重点村，受交通制约，丰富的资源未能很好地开发利用，村民主要收入靠外出务工，生活十分困苦，基本没有村集体收入。

2017年，在脱贫攻坚进入决战时期，福建省农业农村厅干部董建武主动申请到脱贫攻坚的第一线工作，来到新田村担任党支部第一书记。驻村期间，董建武吃住都在村子里，成了全天候“村官”。他急村民所急，想村民所想，带领新田村踏上脱贫攻坚战的征程。

党建引领

“3.5米的村道，一遇车辆交会需慎而又慎。村子环境很好，但基础设施薄弱。”这是董建武对新田村的第一印象。

虽然村庄偏僻、落后，可村民们的热情却让董建武心头一暖。“大家都知道有驻村书记来，都希望他能做些实事，带领新田村发展起来。”新田村村民委员会主任李安徽说。

为了不辜负村民的期待，董建武首先做的事情便是“识贫”，他一有时

◎ 董建武（左五）与村民交流谈心

间就走街串巷、入户“认门”，收集村情民意。“新田村距离甘棠乡8公里，常住人口不到400人，村里没有主导产业，大部分村民外出务工，留村的村民就卖些笋干、种些食用菌，到2017年底，村里还有贫困户11户51人。”董建武说。

董建武认为，打赢脱贫攻坚战必须有一个坚强的支部班子和一支强大的党员队伍。于是，他立足实地，探索出党建引领的“四加四联”稳定脱贫模式。“四加”，即党建+金融+社会组织+市场；“四联”，即联学联建党建脱贫，联产联销产业兴村。

2018年7月30日，在福建省扶贫办和深圳社会组织管理局的指导下，“银商企院村联学联建结对帮扶”签约仪式在新田村举行，新田村先后与交通银行深圳前海分行党支部、深圳福建商会党委、深圳旭生集团党委签订了联学联建协议；与中国产业发展研究院海西分院、超大佳仆公司签订了产业帮扶协议。

为了使共建工作不务虚、出成效，共建单位及时为村支部免费提供最

◎ 董建武（左一）带领全村党员重温入党誓词

新党建书籍和资料，帮助建设村党群活动中心，帮助建档立卡贫困户销售土鸡。2018年9月20日至22日，新田村与深圳联学联建单位共同参加第六届中国公益慈善项目交流展示会，三天的时间里，村里带去的农产品被抢购一空，并形成了较稳定的销售渠道。

同时，董建武也注重发挥党员的模范和带动作用，尤其动员村年轻党员回村创业。党员韦友波带着技术和资金回到村里发展特色养殖业，辐射带动乡村产业发展。

产业兴村

甩掉“穷帽子”，过上好日子，就必须产业先行。董建武把帮助建档立卡贫困户发展产业放在第一位。

他在走访中发现，村民有一定的养殖经验，而且周边饲料来源丰富。能不能养鸡？和村两委成员一合计，都觉得这事能成。于是，董建武积极牵线搭桥，依托各帮扶单位共建共进作用，成功引进了超大集团佳仆养鸡项目，带动3户贫困户发展养殖业。

“董书记帮我引进养鸡项目，还帮我申请了无息贷款。”建档立卡贫困户黎益彭一家七口人，以前就靠他打零工勉强维系生活。2018年，他养的第一批900多只鸡在当年就全部售完，净收入1.8万多元。

一人富不算富，大家富才叫富。董建武筹划成立了众志佳农民专业合作社，注册了“竹梦天湖”村集体商标，从事养殖业、农特产品加工等，实现了贫困户全覆盖；为了给村民提供集中加工场所，他筹集资金，建扶贫加工车间，提高农产品附加值；邀请国家级非遗传承人进村授课，选派2名村民到北京参加中国非物质文化遗产传承人研修研习培训班，学习竹手工艺品制作

◎ 董建武（右）帮助建档立卡贫困户推销脚环鸡

◎ 村庄立体墙绘

技艺；引进产品代工模式，招收贫困户加工婴儿学步鞋，缝制一双可挣加工费8元……2018年，新田村集体收入达21.3万元，建档立卡贫困户全部脱贫，贫困村成功“摘帽”。

在抓好贫困户产业发展的同时，董建武也着手谋划发展村主导产业。他以“地球之肾”天湖顶湿地为基石，与江苏洛含医药科技有限公司共同成立福建省宁新旅游管理有限公司，围绕田园养老、国际医疗康养、乡土文旅和红色国防教育展馆及特色产品加工销售等进行开发建设。

在扶贫路上，董建武不仅仅把目光放在新田村。屏南特色农产品丰富，普遍存在销售难的问题。于是，他牵头与屏南县14名省市派驻村第一书记联合策划，成立屏南县农特产品全域扶贫运营中心，注册“精福屏”统一商标，搭建了集收购、包装、营销等为一体的线上线下双向延伸服务平台。屏南县农特产品全域扶贫运营中心已成立1个中心门店、97个村级农产品收购点及1个农产品加工厂的购销网络，并不断向外延伸。

聚焦民生

“现在进村道路宽敞、平整，不用担心两车交会了。”提起如今已经拓宽的进村道路，新田村村民们无不竖起大拇指。

新田村距离甘棠乡仅8公里，以前因为交通问题，出行十分不便。“唉，什么时候能有条像样的进村路就好了！”这是董建武和乡亲们聊天时最常听到的一句话。

老百姓的需求就是他工作的方向。于是，董建武三天两头往乡里、县里跑，找主管领导反映老百姓的诉求。在他不断地奔忙下，县里加大了对新田村的支持力度，采取分期分段的方法，第一期拓宽4.7公里的村道，由3.5米拓宽到6.5米；第二期新建新田至甘棠公路。

在修路的同时，董建武还新建了村民活动中心、生态停车场、公共厕所等一批基础设施，完成了村庄绿化亮化、房屋立面改造、垃圾分类等村居环境整治项目。新田村先后被省里评为省级乡村振兴试点村、省级特色旅游村、省级美丽乡村示范村和省级“一村一品”示范村，切切实实提升了当地群众生活的幸福感。2019年，董建武个人被授予福建省“最美扶贫人”光荣称号。

“担任驻村第一书记，不仅仅是个人工作角色的转换，而是代表了一个单位的集体荣誉，只有做好做强，才能对得起国家、对得起人民。”这是董建武对自己工作的要求。他说，真情为民，倾心奉献，就一定能打赢脱贫攻坚这场硬仗，一定会让新田村这片土地更加美丽。

（叶陈芬）

溪西村来了只“幸福鸟”

在维吾尔族传说中，幸福的化身是一只非常美丽的鸟儿，她飞到哪里，就能给哪里带去幸福。那是一个流传的民间故事，而这却是一个现实故事，是一个民政干部的驻村故事。

妈祖岛、蛇王庙、九使君……闽中自古多巫，百姓盛行祭拜祈愿。2017年，永泰县葛岭镇溪西村的村民去村里最有名的九使庙祈拜多了一项内容：祈愿那只省城飞来的“幸福鸟”不要走，永远在村里安家。祈祷之外，2017年10月，村里260户村民还联名上书福建省民政厅，请求留下这只“幸福鸟”——任期满一年即将离任的该厅派出的第二批驻村蹲点干部王靖夷。

“做民政工作要有菩萨心肠！”王靖夷带着厅领导的嘱托，用心用情驻村，谱写了一个个美丽新时代“幸福鸟”的故事。

婚嫁青年的“红娘”

2019年1月8日，溪西村张灯结彩，人头攒动，村里正在举办一场隆重的婚礼。此时，新郎陈洪和新娘汪燕儿站在彩虹拱门下，翘首以盼，焦急地等待着。这时，一辆黑色的轿车飞驰而来，从车上下来一人，他就是省派驻村第一书记王靖夷，刚从县城办完事急匆匆赶回来。新人迎上去，激动地说：

◎ 王靖夷（右一）为新婚新人送上村奖励金

“书记，可盼到您了！就差您这位‘红娘’呢！”

驻村伊始，王靖夷调研发现，全村共有80位22—35岁适龄青年未婚嫁，6位50岁以上未婚，离婚有近30对。婚嫁难、离婚多，这一问题时刻困扰着他。乡村要振兴，要发展，没人咋行？这些数字沉甸甸的，一直压在他的心头。究竟是什么原因造成这种现象？

由于有建设项目进村，全村11个自然村土地被划在红线内。2006年以后，村民不得擅自建房，进城买房没钱，农村又不给建，造成了适龄青年婚嫁难的困局。得知这一情况后，王靖夷结合项目征收安置，向县领导反映情况，找镇领导“磨”，终于取得支持，采取宅基地预征收的方式，优先安排26户适龄青年建房。困难户云良云勇两兄弟听闻此消息后，逢人便乐呵呵地说：“压在心头的一块石头终于落地了，我要盖新房娶儿媳妇了，马上就会当爷爷啦！”陈洪和汪燕儿就是第一对建新房后结婚的新人。

为了更好地解决适龄青年婚嫁问题，王靖夷还征得村民代表大会同意，议定从2019年开始，凡是全村结婚新人，不论男女，只要户口随迁到村里，每一对新人将获村奖励1000元。同时，他还鼓动大家当“红娘”，为全村适龄青年找对象，对搭桥成功的，村里也给予奖励。措施一出台，2019年头两个月，全村共有10对新人走进了婚礼的殿堂。

现在的溪西都流行一句口头禅：溪西男不愁娶，因为有了王书记；溪西女不外嫁，因为王书记没发话……

留守儿童的“父母”

“‘爸爸’，你在哪？这周你怎么没来看我呀？”打电话的是5岁小姑娘郑妍雪。此时，已经一周没陪小妍雪的王靖夷正在外出差。

◎ 王靖夷（右一）参加留守儿童一对一帮扶活动

在驻村第二天，王靖夷就到精准扶贫户调研，首先映入眼帘的是一位3岁左右的小姑娘，她扯着一位80多岁老人的衣角，老人佝偻着背扶着墙慢慢往前挪。对于陌生人的到来，小姑娘一脸茫然，脸上写满了胆怯。原来，小姑娘生活在一个典型的单亲家庭，曾祖父88岁，63岁的祖父是个残疾人，母亲生下她时就离家出走了，父亲长年在外打工，将她交由祖父抚养。她的经历和遭遇深深地刺痛王靖夷的心。通过摸查了解，这种情况在村里绝非一例，全村共有单亲孩子23人，留守儿童80余人。

为此，王靖夷积极与教育部门和学校联系，争取生活补助和学杂费减免；和福州“爱心妈妈”帮帮团联系，让“爱心妈妈”与单亲小朋友对接，使小朋友感受到母爱；与企业和爱心团体对接，争取10余万元，为小朋友送文具，发放助学金，扶持3名初中生直至大学毕业；为争取社会关注留守儿童，协调省民政厅拍摄《守望成长》专题片和微电影，在高铁和公交上滚动播出；向省市民政部门，争取美善社工组织进村，成立“留守之家”，为小朋友们提供课外辅导、心理咨询、兴趣培养等帮扶项目。在“守望成长”公益活动现场，该村两位小朋友上台表演了节目，并和在外地工作的父母现场视频，此情此景深深打动了现场每位观众。

孤寡老人的“孝子”

“书记呀，我这辈子都没有这样开心过，没吃过这样丰盛的年夜饭……”临别时，80岁孤寡老人陈根生拉着王靖夷的手，哽咽着说不出话来。2017年春节，大山深处的下寮组村民永远也忘不了这天。当天下午，王靖夷买了年货，带领村两委干部来到陈根生家，帮他贴春联、挂灯笼，并亲自下厨，做了一桌丰盛的年夜饭，陪他过了一个热闹的除夕夜。离开溪西村时，外面已是万家灯火的团圆时刻，而此时，王靖夷远在福州83岁的老母亲还盼着他回去吃年夜饭呢！

◎ 王靖夷（左）帮孤寡老人做年夜饭，并陪老人过大年

驻村之初，王靖夷调查摸底，全村共有老年人180余名，孤寡老人50人，困难老人20人。他将每位老人的家庭情况、身体情况一一建档立卡。为提升他们晚年生活质量和幸福指数，王靖夷在全村积极营造尊老、孝老、敬老的浓厚氛围。拗九节，为每位老人送上热气腾腾的爱心粥；重阳节，表彰了4位爱老模范家庭，请来社工为老人义诊、理发、心理咨询，举办了一场“天意怜幽草 溪西重晚情”文艺汇演，一顿爱心宴，每人一份300元礼品；为解决老年人活动场所问题，王靖夷多方协调，跑项目，跑资金，最终争取200万元，新建了集休闲、保健、学习、医疗等功能于一体的多功能老年人文化活动中心。

溪西村有了收入，如何让老年人能够享受到村集体收入红利？王靖夷广泛征求意见，达成共识：自2019年开始，全村60岁以上老年人，医保由村里支付，每人每月可享受50元生活补贴。

困难家庭的“福星”

“心意我领了，你拿回去炖给小妍鑫吃，她正是长身体的时候，我可不能跟她抢‘口粮’啊！”2018年春节前，为了表达对王靖夷的感激之情，小妍鑫的爷爷和奶奶送来了3只土鸡，哭求着要他收下。王靖夷说什么也不肯收，说小妍鑫现在是他的侄女，不能和她争，这一幕让村民十分感动。

在驻村第五天，王靖夷前去南洋自然村调研，得知村民陈飞为女儿看病，花去20余万元医疗费，欠了一大笔外债。1岁的陈妍鑫患上脑瘫，不会说

◎ 村老人视王靖夷（右一）为亲人

话，自小妍鑫患病后，一直由母亲和奶奶照顾，父亲在外打点零工。

一个个让人揪心的家庭，无不得到王靖夷的暖心关怀。他一户户走访摸排，将家庭特别困难的人员名单一一登记备案。为解决这些困难村民的实际问题，他组织村支书和村主任，认真学习解读有关政策，亲自跑镇民政办、县民政局，以及镇、县政府机关，向领导一一反映情况，呼吁帮助贫困村民解决困难，竭力争取领导和有关部门的支持与理解。功夫不负有心人。溪西村原只有3名低保人员，现扩面到28名，五保户2人，全村基本做到了应保尽保，真正让困难家庭充分享受到了党和政府的温暖。

驻村期间，他争取了11万元慰问金，慰问了全村老人近200余人次，送上棉被150件、大衣50件、取暖器30台。现在村里有喜事都会请王靖夷，老人去世等白事王靖夷不请自来，送上300元慰问金，以福建省民政厅驻村办书记名义送上一面花圈。村民红白事情都以王靖夷到场为自豪，用王靖夷的话说就是，红白事情体现的是一种民心，反映的是一个党员干部心里有没有百姓。

脱贫致富的“领路人”

“王书记点子真多，2018年盖一幢综合楼出租，村集体收入了几十万元，今天村级组织综合楼又封顶，两年盖两幢，这一辈子，我们想都不敢想！”2019年1月28日，村老人会送来鞭炮和“封顶大吉”牌匾，庆贺溪西村级组织综合服务楼顺利封顶。

溪西村通过房屋出租、光伏发电、店铺招租等方式，每年村集体收入能达70万元，贫困村也于2017年底顺利摘帽。虽说松了口气，可王靖夷又有一个梦想，再为村盖一幢村级组织综合楼。有同志私下对他说：“你为溪西村做的事够多了，不要让自己那么辛苦。更何况，现在做一个项目手续烦琐不说，能不能办得下来，还未可知。”可王靖夷不这么认为，他觉得只要有百分之一的希望，就要用百分之百的努力。在他的坚持下，通过一年多的努力，1600多平方米的溪西村级组织综合楼顺利建成。他在一楼安排了150平方米做店面，每年可增加村集体收入10万余元。

村集体有了收入，村民的生活如何改善？王靖夷一直牵挂在心。他通过党支部引领脱贫攻坚，以项目带动，让200多户农民通过项目征收得到补偿，100多户盖起了3层半的小洋楼，介绍150余位村民就地上班，帮助65户农户通过房屋出租增加家庭收入，为30位有志青年提供创业平台。为防止4户建档立卡贫困户返贫，王靖夷积极引导他们发展种植青梅、百香果和养殖蜜蜂等，为3位贫困户提供公益性岗位，增加家庭收入，还为1户贫困户提供公益就业岗位，争取帮扶资金10万元为3户贫困户完成房屋新建和修缮……

王靖夷，在溪西村村民眼里，是一只“幸福鸟”。

（白冰）

穷村产业寻“特”之路

宁德市蕉城区赤溪镇官岭村地处偏僻山区，距赤溪镇镇政府所在地20公里，全村共有311户1219人。以前，村民主要收入以卖茶青和毛竹为主，受交通条件等因素制约，加上缺乏有前景的产业，村民生活水平低。2013年底，村民人均纯收入只有4700元，村集体收入几乎为零，村级办公场所、路灯、停车坪等基础设施都不健全。

官岭村要脱贫，得找到适合发展的产业。2014年4月，海峡出版发行集团的林强，到官岭村担任党支部第一书记后，走上了穷村产业寻“特”之路。

中草药开发探路

官岭村地处偏远，位于蕉城、福安、周宁的交界处，海拔600多米。从宁德市区前往村里，要翻过海拔900多米的山，盘山的路又窄又陡。

2014年之前，官岭村有茶叶600多亩，毛竹3000多亩。“受当时茶叶市场大环境影响，茶青不值钱，村民卖给工厂，工厂还要先赊账。毛竹一部分销往赤溪镇，一部分销往福安，但路不好走，买家不愿上门收购。”林强说，没有好产业，村民原本有1200多人，大部分外出务工，留在村里的仅300多人。

传统产业不景气，得为村里找到新产业。林强发现，官岭海拔高，山上常年生长着许多野生草药。近几年，中草药市场火爆，是否可以往这个方向发展？

2014年8月，官岭村村两委请来中国医学科学院药用植物研究所、福建省农业科学院的中草药专家，以及浙江磐安中草药交易市场的专家实地考察。专家们认为，官岭村正好位于中草药最适宜生长的海拔区间内，而且一年有霜期在一个月左右，冬天温度大约10℃，土壤肥沃，非常适合中草药生长。官岭村与磐安中草药交易市场建立联系，可以通过交易市场销售中草药。

说干就干，2014年10月，官岭村村委鼓励村民试种中草药。但村民们没有种植经验，不敢尝试。

村里决定出资试种，请来工人平整地块，种了5亩元胡。元胡种植成本低、产出快，次年5月就可以挖，而且一株可长出10粒左右的元胡。

◎ 中国医学科学院药用植物研究所、福建省农业科学院专家来官岭村指导村民种植中草药

“因为元胡长在土里，挖取很麻烦。挖出以后要用剪刀剪，洗干净后要用筛漏筛三次。”林强说，村民们觉得麻烦，都不愿意跟进。当年底，村里又鼓励一位五保户尝试种植半亩多覆盆子。覆盆子在本地山上较为常见，种植方便，一株成本仅4—5元，村里还为村民每株补助1.5元。但覆盆子成长周期长，短期无法见效，因此跟进者少。

于是，2015年4月，官岭村又请来专家实地考察，希望找到适合官岭村的品种。这一回，村两委根据专家建议和市场需求，扶持村民种植贝母。贝母投入高，一亩种子成本大约7000元，收益也不错，可达1万多元。但村民经济基础差，害怕成本风险，只有一户村民跟进，种植了半亩贝母。由于缺乏经验，种植过程中果实烂了一半。其他村民看了，也不愿意跟进。

可喜的是，2016年5月，那个五保户家的覆盆子开始收成了。“1公斤可以卖将近50元。一亩可以种植350—400株，每亩收益可达1.2万元。”林强说，见到五保户的收益，几十户村民纷纷跟进，种植了近100亩。此外，村党支部书记吴陈希又带领村民种植了30亩玉竹，3年后每亩可收益3万元。

“农村工作就是这样，寻找新的产业，需要村干部带头。村民看到收益，才会跟进。”林强说，经过一波三折，村民对发展中草药种植打消了疑虑。

“官先生”花生走红

官岭村发展特色产业，从中草药种植尝到了甜头，也体会到因地制宜的重要性。

“中草药种植，不一定能惠及大多数村民，还需要找一个可以让更多村民增收的产业。”林强说。

以往，官岭村人除了种植茶叶和毛竹，各家各户多多少少也种些花生。

官岭村气候适合种植花生，花生品质、口感都很好。而且，赤溪花生在闽东地区名气大，官岭村也属于赤溪，有品牌优势。

“2015年，我带着一袋花生去宁德、福州，请很多人品尝，反馈都说口感非常好。”林强说，当年，村里开始鼓励村民种植花生，由村干部走出赤溪镇，到宁德、福州等地寻找客户，帮助销售花生。但官岭村土地有限，平均一户只能种植一两亩，全村一年花生产量只有几吨，且无大块平整土地，规模化种植难以实现。

既然产量有限，那就在附加值上动脑筋，提高其价格。2015年，官岭花生价格每公斤仅为24—26元，与外地普通花生价格差不多。价格如何提高？

林强找来上海的乡贤，又与本村的年轻人商量，决定为官岭花生取名“官先生”，进行品牌化运营。

一方面，官岭村成立了官岭农业科技有限公司、花生专业种植合作社，对生产销售进行企业化运营和专业化管理。借助在上海的乡贤，官岭村把“官先生”水煮花生销售到大城市。

另一方面，对官岭花生重新进行包装设计，“官先生”时尚包装和标示从赤溪花生中脱颖而出。村里还投入1万多元，在宁德市公共汽车投放LED广告，并进驻当地媒体的在线商城，线上销售。

“经过一整年的打品牌，‘官先生’在宁德红火起来，福州也有不少朋友找我们订购花生。”林强介绍，2016年，官岭花生的价格达到1公斤56元，是2015年的两倍还多。农户平均每亩增收超过3000元。2016年底，官岭村人均纯收入增至9000元。

发展特色文化旅游

官岭村还有一“特”，那就是官岭村既是中国传统村落，也是革命老区村。结合中草药和花生两大特色产业，官岭村发展乡村旅游可避免雷同，走

◎ 官岭村山地上稻浪滚滚（李烈摄影）

出自己的另一特色。

2015年初，官岭村请来武夷学院旅游分院的专家团队，制订了美丽乡村建设与旅游发展规划。

“官岭村村落布局是八卦形，极具特色，而且拥有良好的教育传统和革命传统。当地先祖注重耕读传家，清朝时期出过不少秀才、举人、进士；1934年，村里有许多先辈加入闽东独立师，为村庄留下不少红色记忆。”林强说，这些文化遗产，都要好好传承和挖掘。

林强利用派出单位是文化部门的优势，2015年为官岭村拍摄了革命历史文化宣传片；2016年，又建设了官岭村村史馆，搜集历史遗迹、资料，并将100多名先贤、先烈事迹列入馆中。

官岭村在“特”上做文章，走出了一条脱贫新路。

（吴旭涛、李加进）

大韩村的美丽蜕变

大韩村位于寿宁县武曲镇西部的斜滩溪畔，全村1558人，大多数青壮年在外务工，村里缺乏主导产业，2014年人均年收入不到6000元，是省级扶贫开发重点村。此外，大韩村党支部还曾是软弱涣散基层党组织，各项指标在武曲镇排倒数。

◎ 航拍大韩村（袁晓昊摄影）

2014年4月，作为省派第四批下派驻村第一书记，周圣义上任大韩村。1986年出生的他，是寿宁县历年来最年轻的省派驻村第一书记。“当时刚刚结完婚，还没度蜜月就来了。”回想初到大韩的日子，周圣义记忆犹新。

面对这样一个贫困村，如何找到思路、寻求发展？

为迅速摸清家底，周圣义召集村民代表、党员、老年人、乡贤等召开各种座谈会近30场，还利用夜晚等休息时间到每个自然村召集村民座谈，了解每家每户的实际困难与家庭梦想。

选准发展路子　请专家出点子

大韩村生态环境好，属水源地，交通也较为便捷。但和良好的自然资源与环境不相称的是贫困村的身份。

贫困源于缺乏发展思路。原来全村以种植茶叶为主，但受茶叶市场大环境影响，茶叶销售对村民增收带动不大，且家家户户分散种植，没有规模品牌效应。

“农村脱贫致富最重要的是找对方向、选对路子。因此，选择产业方面要十分谨慎。”周圣义说，“从2014年下半年开始，我和村两委开始给村里找出路。我们一方面邀请福建省农业科学院、福建农林大学的专家，以及寿宁县相关部门，多次到村调研，寻求意见和建议；另一方面，走访老村干、老党员，请村民们讲困难、讲希望。”

最终，根据大韩村的自然资源禀赋及年轻劳力缺少的实际情况，以及专家们的建议，村两委提出了发展“基于休闲观光为基础的山地特色农业”作为主导产业，以种植茶叶为主转向种植水果。同时，大韩村邀请福建工程学院编制完成了村庄整治规划。

方向定了，如何发展？

当年7月，经过一番讨论，周圣义带着大韩村的党员、大户、种植能手们，到邻近的农业大市福安学习葡萄和水蜜桃种植技术。“福安的水蜜桃、葡萄种植技术成熟，对农户增收的带动比较大。”周圣义说，考察过后发现，这两种水果种植成本较高，且每年台风季节损失较大，大韩村经济基础薄弱，村民承受不了这种风险。

种植项目还得从村里找。当时，大韩村后章自然村种植的100多亩脐橙进入大家视野，脐橙投入成本不高，受台风天气影响相对较小，适合大韩村村情，且种植有一定基础，推广起来村民更容易接受。

最终，参考各方反馈，村两委决定引导村民重点发展脐橙。等发展一段时间后，村民抗风险能力稍好，再发展其他特色农业。

探索发展模式　年轻人回来了

村里原来的100多亩脐橙，由于技术、品质等问题，1公斤还卖不到两元钱，亟须改变种植方式。

“无公害种植的脐橙，不但价格高，销路也好。”2015年开始，大韩村一方面请福建省农业科学院、福建农林大学的专家教授到果园指导农民修剪枝条、防治病虫害，通过技改提高脐橙的品质；另一方面，成立了永丰水果种植专业合作社，探索品牌化、规模化发展之路。

但这一改变还不够，大韩脐橙该如何按照专家的定位，发展成为“基于休闲观光为基础的山地特色农业”？

寿宁县土壤富含硒锌，大韩村也不例外。挖掘这一亮点，并结合水源地优势，2015年大韩村为脐橙打出了“喝着矿泉水长大的大韩锌橙”的口号。“我们迎合现代消费者对生态有机产品的需求，对大韩脐橙从种植、推广、设计、包装各个方面进行全方位改造。”周圣义介绍，大韩村开设了官方微信公众号“秀美大韩”，向外界实时公布脐橙种植、采摘各个环节，还创办了寿宁县第一个“青年电商创业园”，为农产品销售开拓了新的渠道。

此外，村里还修建了果园观光通道，并在2015年底举办了大韩村首届锌橙文化节，吸引来了上千名游客。

通过这一系列组合拳，2016年底，大韩村的脐橙价格从原来的每公斤不到2元涨到7元，脐橙种植面积也增加到了近千亩。

有了锌橙这一成功模式，很快，村民们又效仿种起了猕猴桃、葡萄，总共约200亩。随着水果、水质的声名远扬，寿宁县穗丰农业开发公司进驻大韩村，成立相羊养殖专业合作社，发展名贵淡水鱼养殖。如今已养殖光鱼20万尾，水域面积70亩，每年为村民增加收入超过500万元。

首届锌橙文化节的火热，让大韩村意识到当下乡村旅游的前景。接着，大韩村又开始打造两个休闲文化品牌：利用村里13棵400多年历史的古榕树，打造“福建最北古榕树群”景观；同时修缮张高谦纪念馆，修建2000平方米的张高谦文化广场等，打造张高谦红色文化。

◎ 游客参观大韩村古榕树群（刘岩生摄影）

◎ 游客参观少年英雄张高谦故居（刘岩生摄影）

以前发展无方向的大韩村，如今“基于休闲观光为基础的山地特色农业”已有了雏形，2016年人均纯收入超过了1.1万元。“村子找到了发展方向，许多在外打工的年轻人都回来了。”周圣义说，2016年开始，电商创业园、合作社里年轻面孔多了，已有20多名青年返乡就业创业。

内生发展动力　来自观念之变

“村子要彻底脱贫，外力引导并不长远，还需要有内生动力。近几年的发展、探索，大韩村找到了两大内生动力。”周圣义介绍，内生动力来自党员干部和村民的观念之变。

2014年时，大韩村还是典型的基层党组织软弱涣散村，村干部队伍战斗力弱，各项工作在武曲镇都是垫底的，党员不带头，村民不信任。

“村民不信任党员干部，任何工作都难以开展。”周圣义说，2014年上半年开始，村两委召开20多场村民代表和党员座谈会，并到每个自然村召集村民座谈，了解村党支部问题所在。两个月后，村两委班子进行了深刻的反思和整顿，并规范了议事办事的相关制度。

“整顿效果非常明显。” 60多岁老党员陈思庆说，最大的变化是，往常村干部常把印章“别”在腰上，村民办事找不到人。经过这一整顿，有了规章制度，村委楼的红旗竖起来了，晚上灯亮起来了。村民不但可以来村委办事，可以来学习、讨论，还能找党员干部谈心。

“我们通过方言学习、夜间讨论、树立身边榜样等做法，带着泥土味地开展学习教育，党员干部改变很大，被当作典型在全省推广。”周圣义说，干群关系从驻村前村民对村两委不支持、不信任，到现在的“有事情找两委、有困难找书记”。大韩村党支部还被评为全省先进基层党组织，成功实现从“软弱涣散”到“党建示范”的美丽蜕变。

大韩村的另一内生动力，来自村民。

“作为省级扶贫开发重点村，要发展，为村里跑项目、引资金迫在眉睫，但是村里常住人口中最高学历只是高中，发展后劲不足。”周圣义说，“项目资金进来了，管理经营人才在哪里？”

“2014年7月，我带领村里50位党员和村民去福安参观学习，发现村民们参与的积极性非常高。”周圣义说，“我产生了一个想法，办一所‘农民大学’，让村民能定期在家门口学知识、学技术。”

说干就干，2015年元宵节一过，周圣义几次赴福建农林大学拜访。几个月的商讨、磨合，办学思路清晰起来，师资也有了保障。福建农林大学不定期选派优秀教师、干部和学生到大韩村开展教学活动、挂职锻炼、志愿服务、项目对接、技术合作等。

2015年4月，大韩村党支部与福建农林大学继续教育学院党委合作，创办了全省第一家村办大学——大韩农民大学。课程不仅包括农业生产的科学

◎ 周圣义驻村结束，乡亲们依依不舍相送

知识，还包括政策法规、家庭教育等。学校不但邀请高校教师，还请来基层农技人员、机关干部等各行各业人员授课。参加学习的学员还有特殊福利，“农民大学”每年会选送优秀学员到福建农林大学继续教育学院参加学历教育和非学历培训，他们的学费和食宿费用可免除。

“对贫困村来说，智力扶贫极其重要。”周圣义说，“‘农民大学’一直开办下去，村民们的思想会潜移默化，眼界会不断开阔，这将成为大韩村今后可持续发展的动力。”

（吴旭涛、吴苏梅）

峰头“生态特产”的逆袭之路

峰头村，因其水利文化而为外界所熟知。位于漳江上游的全省第二大人工水库——峰头水库就坐落在这里。作为云霄、东山两县的重要水源地，峰头有着得天独厚的生态优势。但长期以来，生态资源优势并未有效发挥，龙眼、荔枝等曾经的支柱产业日渐式微，广泛种植的杨桃缺乏足够的品牌号召力，看不到前景的峰头人相继外出务工。峰头村日益陷入凋敝。

2014年，福州大学经管学院辅导员苏思文来到这里，依托高校科教优势，结合本土生态资源，开展生态治理修复，打造峰头牌“生态特产”，带领峰头村民实施乡土再造的计划。

SWOT把脉峰头村

苏思文到岗第一天，就对峰头村整体情况进行摸底。让他意外的是，因大型水库而名声在外的峰头村，竟是一副凋败的模样：违规搭建的猪圈、旱厕到处都是，生活垃圾横溢街道……

为了建设新峰头，苏思文引入了管理学上的SWOT分析模型，把脉峰头村。峰头村的优势在于生态资源，以及良好的区位；村庄距离县城不过10余公里，且毗邻高速公路。村庄的劣势则在于底子薄弱，土地资源稀缺，村民思想固化消极。在绿色农业以及乡村旅游蔚然成风的当下，后进的峰头村，并非没有逆袭的机会。问题在于，如何做到差异化竞争，产生品牌效应。

苏思文组织全村干部村民热烈讨论，形成峰头村乡土再造共识，明确了发展思路：“立足山清水秀、生态宜人的优势，大力发展绿色、生态的高优农产品，把优美的生态环境转化成优质的生态产品。”

“拆猪圈、清垃圾、治脏乱”

苏思文带头村两委干部制订了一套卫生保洁长效机制，对村内常年的垃圾堆进行集中清理。

经过一番整治，村子的面貌焕然一新——生活垃圾当天转运、及时焚烧，违规猪圈、旱厕、破旧房屋等也一并拆除和改建。

为收取每户家庭25元的清洁费，他经常要与村民沟通，好不容易谈下一户，来不及喝口水，又要马不停蹄地奔往下一户。曾有位七旬老奶奶不愿交清洁费：“地上的垃圾也不见得对我们有多大影响。”苏思文听后，只淡淡的一句：“大娘，难道你希望自己的子辈孙辈们也永远生活在这样的一个村子里吗？”老奶奶听后，默默进了房，取出25元钱交给了苏思文。

驻村3年，苏思文带领村干部，拉项目拉投资，在民生建设上先后投入近千万元，不仅解决了农民生活问题，更让村民看到了村两委的战斗力，为后期发展创造了更多的可能性。

种“羊”桃、卖“神蛋”

苏思文为峰头村引进了被称为“世界肉山羊之王”的波尔山羊、被称为“神蛋”的五黑麻羽鸡绿壳蛋，以及由福建农林大学菌草研究所引进的巨菌草。“羊吃草、羊粪种草、糟粕喂鸡”，苏思文践行生态养殖、绿色循环等农村现代养殖种植的理念。

引进波尔山羊是第一个项目。在村里的支持下，“80后”新农人方丽真作为第一批返乡青年代表，从厦门回到峰头村，并从山东引进了一批波尔山羊，在村里成立丰达园生态养殖专业合作社。

苏思文牵头从福建农林大学菌草研究所引进巨菌草。巨菌草的栽培和应用是福建农林大学的重要科研成果。作为高优草种，巨菌草植株高大，抗逆性强，粗蛋白与糖分含量高，已被广泛运用于牛羊、鸡鸭、草鱼养殖，以及食用菌栽培与水土保持等领域。

巨菌草不仅为波尔山羊提供了优质的食物来源，更在峰头村延伸出了“牧草扶贫”模式。按照波尔山羊的养殖规模，至少需要80余亩基地提供稳定的牧草来源。为此，峰头村委会、丰达园生态养殖专业合作社与29户精准扶贫户签订三方协议。

◎ 贫困户到波尔山羊养殖场务工（洪骏、江镇森摄影）

“村里为扶贫户争取牧草种植资金补贴，合作社提供草种，贫困户利用村里的荒山、坡地种植巨菌草，合作社以每公斤0.4元的保护价全额收购。”苏思文说，巨菌草种植一个月即可采收，之后每半个月收割一次。目前村里的巨菌草年亩产15—20吨，每亩可为贫困户带来超过6000元的收益。

无论羊圈、巨菌草还是麻羽鸡都需要人打理，苏思文聘请村民，只要有空闲，老弱妇孺都可以工作，按时计薪。“没条件养羊但可以种草，没有耕地也可以帮忙管理，总之要尽一切可能，让每一个贫困户都得到应有的待遇。”

生态循环理念，也在峰头村的产业开发中得到了广泛运用。“我们收集波尔山羊的粪便，将其作为生态肥，用于杨桃日常施肥，减少了化学肥料的使用。”苏思文表示。“从羊粪里长出的杨桃”，受到消费者的喜爱。

“峰头羊桃”已经成为峰头出品的新品牌。

电商与旅游并进

20世纪90年代，峰头村曾广泛种植龙眼。但2000年后，龙眼市场逐渐疲软，每公斤收购价仅有几角钱。眼下，和周边的村庄一样，杨桃成为峰头最主要的农产品，全村种植规模超过2000株。最初，村里引种的是市面上常见

◎ 风光旖旎的峰头村

的酸杨桃，之后从台湾引进甜杨桃品种。尽管品质不俗，但由于缺乏品牌推广，峰头杨桃的名气远不及临近的下河村。一到旺季，下河杨桃往往供不应求，峰头杨桃只能作为“替补”销售，产业效益有限。

打通市场销路必须发展农村电商。“尽管村淘等农村电商平台已遍地开花，但工业品下行占据了更大比重，只有推动本土农产品上行，才能真正激活农村经济动力。”苏思文利用高校资源和各种途径，尽可能地联系在外工作的青年，通过农村电商给他们提供就职机会。不少青年人在他的号召下回到村里发展，并带回了很多外界的资源，推动了峰头村经济发展。

“90后”的方丽洪，在宁德职业技术学院期间，便是创业带头人。2015年，响应村里的号召，“我二话不说就同意了”。她放弃了厦门的工作机会，回到马铺乡开始电商创业，成为当地农村淘宝的发起人。在她的带动下，峰头村等村庄逐渐培育起了电商氛围。枇杷、杨桃等本地农产品开始上网销售。春节期间，她帮助村民销售了近50吨杨桃。

方丽洪说起自己回村的初衷：“能为家乡做点力所能及的事，做点能够创造个人价值的事情，也能多点时间陪伴家人。”提到苏思文，她感激地说：“苏思文老师是一个很有情怀的老师，对我们这些返乡创业的青年很热心。”

除了电商，苏思文还为峰头村规划了乡村旅游的发展路径。在他看来，包括水利文化、闽南人文等是峰头村发展乡村旅游的重要依托。

◎ 苏思文查看杨桃生长情况

峰头村不仅有福建第二大人工水库，还有一座影响深远的向东渠。“这些乡土文化资源，能够帮我们讲好旅游故事。”苏思文引入福州大学厦门工艺美术学院的师生资源，寻找双学路旧石碑、收集水利工程旧照、复原向东渠风貌石拱渡槽，致力于挖掘并收集逝去的集体记忆。他们还在村庄里用文创的方式，再现峰头的文创记忆。利用周末的时间，他们完成了超过500平方米的墙壁涂鸦作品，创作主题涵盖了村庄生态农业、本土礼俗等乡土文化元素。

（张辉、王一雄）

发掘特色，产业富一方

产业扶贫是脱贫致富的主要手段。发掘特色优势产业，才能在激烈的市场竞争中立于不败之地。

福建省充分利用良好的气候等条件，在做强做优做大茶叶、蔬菜、水果、畜禽、水产、林竹、花卉苗木等七个优势特色产业的基础上，加大食用菌产业、乡村旅游业、乡村物流业的培育力度，帮助贫困乡村发展农产品加工、电子商务、“农家乐”等农村二三产业，让每个贫困户都有增收脱贫项目，由此不少农户实现了脱贫致富的愿望。

2011年以来，福建省共有61个村的特色农产品列入全国一村一品目录。“清新福建·绿色农业”品牌影响力不断扩大，有力地带动了全省优势特色农业发展和市场拓展。

特色产业，让广大的贫困户走出了一片新天地。

“中国扶贫第一村”的创业潮

清澈的九鲤溪绕村而流，溪流两岸是万亩的原始森林。徜徉在青山绿水间的“中国扶贫第一村”——福鼎市磻溪镇赤溪村，只见一幢幢徽派民居从街头延伸至街尾，长安街两旁的购物店琳琅满目，一家挨着一家；沿途畲乡山水木屋、大学生创业商铺……

“好日子都是干出来的！这么多年了，村里最大的改变就是村民的干劲更足，双创动力愈发强劲了！” 2009年就当上赤溪村党总支书记的杜家住说，“产业兴，信心增。村民收获了满满的成就感和幸福感。”

一石激起的畲乡创业浪

调色、打底、勾线、绘画……一块块在溪边随处可见的鹅卵石，经过妙笔加工，融合水墨丹青，就变成了一件件精美灵动的鹅卵石手绘作品。

走进福鼎市磻溪镇赤溪畲乡巾帼创业社，陈列柜里展示的成排五彩斑斓的鹅卵石，或渗透出浓郁的自然气息，或点缀以独特的畲族元素，甚是生动有趣。它们都出自当地妇女之手。

2019年，赤溪村利用当地丰富的鹅卵石资源，成立赤溪畲乡巾帼创业社，帮助妇女创业。于是，一个从石头画里孵化而出的创业梦诞生了。

◎ 赤溪村妇女创作石头画（林辉摄影）

“加入创业社之前，我是一个地地道道的家庭主妇，收入来源主要靠采茶。”40岁的蓝晓玲加入创业社后，从开始的简单描摹，到如今可根据鹅卵石形状自行创作，只花了短短3个月的时间。赤溪村像蓝晓玲一样从事鹅卵石手绘创作的妇女队伍正在逐渐壮大。

“赤溪村有750余名妇女，村里可提供给妇女就业的岗位稀少。我们一直在探索妇女创业增收的突破口。”经过考察策划，杜家住将目光投向了赤溪村丰富的鹅卵石资源。在他看来，鹅卵石手绘项目既能激发妇女潜能，还可以融入赤溪旅游发展。

为了让妇女文创项目落地生根，赤溪村党总支与宁德鸿爱慈善会社工组织、福鼎市妇联合力协作，走街入户上门走访，鼓励妇女学艺营商，创新创业。同时，以“妇女之家”为作坊，邀请专业美术老师定期教授鹅卵石手绘及工艺品创作，吸引赋闲在家而又乐于创业的妇女加入，实现家门口就业。

走进赤溪村“妇女之家”，妇女们围桌而坐，手执画笔，在老师的指导下，分别以花鸟鱼虫、畲族元素等不同主题在鹅卵石上进行构思创作。“在鹅卵石上作画，虽说不是太难，可还是有点窍门的。”来自霞浦的志愿美术老师黄幼群说。为了更好地挖掘当地特色，丰富创作素材，黄幼群利用空余时间前往赤溪畲族风情园观摩学习，并向当地人讨教民俗特色。经过不断钻研，黄幼群与同为志愿美术老师的丈夫张新斌共同编制了两本鹅卵石画教学素材。“从挑选石头、练习线条开始，随着时间的推移，妇女同胞们的石头画越画越精，且很好地融入赤溪当地特色。”黄幼群看在眼里，喜在心头。

目前，创业社参与工艺品创作的妇女儿童达到38人，其中，年龄最大的60岁，年龄最小的刚上六年级。普通的鹅卵石经由她们的双手焕发新生。据

◎ 志愿美术老师指导赤溪村妇女创作石头画

介绍，鹅卵石手绘成品价格在10元到300元不等。

2019年6月，一枚枚绘有畲族服饰、纹样、标志的彩色鹅卵石先后亮相第十七届中国·海峡创新项目成果交易会、“中华一家亲”海峡两岸各民族交流活动，向世人展示着赤溪妇女们的指尖艺术。“鹅卵石手绘作品深受观众的认可和喜爱，还有企业主动要求加微信谈合作。”畲乡巾帼创业社社长陈桥说，这更加激发了创业社继续开展好鹅卵石手绘项目的信心。

热爱生活、心灵手巧的赤溪媳妇钟丽萍说，在接触鹅卵石手绘之前，丈夫、孩子、家庭是她生活的全部。“根本没想过自己能创业。”抱着尝试的心理，她加入了畲乡巾帼创业社。经过不断研究学习，她的手绘技艺日渐纯熟。在创业社和家人的支持下，钟丽萍开办了赤溪村第一家鹅卵石手工艺品销售店——赤溪丽艺手工坊，销售自己与创业社成员的手工艺品，并为游客提供亲子手绘体验项目。

与此同时，赤溪云歌手工坊、赤溪畲家创艺手工坊、赤溪畲家女孩手工坊、赤溪英姿手工坊等一批家庭手工作坊相继成立。赤溪村妇女还申请注册了福鼎巾帼工艺品专业合作社，赤溪妇女创业集结号已然吹响。

职教扶贫释放知识力量

近年来，赤溪村刮起了“电商”创业风。赤溪村境内具有丰富的旅游、茶叶、竹木、淡水养殖等资源。虽然这几年进村的游客很多，但产品要销售，还得“走出去”。

“现在，我利用网络交易平台销售赤溪农产品，年销售额达500多万元。”赤溪茶业有限公司总经理杜赢是位返乡创业大学生。2013年7月，他大学毕业后，便踏上返乡路，回乡创办茶厂。两三个月时间，他就收购了5万公斤的茶青，占了赤溪村茶青总产量的一半以上，制作成了1万多公斤的茶。但当时杨赤公路还未通，除了本地市场，产品如何卖到山外去？幸运的是，农

◎ 返乡大学生杜赢创办了村里第一个茶叶加工厂

村致富“充电站”，让他很快掌握了线上线下同步销售。

2014年，福鼎市创建了10个农村致富“充电站”，赤溪村农民文化技术学校成为其中之一。“充电站”制订了赤溪村3年电商培训规划和年度电商培训工作计划，针对村民不同年龄和文化程度，因材施教，定期培训。

像杜嬴这样回乡创业的大学生，学校开展了SIYB青年创业培训和精英级电商培训，特邀国家级电商导师常菁和福鼎市最大的电商企业——艾洛裳网络技术有限公司的专家为学员授课，引导回乡大学生带领更多的农民走上电商之路。

而对老幼村民，则是开展入门级和初级电商培训，让他们掌握电商基本技能，获得帮助家人开展电商运营的能力。

“3年来，学校共举办了各种培训班61期，电商培训参训村民1211人次，村民参与率高达67.1%，40%村民参加3次以上培训。”该校培训处主任杜承砚介绍。村里80%的村民都具备了电子网络服务技能，电商培训班的学员最小的12岁，最大的75岁，“老农玩IP”并非奇观。据不完全统计，赤溪村65%农产品通过网络销售，为村民的增收提供了有效动力。

如今，随着赤溪村旅游的声名远扬，“充电站”又引导村民学习“互联网+”旅游，且已有成效。村内旅游宾馆“鱼香家园”和赤溪村家庭旅馆现在都在网上销售体验式服务，从而走出口口相传的销售瓶颈，吸引更多游客来观光旅游。

旅游扶贫路越走越开阔

近年来，赤溪村立足地处宁德世界地质公园太姥山园区的区位优势，发挥山水生态优势，将旅游与扶贫充分结合，自然资源得到合理开发，村民收入不断增加，旅游质量持续提高，“全国旅游扶贫试点村”赤溪的知名度不断提升。

每到周末节假日，依山横卧于崖壁边上的赤溪玻璃栈道人流如织。玻璃栈道景观自2018年国庆节开放以来，已成为当地旅游观光的一大热门景点。除人气火爆的玻璃栈道外，竹筏漂流、生态农庄、七彩农场、CS野战、蝴蝶谷……赤溪村还拥有许多口碑良好的旅游项目。与之配套的特色农家乐、风格迥异的民俗活动及提供接待服务的酒店等，也在赤溪村发展旅游产业的过程中，如雨后春笋般涌现出来。

谈起赤溪村旅游产业助脱贫，村民吴敬汉感触颇深。老吴是一名乡村教师，闲时兼职当一名导游，家人则在村里开了一家与旅游产业相关的广告公司。“早在1997年，村里就出现了‘旅游需求’的苗头。当时，从外地来的部分游客热衷于简单的漂流，于是有人集资在本地建造了竹筏站，我也参与其中。直到2005年，多家旅游公司及专业合作组织被引进，包括竹筏漂流在内的多个旅游项目得到综合开发建设。”正如吴敬汉所说，2005年赤溪村的“旅游星火”开始燎原。

当年，在各级党委政府的重视关心及支持帮助下，赤溪村结合自身特点，开始“筑巢引凤”，确立“生态立村、旅游富村”的旅游产业扶贫致富发展方向。通过依托太姥山景区，巧妙利用九鲤溪旅游资源，先后引进万博华、枫林园艺、耕乐源等旅游公司及专业合作组织，投入7800多万元用于旅游景点开发建设，推出一系列观光体验游产品，不断完善基础设施配套。至此，“村在景中、景在村中、缘山近水”的美丽景观格局基本形成。

“旅游+扶贫”的完美契合，使赤溪村完成了从贫困村到小康村的蜕变。在推进旅游兴村进程中，在各级各部门的支持下，赤溪村先后成立青年农民创业就业指导中心、大学生创业示范点、农业技术服务队等组织，在扶智和扶志等方面下足功夫。

一项旅游产业的兴旺，足以带动千百村民共同致富。近年来，赤溪村的大好形势更引得在外青年纷纷回乡，自主创业或选择就近务工，呈现出一派兴旺景象。利用自家田地种植瓜果，年收入达5万元；在旅游公司就职，轻松

◎ 赤溪云顶玻璃栈道（陈双杰摄影）

月入3000余元；创办茶厂、茶园，年增收数十万元……村民们各展所能，乘势而为，在家门口就能找到合适的工作，就有创业的机会。

2019年，赤溪村共接待游客27万人次，旅游收入2160万元，占全村产业收入的半壁江山，村集体收入130万元，人均收入22698元。

赤溪村作为闽东之光小镇项目的建设地，其浓厚的畲族文化将作为旅游开发的重点进行打造，以建设畲族古居、引进畲族文化园等方式，不断加强畲族文化与乡村旅游之间的联系……下一步，赤溪会将丰富多彩的畲族文化展现给八方游客，让赤溪旅游发展得更多元、更精彩。

（李向娟、蔡雪玲、王婷婷）

小种子，大事业

20世纪80年代末，丁绍文从部队退伍回到闽江源头的建宁县，扎根土地，潜心钻研，带领农民增收。1991年，丁绍文开始担任溪口镇半元村党支部书记，同时担任建宁县文军种子专业合作社理事长。作为建宁数一数二的制种合作社，文军种子专业合作社辐射带动1600余户农户参与杂交水稻制种。他把一粒种子的作用发挥到极致，在建宁有这么一句话："全国100粒杂交水稻种子有10粒出自建宁，10粒建宁杂交水稻种子有1粒出自文军。"

"想方设法提高村民收入"

在中国的制种界，有"北张掖，南建宁"之称。建宁县是国家级杂交水稻种子生产基地，"建宁水稻种子"更是全国水稻类种子中唯一的地理标志证明商标。丁绍文则是建宁水稻制种业崛起的见证者和亲历者。

"当时，最愁的事就是想方设法提高村民收入。"丁绍文说，"那时村民收入主要靠种植水稻，每亩最多收入三四百元。"

1998年，丁绍文为村里争取了200亩制种指标，在村里尝试杂交水稻制种。"当年每亩收入有六七百元，比原来翻了一番。"丁绍文说，尝到甜头的半元村，从此走上了杂交水稻制种产业之路。

在半元村，丁绍文手把手地指导农户播种、插秧、授粉、防治病虫害、收割、收购等制种各项工作。功夫不负有心人，短短几年，半元村成了建宁有名的制种专业村，当地农户生产的种子色泽金黄、颗粒饱满、产量高、质量好，很受市场青睐。

2013年，建宁县被农业部认定为国家级杂交水稻种子生产基地县，丁绍文成为建宁首个制种经纪人，并取得了工商部门颁发的资格证书。

凭着良好的个人信誉和过硬的杂交水稻种子生产技术，文军种业与实力雄厚、信誉良好的中种集团、北京金色农华和隆平种业等十多家国内知名种业公司开展合作。“2018年合作社制种订单面积2.1万亩，生产优质杂交水稻种子410万公斤，总产值突破7000万元。”丁绍文说道。

“说得多不如做给农户看”

杂交水稻制种是一项技术活，与水稻种植有很大不同，生产过程对技术要求高。

见证建宁制种在中国粮食安全版图中占有越来越重要的地位，丁绍文坚信，兴农靠科技。他“敢于吃螃蟹，争当领头羊”，所试验示范的多项技术得到同行认同并推广应用。

2008年，丁绍文开始推广机械化应用，从飞机防控病虫害到机械化插秧，从建仓库、冷库到添购种子精选机、种子烘干机等设施设备，大大推进了建宁水稻制种全程机械化水平。

中晚制种收割季节天气时晴时雨，种子“晒干难”。2015年，丁绍文在全省试验改造密集式烤房烘干种子。“当年改造了3个烘干房，一举成功，与太阳晒干的种子相比，烘干的种子出芽率更高。次年，合作社改造113座烤烟房。”丁绍文介绍说，2017年这一技术在全县全面推广，彻底解决种子“晒干难”问题。

丁绍文还向合作社社员成功示范推广了杂交水稻制种授粉后割除父本的技术。割除父本后，不仅改善田间通风透光、减轻了病虫害发生，有效提高了种子的产量、纯度、千粒重，还有利于机械化收割。

在新技术推广过程中，丁绍文说，要讲究策略，“说得多不如做给农户看”。在割除父本技术推广过程中，他技术性地选择了6亩地做实验，对照后，农户们发现割除父本的产量高。丁绍文还联合种业公司给农户奖励性补贴，“每公斤补贴0.6元，让他们更有积极性”。

丁绍文透露，近年来合作社在多处建立62个水稻（制种）新品种展示基地，为建宁县建成全国杂交水稻科研、育种及新品种新技术示范展示基地奠定坚实基础。

◎ 丁绍文（右）和农户交流

◎ 丁绍文在稻田观察水稻长势

“我们都愿意跟着丁总干”

“我们都愿意跟着丁总干。”溪口镇桐元村制种大户刘书贵如是说。老刘年近五旬，制种时间超过20年。“我们就是怕种不好，卖不出。丁总不仅质量抓得好，而且讲信用。”在溪口镇，众多制种农户都有这样的共识。这是对丁绍文技术和信誉的最高褒奖。

丁绍文坦承，合作社就是抱团，增加农民的抗风险能力。近年来，文军种业与中种集团等10余家种业公司携手合作，采取“公司＋基地＋社员＋农户”的模式施行订单生产。

虽有合同收购的保证，但文军种业的最大招牌还是技术。即使已经是理事长，丁绍文还是喜欢下田。“我经常清早四五点就到田里看叶龄。”他透露，“通过看几天长一片叶子，由此判断花期，这是制种最关键的一步。”

为了更好地推行和贯彻生产计划与技术方案，丁绍文在建宁和宁化50多个生产片区分设负责人。刘书贵是片区负责人，不仅要种好自家的近百亩地，还得承担桐元片区基地的生产协调工作。“按照生产计划，我们这些负责人主要起到沟通协调作用，例如在扬花授粉这样的关键时期，会配合技术员对农户进行有针对性的指导。”刘书贵说。

身兼数职的还有55岁的刘书星，他是文军种业的技术员，每年除了操持自己的十几亩地，还承担着技术落地的重担。“每个地块情况各不相同，每年气候也是千变万化，要怎么把握好花期相遇问题，始终是一道永远在路上的难题。”丁绍文透露，每年从插秧到扬花授粉期，技术员的身影始终活跃在一线，为农户解疑释惑。

实干加巧干，丁绍文培育出许多拳头产品，例如“文军五号”最高亩产常年稳定在300公斤以上，还曾创造出超过400公斤的亩产纪录。

“带富一方是责任也是任务”

既帮农户产出好种，又帮农户卖出好价。2018年文军制种带动的农户一季制种亩产值4047元，亩纯收入3200元。仅此一项，合作社社员及所带动农户的年人均纯收入达1.8万元，高出当地其他农户收入二三成。

杂交水稻制种产业成就了丁绍文，他先后获得“福建省优秀农村实用人才”“全国农业劳动模范”“全国百名杰出新型职业农民”等称号。

丁绍文说：“心系家乡，带富一方是一份责任，也是一项任务。”

在丁绍文的带领下，半元村全村297户农户仅杂交水稻种子这项收入就达930多万元，90%以上的农户住进了新房。整个村庄环境优美，村容整洁，半元村被评为全县新农村建设的明星村，2019年被省市县列为“实施乡村振兴战略”的示范村。

2016年以来，丁绍文积极帮扶100多户贫困户，合作社免费为贫困户制种提供母本，收购价每公斤另增加0.8元。

总结多年经验，2018年文军种业开始推广“村企合作整村推进”发展模式，推进建宁水稻制种生产标准化、规模化、效益化。丁绍文带领社员创建了“建宁水稻种子”品牌，为产业转型升级涵养核心竞争力。拓展种子出口业务，与科研院校合作研发，推广新品种……丁绍文描绘着更美的蓝图。

（张颖、陈晓星、曾程）

描绘“梅洋宏图”

过去的连江县江南乡梅洋村是福州市级贫困村，村里交通闭塞，村民生活困苦。以“脱贫攻坚”为动力，以“梅花之海”为名片，如今的梅洋走出了一条独具特色的发展之路，从昔日最穷村变成聚集生态旅游、老区文化的精品村，先后获得“国家级生态村”“全国文明村镇”等荣誉。仅一个春节假期就能吸引三四万人次的赏梅大军，在促进旅游业发展的同时，也带动了当地村民致富。

“我把梅洋看成是自己的孩子”

“如果方向是对的，走慢一点也没关系。”村党支部书记、村委会主任陈燕金在朋友圈发了一条微信，纪念自己回村“任职”第十年。从2009年到2019年，1986年出生的陈燕金，把人生最美好的十年青春奉献给了这个小山村，“十年前我是梅洋的女儿，现在我把梅洋看成是自己的‘孩子’”。

2009年，适逢梅洋村换届选举，老村主任找到大学毕业不久的陈燕金，希望她回村带领村民干一番事业。

那时，陈燕金的父母兄弟已经移居海外，她也正考虑是否要跟随父母的脚步。“国内也有一方天地，干吗非要出去？”经过再三思量，陈燕金不顾父母的反对，毅然决定留下参加村两委的竞选。

回村，并没有想象中容易，做两委委员还好，可要当村主干，村民们都不乐意了。“男人都没了吗，怎么能让一个女人来当村主任？”“这么年轻的小女孩，我看是来镀金的。”“不会把我们这当跳板吧？”……

60多岁的村民刘景乖热心公益事业，在村里颇有威望，当初他也是强烈反对陈燕金当村主干的几个村民之一。后来，他的态度已经完全转变，不论村里出什么规划他都积极支持。“燕金是真想为村里做事，我没有理由不支持。”刘景乖说。

陈燕金做事雷厉风行，颇有男儿风范。尽管如此，十年村主干生涯，还是有泪洒现场的工作经历。

记得是2015年春，那时村里已经有一些来赏梅的游客，陈燕金义务给这些游客当起了导游。

“那时，村里有一些村民会做土鸡土鸭给游客吃，个别村民要价高。”陈燕金说，她怕让游客留下宰客的印象，一般会提前提示游客哪里可以吃饭，价格如何，让游客自己选择。一位村民在一次酒后，抓着陈燕金的头发，将她摔到地上，吼叫“你这样是在断我财路”。

“他家女儿读书，低保户的申请都是我张罗的。”陈燕金哭了，心里的委屈远远大于身体上的伤痛。有村民拿出手机要报警，陈燕金阻止了。

等到那人酒醒，陈燕金搬了一把凳子坐到他对面沟通了近3个小时，让对方理解了她的做法。

还有一次村里村道拓宽改造，需要拆除几户人家的阳台，其中就包括陈燕金自己家的老宅。陈燕金的奶奶出面求情想缓几天再拆，因为家里的一个婶婶马上临盆，按照农村的习俗不宜拆家。

“我是村干部当然要带头。”陈燕金回绝了。奶奶也生气了：“你是村干部，我们不沾你光，可是你做到一碗水端平了吗？你把我们当普通村民看了吗？我们就想跟大伙一起拆怎么这么难？”奶奶的问话让陈燕金无言以对。

这两次流泪的经历，让陈燕金深刻认识到，做村民工作一定要学会理解沟通。

“不到现场了解情况我不安心”

梅洋村平均海拔600米，是连江县江南乡唯一不靠海的村庄。全村进出唯一的通道是一条长13公里的盘山路——凤梅公路。

“好女不嫁梅洋人。”这话曾在连江流传甚广。在梅洋土生土长的陈燕金对此印象深刻：适龄的男青年有些要到外省才能娶到媳妇，进了门的媳妇受不了贫困的生活想跑，村民们就轮流把守出村的唯一通道，“那个时候，

◎ 陈燕金（右二）带着志愿者看望村里的老党员

我就想有机会一定要做点什么，改变家乡的面貌。”

交通不便是制约梅洋发展的最大瓶颈。凤梅公路仅有3米宽，而且年久失修，道路坑洼不平。拓宽改造需要资金近2000万元，各级政府拨款1000万元，还有近千万元的缺口没处解决。梅洋村底子薄，村里没钱就得四处化缘。

因为贫穷，20世纪80年代开始，梅洋人开始远走海外讨生活，积累了一定的财富。“华侨们应该会热心家乡的公益事业。”陈燕金和其他村干部一起，翻遍了村里的宗族谱，找出了从村里走出去的七八百位华侨的名字和他们的联系方式、家庭住址，然后“厚着脸皮”联系、拜访，希望他们为通村公路改造捐款。

那段日子，陈燕金几乎没有休息日，一周跑三趟县区，就为了多谈几户侨属。她的这股子劲头感染了许多侨胞和乡亲，他们纷纷慷慨解囊。短短一个月，筹集了近千万元的捐款。2017年上半年，公路改造工程正式启动。

凤梅公路拓宽改造过程中，因自然灾害等原因，道路滑坡、塌方多次出现，不仅影响了工程进度，也给村民生活造成很大不便。

2017年9月，“纳沙”“海棠”双台风来袭，凤梅公路又遭受重创，出现多处滑坡。个子矮小、身体单薄的陈燕金，带领村两委在查看受损路段后，徒步几公里为留守村民送去新鲜蔬菜，自己没来得及吃上一口饭。有村民劝她注意自己身体，不用什么事都亲力亲为，但她说：“不到现场了解情况，我不安心。”

修路的这段时间，恰逢陈燕金的父母回国探亲。“父母回来的3个月时间，我只陪了他们3天。”陈燕金说，不能在父母身边尽孝是她这些年最大的遗憾。

2018年7月，拓宽至6米的凤梅公路建成通车，村民们自发放起鞭炮庆祝。

“让村民腰包鼓起来才是目的”

梅洋村拥有2万余株梅树。近几年，梅洋村搭乘被评为“旅游精品示范村”“幸福家园”“美丽乡村建设”的东风，通过旅游规划，将漫山遍野的梅林整合成了移步换景的景区，在梅洋可春季踏青、夏日避暑、秋季闻桂、冬日赏梅，还可观赏村里数十座具有300多年历史的古民居建筑。

如何在梅花产业上做些延伸？陈燕金又动起了脑筋。

酿梅花酒和蜂蜜是梅洋村的特色，陈燕金决定往这些方向发力。她鼓励有经验的村民成立专业合作社，抱团发展，同时带动村里的贫困户实现脱贫。在合作社的帮助下，贫困户刘桂香做起了养蜂生意，自食其力。贫困户刘用焕学起了酿酒，产品不愁销路。

在福州市妇联“姐妹乡伴”公益项目的支持下，陈燕金带领村里的家庭

◎ 陈燕金（右一）推介梅花系列食品

主妇围绕梅花开发了系列乡土创意食品。通过邀请面点师上门授课、上网自学手艺等方式，开发出梅花酥、梅花酿、梅花蜜等20多款伴手礼，产品一推出就受到游客欢迎，第一个月销售额达20万元。

陈燕金将村集体收入以入股的形式在乡里开办了梅花系列伴手礼的加工车间和销售实体店，解决了全乡30多位家庭妇女的就业问题，也增加了村集体收入。“感谢陈书记，让我们在照顾家庭的同时还能有份额外收入。”家庭主妇郑萍斌说，靠着制作梅花酥，她每月有两三千元的收入。

在陈燕金的带领下，2017年梅洋村摘掉了贫困村的帽子，全村人均收入1.8万元，基本达到小康水平。梅洋，这个昔日村民口中的最穷村已成为游客眼中的最美村。

（王帅）

隔背村的返乡创业者

春节期间，诏安县秀篆镇隔背村的叶宗健没闲着，一直在思索、编写2020年的生产计划。叶宗健是隔背村的返乡创业者，福建裕健龙生态农业发展有限公司的总经理。

“2019年脱贫了，2020年我要增加山苦瓜种植面积，争取收入达到2万元。”春节前，村民王礼亮特意找叶宗健表决心。叶宗健笑着说：“2019年公司和农户们联手赚了200多万元，2020年公司也准备扩大山苦瓜种植面积，只要大家齐心协力，鼠年一定能比猪年赚得更多。”

广州办校，让乡亲子女有书读

早在20世纪90年代，叶宗健只身前往广州谋求发展。他当过建筑工，开过工程车，做过推销员，还投身房地产业，由此赚到了人生第一桶金。

随着经济发展，越来越多的诏安人到广州务工经商。到2001年，诏安县官陂、秀篆、霞葛等3个镇，就有5万多人常住广州。这些外出人员子女就学难问题日益突出，需要在广州读书的孩子有近2000人。

了解到乡亲孩子读书难的情况后，叶宗健萌生了办学的念头。几经筹划，他和几位热衷于教育的老乡，共同投资1200万元，先后创办了广州市开

◎ 叶宗健（右一）和农户探讨金银花种植技术

发区英杰学校和广州市华光学校，前后共接收家乡官陂、秀篆、霞葛等地的乡亲子女3000多名入校就读，解决了乡亲子女在广州上学难的问题。2009年，广州市开发区英杰学校被评定为广州市开发区一级学校。

回乡创业，让资源转化为财富

隔背村拥有广袤的山地，全部达到富硒标准，但在这片土地上，只是零散种植着青梅、茶叶等一些农作物。为了让资源转化成财富，2012年2月，事业有成的叶宗健决定回乡承包山地发展现代生态农业。

“家人和朋友一开始极力反对，毕竟我们在广州有自己的事业，经济富裕，孩子们也相继考上大学，没什么可愁的事了。”叶宗健说道。

经过他耐心劝说，家人和朋友理解了。2012年8月，叶宗健向秀篆镇隔背村承包了4000亩山地，先后创办了启裕堂中药材农民专业合作社和福建裕健龙生态农业发展有限公司，走上返乡创业之路。

“龙伞岽是诏安第一高山，常年云雾缭绕，山清水秀，生态环境优越，可利用林下土地发展林下经济。”叶宗健说，诏安是“中国海峡硒都”，土壤中富含硒元素，发展富硒中药材，如种植金银花，每亩最少可收干花100公斤。以每公斤干花80元收购价格计，一年的亩产值可达近1万元。

叶宗健承包4000亩山地，走的便是富硒现代农业之路。基地首期开发2200亩，利用林下种植清明茶500亩、观音串380亩，利用山坡地种植金银花520亩，利用坡埂地种植黄栀子800亩。同时，叶宗健与广东的院校实施战略合作，邀请专家学者实地授课和技术指导，基地里全部按绿色食品标准管理，施用有机肥，使用生物农药，并建立了完善的水肥一体化管理系统，产出的农产品经检测达到绿色食品标准、富硒农产品标准。

短短两年，叶宗健打开了国内销售市场。他旗下合作社和公司已拥有两个SC认证（生产许可认证），有“裕健龙”“龙伞岽”“叶八仙”“龙伞岩”4个注册商标，拥有软件著作权专利5个、实用新型专利8个，开发出苦瓜茶、金银花茶、清明茶、观音串、乌龙茶、黄栀子等十几个深加工产品，产品主要销往珠三角地区和北京等地，年销售产值近5000万元。

2018年，叶宗健投资建设休闲观光农业和电商平台，园区内已建成12公里的水泥道、8公里的步行道，建有3000平方米的停车场、400平方米的木屋住房、500平方米的生态水系和一家中药材特色酒店，并通过在淘宝上开通“裕健龙旗舰店”销售公司产品。通过6年多的发展，公司开始走上了一二三产业融合发展的道路。

紧密合作，带动村民共同致富

回乡创业的叶宗健一边启动山苦瓜种植项目，一边采取“市场+公司+基地+农户”的农业产业化模式，为农户提供就业的机会，带动全村村民增

◎ 风景优美的福建裕健龙生态农业发展有限公司生产基地

收致富。他优先安排贫困户到公司就业，每天有300多名本地村民到基地务工。从2017年开始，他与本村20多户建档立卡贫困户签订订单农业120多亩。“我2019年种植山苦瓜1亩多，赚了1万多元呢！”隔背村脱贫户游义栳高兴地说道。

叶宗健免费为种植户提供种苗、培训、上门指导和防治病虫害等服务。虽然是免费提供种苗，但农户可以随行就市，把自己生产的产品运往外地销售。为了保障农户的收益，公司与农户签订了山苦瓜种植保护价回收合同，农户可以保底价卖给公司，由企业进行二次深加工。

“我们以前没见过山苦瓜，一开始，只是在叶总那儿拿了免费种子回家试种。没想到，按照专家教的方法首次试种就成功了，价格也卖得很好。”村民叶大田说，收获期秀篆镇每天有3部大货车将山苦瓜运往广州销售，每公斤能卖到30元左右。

叶宗健与隔背村80多户农户签订了种植山苦瓜合作协议，并辐射带动周边村庄乃至整个乡镇的农户种植，形成区域特色的生态产业链。隔背村村民在家种植山苦瓜的收入，要比外出打工挣得多，村民们在家门口就能赚钱，村里留守儿童、留守老人少了许多。

秀篆镇是茶叶主产区，全镇种植茶叶2万多亩。为解决村民茶青难卖的问题，叶宗健创办了茶叶深加工厂，以高于市场价向当地农民收购茶青，然后加工销售。叶宗健带动全镇几个农民专业合作社和家庭农场组成了“裕健龙农业联合体”，加强与当地农民合作组织的利益联结关系。

在叶宗健的示范带动下，十几位在外务工的村民也先后回乡创业。昔日一穷二白的偏远贫困村，正在演变成一个生机勃发的投资热土。福建裕健龙生态农业发展有限公司也被中国食品企业社会责任年会组委会评为“社会责任百强企业”。

（庄严、洪雅君）

“女茶痴”

安溪山区多产茶，如何让一个个茶园成为贫困山区茶农们的金山银山？女茶王何环珠不忘初心，创办安溪铁观音女茶师非遗传习所，带领茶乡姐妹们在产业振兴、精准扶贫中，充分展示女性在创业就业的巾帼风采。

惜天下茶，结万千缘

何环珠，20世纪80年代出生于安溪县湖上乡，原先学习服装设计专业，2008年开始接触安溪铁观音。因为喜欢，她到安溪茶校学习。为了提升自己的茶叶知识，何环珠主动拜访了不少茶学教授、茶界前辈，比如茶界泰斗张天福、台湾陆羽茶研究所所长蔡荣章、中国农业科学院茶叶研究所培训中心主任周智修、全国茶叶标准技术委员会委员陈郁榕、浙江农林大学教授沈学政等。她虚心请教，他们也不吝赐教。张天福还欣然担任小何茶店形象大使。

何环珠到全国各地学茶、寻茶，先到湖南长沙高桥茶叶市场学茶叶审评，挨家挨户比对，之后，何环珠还远赴内蒙古、浙江、安徽、云南寻找各类茶品……

每到一个地方，乐于分享的她会与当地茶商交流，并搜集当地的茶叶。

“比如到了台湾，他们教我台湾乌龙茶的审评方式，我则与他们分享福建乌龙茶的品评。这是一个资源共享、知识互补的过程。”她说。

现在，她已是名副其实的女茶王，属于她自己经营的茶叶种类已有300多种，从冰岛普洱到新烟制的古树红茶，还有天籽兰花、九品香水莲花等。用她的话来说：“每天泡一种茶，还真能一年不重样呢！”

有人说，何环珠是一位“女茶痴”。她走遍大江南北寻找好茶，从铁观音开始，到全国茶，又回到铁观音。

凭借自己的努力，何环珠在茶业界已经小有名气。何环珠以“惜天下茶、结万千缘”为寓意，创办惜缘茶业，总部设立于中国茶都（铁观音故乡）——安溪，公司拥有自主茶园120亩、协议茶园 800 多亩。由原料种植到产品的深加工发展产业一条龙，成为一家集茶叶、茶具、茶食品、茶文化研发推广及生态茶园建设为一体的专业化茶企。她先后取得了国家一级茶艺师、一级评茶师、国家职业技能鉴定考评员、高级农艺师职称，还被评为乌龙茶（铁观音）制作技艺非遗传承人、泉州市技能大师、泉州市第四层次人才。

2014年起，惜缘茶业与福建农林大学安溪茶学院合作建立科教实践基地，先后组织超300人以上的安溪茶学院大学生到基地开展教学、实践、科研、创新活动，组织当地茶农观摩交流和现场培训，制定铁观音种植和制作规范标准，并建立产品标准化生产系统。

近5年来，何环珠还担任茶行业多个茶叶协会组织的专家顾问、秘书长等职务，为安溪县产业扶贫和乡村振兴战略献计献策，先后组织带领几千人参加茶产业相关技能培训，组织茶农参加“春·秋”铁观音初制技艺大赛，以及茶文化技能培训，培养符合区域产业实际需求的技术技能人才和“三农”工作队伍。

随着茶友越来越多，何环珠开设的“惜缘”品牌有了加盟店。在她的带动下，通过QQ营销所积累的茶友，至今已拥有上万个。这些顾客都是多年的合作伙伴，是安溪铁观音的“忠实粉丝”。把安溪的铁观音卖遍全国，2015

年惜缘茶业荣获“泉州市巾帼创新创业典型”，何环珠被评为福建省农民专业合作社带头人，还被列为文化和旅游部、财政部文化产业创业创意人才扶持计划重点人才。

何环珠说：“只有家乡好了，铁观音好了，我才会好，这就是我的乡愁。”

传习所——女茶师的摇篮

据统计，安溪县有数十万女性从事茶叶生产经营活动，在茶园建设管理、茶叶采制加工、茶道以及茶叶营销等茶产业流程中，约有80%的女性在幕后工作。“我也是其中的一员，我想证明，女性通过学习也能提高，希望能有更多的妇女加盟到创业创新队伍中来。”

如何提高茶区发展水平，发挥女性在保护和传承安溪铁观音茶文化系统，以及在安溪脱贫攻坚和茶产业振兴中的示范带动作用，是何环珠经常考

◎ 安溪铁观音女茶师非遗传习所师带徒签约仪式

◎ 何环珠（中）在传授制茶技艺

虑的问题。作为安溪乌龙茶制作技艺（铁观音制作技艺）非遗传承人，何环珠决定创办安溪铁观音女茶师非遗传习所。

2019年3月7日，安溪铁观音女茶师非遗传习所揭牌仪式在福建农林大学安溪茶学院举行，来自学界和业界代表300余人参加了大会。何环珠设立传习所的初心，就是要集合安溪铁观音茶产业的原乡品牌和福建农林大学的学科优势，面向女性大学生、女性创新创业者、女性致富带头人、女性茶文化传播者，讲好茶故事、讲透茶文化、讲活茶技艺，形成示范带动效应。传习所联合福建农林大学安溪茶学院、安溪县茶业管理委员会办公室、安溪县总工会、安溪县妇女联合会等单位，以铁观音女茶师非遗制作技艺竞赛为依托，通过传习所平台，让学员全方位学习茶园建设管理、茶叶采制加工、茶道等，弘扬女茶师的匠心精神，创新传承方法，传播安溪铁观音制作技艺非遗文化。

为了进一步壮大女茶师队伍和更好地为产区一线服务，何环珠还在安溪湖上乡建立了传习实训中心，在龙涓乡、虎邱镇、西坪镇、感德镇等主要产业区设立了基地，扩大传习平台建设，传习所初步形成了扩散式发展效应。

传习所成立以来，通过铁观音女茶师非遗制作技艺竞赛，成功推出一批优秀女茶师，其30位理事成员中，有1人被全国妇联评为“全国巾帼建功标兵”，先后有10人分别被评为“福建省技能大师工作室领衔人”“泉州市技能大师工作室领衔人”“安溪县技术能手”等。通过“传、帮、带”机制，86%理事成员技术得到提升，30%理事成员深入一线自主创业，家庭经济收入上升35%，吸引越来越多女性参加传习所。何环珠技能大师工作室被列为福建省10个茶叶技能大师工作室。传习所被授予安溪县“乡村振兴妇女创业人才孵化基地”，成为目前全国唯一一家以女性茶师为主体的高层次应用型

◎ 何环珠（左二）给安溪茶学院茶学系学生讲解采茶技术

人才培养传习平台。

鉴于安溪铁观音女茶师非遗传习的独特性和影响力，2019年6月4日，被邀请作为第17届国际无我茶会大会协办单位，同时聘任何环珠为组委会副主任。大会期间，为在安溪传播和延续“国际无我茶会”文化精神，何环珠把女性发展与非遗文化融入铁观音茶文化系统，并将其推向“一带一路”沿线国家。国际茶友Betsy Meyer和Dewey Meyer姐妹俩还牵头在美国成立了“北美安溪铁观音女茶师非遗传习基地”。安溪作为21世纪海上丝绸之路核心区的重要“茶都”，抓住“一带一路”倡议实施的有利时机，推动茶产业转型升级，将迎来铁观音的“二次腾飞”。

“一花独放不是春，百花齐放春满园。”在何环珠的带领下，安溪铁观音女茶师非遗传习所以特色立所，以产业立足，坚定地向前迈进。

（黄跃东）

一张豆腐皮　十年合作路

2020年7月2日，时近小暑，清流县嵩溪镇罗坡岗村热浪袭人。

清流县嵩溪爱珍豆腐皮专业合作社办公室里，理事长兰爱珍正认真地与前来调研的市县工商局工作人员交谈着标准化作坊建设中的经验与困难。

“这里一直没安空调，我们基本都忙着跑社员们的作坊，很少在办公室待着。”她边擦汗边抱歉地说。

合作社成立于2009年3月，由兰爱珍发起，如今已有成员116户，出资总额1941万元，帮助70多户贫困户脱贫，辐射带动全县1300个农户从事豆腐皮产业，5000多个农村劳动力在家乡就业创业。

一张豆腐皮，十余载合作路。这条路，也是兰爱珍和百多名农户的致富之路。

“以后挣了钱，一定要先给爷爷买双鞋”

兰爱珍的豆腐皮事业源于1996年。“创业原因很简单，穷怕了想脱贫。”兰爱珍一头短发干练利落，快言快语。

“小时候的贫困，记忆犹新。”她说，家里是地道的农民，当年入不敷出，主食大多是地瓜丝，几乎没闻过肉味。父母重视教育，让5个孩子都上学读书，每年四处借学费，作物一收成就卖了还钱。放假期间孩子们得帮人看鸭子挣点补贴。

爷爷奶奶来家里做客，身为大姐，兰爱珍总被委以盛饭的“重任”：给爷爷奶奶打的是米饭，给其他人打的饭底下是地瓜丝，只有表面盖上些米饭。

“上学时，有一次爷爷来学校看我，给我送吃的。”当时她看爷爷没有穿鞋子，就在当天日记里写下：“以后挣了钱，一定要先给爷爷买双鞋。”

高中毕业后，兰爱珍进入一家乡镇企业，但企业经营不善，不久她就下岗了，只能回家放牛、做农活。她一边放牛，一边琢磨，思前想后，把目光盯上了嵩溪镇已有800多年发展历史的豆腐皮。

“很多人家逢年过节都会自制豆腐皮，我爷爷奶奶每年都会做。”她说，不能小打小闹，要做大做好，卖出去。

于是，兰爱珍到当地有名的能人家中学习，暗暗记下制作豆腐皮的每个工序，逐渐总结出制作流程和制作的最佳比例、时间、温度等一套技艺。

1996年，在父母的支持下她开起了自己的小作坊。“全家扣除吃到第二

◎ 兰爱珍（左一）和社员一起把豆腐皮装箱发往各地（林熙摄影）

年的口粮，剩下的粮食全卖了，把所有钱凑起来一共2000元。”她说，全家的前途都压在自己身上。

用家中的几口大圆锅，兰爱珍不断琢磨、改进方法，用最好最纯的原料制作出豆腐皮，去镇上走街串巷叫卖。

“我设计了密封袋，让豆腐皮保持干燥；做了每袋两三把的试吃装送给客人品尝；到各个小卖店上门推销，给他们赊账试吃、试卖；寄长途汽车运去福州等地销售……能试的办法都试了。”她说，“那几年，一天走十几公里路，脚后跟磨出水泡血泡是常事，脚趾都走到变形。”

终于有商家被她的诚恳打动，试卖之下客人反馈不错，商家同意留下产品代销。一年下来，有了几千元收入，这在当时已经是很大的安慰。

就这样，她的豆腐皮一步一步打开了销路。4年艰辛，靠客户口耳相传，慢慢累积，豆腐皮终于给她带来了第一桶金，全家人生活总算有了着落。

“一个人单打独斗，走不了多远”

走过艰辛的创业初期，兰爱珍有了更多的想法和行动。

兰爱珍把挣到的钱投入到产品的升级研发中。“创业果实得来不易，我们唯一的倚仗就是产品质量。”她说，一定要做出自己觉得最好吃、品质最好的产品。

2002年开始，她放弃传统圆锅，先是设计了第一代长2米、宽1米的方形铸铁大锅；把烧柴火改为蒸汽加热，减少飞灰问题；后来又把锅改为锅炉蒸汽平台式不锈钢夹层长锅，2个劳动力一天可生产豆腐皮约60公斤，效率是以往的8倍……而且更加安全、卫生，品质也更好。

在政府支持下，她与福建省农业科学院合作改良技术，探索标准化现代化生产方式，合作研究出恒温、裹浆等技术，对湿度、温度进行精准控制，让产品的香甜度、光泽度、保存时长等更加稳定。

优质的豆腐皮带来了更大的市场需求，兰爱珍也遇到了“成长的烦恼”。

清流豆腐皮大多是个体分散经营、品牌不一，常常遇到互相压价的问题。由于规模不大、产量不高，一些大订单也无法承接。

“一个人单打独斗，走不了多远。”做大做强豆腐皮产业，创办合作社的念头在兰爱珍的脑海中浮现。

2009年，兰爱珍牵头把附近5个豆腐皮作坊“元老”组织起来，成立了爱珍豆腐皮专业合作社，申请注册“鑫珍”牌商标。

“这些‘元老’都曾是我的老师，现在我反过来把自己研究实践过的一整套技术标准分享给他们，包括原料配比、浓度、温度、关键控制点等。”她说。生产中，合作社持续对设备、烤房改进优化，产品越做越精，“鑫珍”豆腐皮逐渐成为远近闻名、顾客认可的品牌。她每年参加各类农产品对接活动，走遍全国20多个省市，千方百计宣传“鑫珍”牌豆腐皮，开拓销售的路子。

清流县有许多人出国工作，对家乡的豆腐皮念念不忘，有商家希望出口“鑫珍”豆腐皮。“一开始我心里也没底，这种农特产品能通过检测吗？”她说。没想到一检测，“鑫珍”牌豆腐皮符合绿色、零添加的要求，完全达到出口标准，成功出口欧洲。

近年来，“鑫珍”豆腐皮名声越来越大，顺利入驻沃尔玛、新华都等大型超市；逐步在北京、上海、广州、厦门、福州等大中城市设立27个销售点；产品还出口德国、日本、韩国、新加坡……2014年，合作社探索电商销售模式，建立豆腐皮产品销售电商平台。清流豆腐皮，这一古老的民间美食越走越远，成为清流县的特色产业。

“尝过贫困的滋味，更知同行的可贵”

2012年，爱珍豆腐皮专业合作社被评选为省级示范社和全国示范社。

“一路过来，我尝过贫困的滋味，更知同行的艰辛。”兰爱珍记得合作社成立的初心，社员分摊风险，也分享品牌效益，带动更多人致富，把产业做得更好。

十多年来，合作社每年都吸纳十多户新进社员，其中不少是贫困乡亲。为保证品质与效益，在运营中，合作社为成员提供生产资料、技术指导、质量标准、品牌和产品销售“五统一”服务；在质监部门的指导下，监督生产过程，为社员升级标准化作坊；统一使用“清流豆腐皮”地理保护产品标志，使用“鑫珍”牌商标，分级分类包装，按品级定价。

清流县农村经营指导站站长陈水根介绍说，每批新入的社员，兰爱珍都亲自培训生产理念、关键技术，帮助设计厂房，平均每年培训社员600多人次；社员生产中有任何问题，她都会前往帮助解决；她还与县农业部门对接，建立“桂夏豆2号”高产优质黄豆品种种植示范基地5600多亩，联系优质黄豆种子给农户种植。

◎ 兰爱珍（左）在社员的标准化豆腐皮作坊指导（林熙摄影）

在嵩溪镇青山村，农民李建生新盖的四层小楼旁，就是自家的豆腐皮作坊。下午，烤箱仍在运转，他的妻子郑冬香在清洗锅炉。“2018年冬天在政府支持下建起的作坊，2019年一年挣了8万元。”李建生介绍，他家曾是村里的建档立卡贫困户，家中两个孩子需要妻子照顾，老父亲瘫痪需要母亲照顾，主要劳动力只有自己一人，以前外出做水电工，收入不稳定。2018年，他加入合作社，在政府补贴和合作社支持下，经过大半年的作坊建设、培训学习，在2018年底作坊投产。

“有问题，随时问兰总，她都会来指导。做好的豆腐皮不用担心销售，合作社会按等级收购。”他说，2019年他家脱贫摘帽，2020年上半年已经挣了5万元。

在合作社社员中，有70多位像李建生这样的贫困户。为帮助他们，部分合作社大户社员成立了豆腐皮加工互助基金，由合作社担保，给予每个贫困

◎ 嵩溪镇豆腐皮产业集中生产孵化基地（林熙摄影）

户12万元以内额度的免抵押、免担保、免利息滚动式的帮扶借款，用于建设加工厂房或添置设备。合作社累计发放互助资金310多万元，帮助78个农村贫困户实现了脱贫致富。

10多年来，合作社通过合作经营、抱团发展，豆腐皮年产销量从成立初期的170多吨增加到1300多吨，2019年销售额超过3500万元，平均每户成员仅豆腐皮单项纯收入就达9.2万元。

“这些年最有成就感的，是看到贫困社员脱贫摘帽，看到我的社员们从土坯房搬进了新房，从生活没有着落到成为‘生产状元’……”兰爱珍说。

最近，兰爱珍不停往返于合作社和嵩溪镇豆腐皮产业集中生产孵化基地。基地坐落在青山村，建筑面积2000平方米的4个厂房已经竣工验收，厂房共有8条生产线，已经开始试生产，合作社的核心区正逐步搬往这里。

“清流豆腐皮加工业正走向规模化、工厂化和产业化，合作社的日子也会越来越红火。”兰爱珍目光中透着一股坚毅和执着。

（阮锡桂、陈旻、方炜杭）

创业夫妻档　山里货“爆款”

在武夷山五夫镇，项玲青、余斌夫妇俩开拓农产品营销新模式，推广五夫地方特产，带动偏远山村留守老人增收，打造“爆款”，让土特产走出大山。

秋冬是武夷山脉的野生酸枣树的成熟季，项玲青和她的电商团队开始全力销售“爆款”地方特产——古法酸枣糕。

制作、晾晒、烘干、包装、销售……项玲青每天忙得脚不离地。

冰雹击碎创业梦想

2013年，项玲青为爱情放弃城市工作，嫁给大学毕业后返乡创业的余斌，来到武夷山五夫镇翁墩村，成了一个普通的农村媳妇。

早在2011年，余斌就成立了熹柳镇生态农业合作社，是五夫镇首家白莲种植加工一条龙合作社。

嫁到五夫，项玲青拿出积蓄与嫁妆，全力支持丈夫。他们在五夫镇种植了200亩白莲，并将机械引入莲子加工，还通过快递代理，拓宽农产品外销渠道。

2015年7月，莲子长势正旺的时候，夫妇俩憧憬着即将到来的丰收，一场天灾不期而至。7月29日凌晨1点，五夫万亩荷塘片区遭遇了百年一遇的特大冰雹，即将成熟的莲蓬被打得七零八落，损失惨重。

项玲青将刚满一周岁、尚未断奶的孩子交给婆婆，从村子赶到镇上与丈夫并肩作战。

雹灾引起了社会广泛关注，在莲农开展自救的同时，公益协会伸出援手，在线上售卖受灾莲蓬，爱心订单纷至沓来。此后三天，夫妇俩几乎没合眼：天刚亮就和工人一起下田捡莲蓬，随后余斌拉着莲蓬进城售卖，项玲青则负责所有网络售后，晚上通宵整理订单，还得打包发货。

“我一直忙到8月1日下午才有空休息，此时却接到婆婆电话说孩子高烧41℃。”项玲青回忆道，“几天的忙碌，我发现自己自然退乳了，愧疚和压力下，抱着孩子痛哭了一场。”

那一场灾害，夫妻俩当年投入尽亏，还负债40多万元。

杨梅干再燃创业之火

如何从失败中走出来？“一次我嘴馋煮了一点杨梅干，并把照片晒到朋友圈，马上有很多朋友留言询问怎么卖。”项玲青看到了市场需求。

2015年8月，项玲青决定重启创业之路。

说干就干，她在淘宝上买了100个螺旋口塑料瓶，去镇上集市精选了15公斤五夫高山杨梅干和20元冰糖，和婆婆、邻居探讨煮杨梅干的手法与经验，拿捏酸甜度，想抓住客户的胃。

每天早上4点起床煮杨梅干，下午3点准时寄客车送货进城，晚上12点还在接单，项玲青每天都干劲十足：“我当时觉得兴奋，似乎找到了留在农村的价值。”

每天按订单现煮现卖，项玲青的杨梅干口碑越来越好，但问题也出现了，炎热的天气导致杨梅干在快递过程中发酵爆瓶，还污染了其他物品，快递开始拒收。项玲青用前期利润买了一台易拉罐封口机，改进包装。

◎ 项玲青在制作酸枣糕（邱汝泉摄影）

次月，项玲青成功找到了第一个代理。“原本她是顾客，喜欢分享美食，几番劝说，她成了我的代理。”

杨梅干做了两个月，茄子干、南瓜干陆续出炉。

农村的生活随着四季更迭，项玲青不断寻觅新的产品，野生酸枣糕进入她的视线，“没想到这个产品，让我吃了很多苦头”。

秋季至腊月是酸枣产果期，早上四五点骑着摩托车下乡收酸枣，刺骨的寒冷让夫妇俩记忆深刻。

收果之后，得清洗、煮熟、搅拌、拿核、取肉，五道繁杂的工序之后才能得到果泥半成品。“刚开始中午做糕，成品一直有酸味，不断地找原因，后来才发现是发酵引起的。”项玲青经历过无数次的失败，才解决了发酵致酸的问题。

项玲青坚持，只有好产品才能有好口碑，才能稳定住顾客群。所以，她用传统做法，坚持低糖，保持原材料纯正，酸枣糕成为她最成功的一款“爆品”。

5公斤的成果只能产出1公斤的半成品果泥，烘干后的成品率更低。一起帮忙做枣糕的陈阿姨说：“我做自己吃的糕都会加上地瓜粉，小项真的什么都没加。”

“只要尝过我的酸枣糕，大家都会认可其品质。”很快，项玲青开始接到合作客户的大订单，“至今，合作过的客户还未跑过单的”。

“2015年下半年，我在微信的流水做到了9万元。我很用心做，不仅为了还债而努力，我在不断发现留在农村的价值，也在不断挖掘农产品的价值。”项玲青在创业中收获了喜悦和满足。

帮扶农村留守老人

2017年，创业进入相对稳定时，夫妇俩已懂得如何用“引流产品+主打产品+利润产品”来完善产品架构。他们是五夫第一个做藕粉的电商，还把莲子按个卖，2018年尝试将五夫田螺外销，为农产品的增值作出自己的努力。他们珍视产品的品质和信誉，无论是卖莲子、藕粉，还是卖红菇、草药和山货，夫妇俩都会寻找最正宗的货物来源。他们亲自上山采红菇、挖白花蛇舌草，去偏远山村收购最地道的椴木香菇，甚至会帮忙老客户寻找“小而偏”的土特产。

在挖掘更多家乡食品的同时，夫妇俩尝试去帮助更多需要帮扶的农村留守老人。

在收购杨梅干的过程中，他们走访了五夫镇许多偏远村落。项玲青对大干村特别有感触。这是一个高海拔村落，距离镇区1个多小时车程，盛产高山晚熟杨梅，上市迟，品质好。由于交通不便，加上村中多为60岁以上的留守老人，不懂生鲜保鲜技术，更不会网络销售，只能用传统方法将杨梅蒸晒制成干，然后赶集时挑去卖。

“老人家年岁大，捡果子摔伤腿、摔断腰的都有，以前他们为了赶集半夜就得出发，到了集市还不能卖出好价格。”项玲青说起第一次进村收购的见闻几乎掉泪。全村都是老旧的土石屋、木板房，“往年有山货贩子进村，但价格非常低”。

体谅老人家的艰辛，项玲青从不刻意压价收货，告诉老人们只要按照要求把货物准备好，他们会定时进山来收购。澄溪村的椴木香菇，白水村、大干村的酸枣……五夫附近的很多高山村，都成了项玲青的收购点，有时一个村就收购超过万元，很多留守老人因此增收。

在酸枣糕逐渐成为拳头产品后，项玲青将初级加工环节下沉到村落。“酸枣盛果期长，老人家捡果子后，在家就可以加工成果泥，收购点负责人按照要求，帮助老人一起把控品质。我的收购价是1公斤32元，一个季节下来，老人家赚四五千元没问题。”项玲青表示，“很多老人家做事认真负责，对我而言也是一种激励，好的农产品更得让它们卖出应有的价格。”

◎ 项玲青晾晒洛神花（邱汝泉摄影）

◎ 项玲青（右一）向福建商学院的大学生介绍创业经历（邱汝泉摄影）

经历4年创业，项玲青对于农村、农业、农民有了新认识和思考。她报名参加培训班，做一个更加合格的新型职业农民，也和其他创业青年分享自己的得失。

网络营销需要与时俱进，项玲青也在不断学习。在处理日常事务的同时，她还会研究利用各种软件为农产品制作短视频、电子书，普及知识的同时也达到营销的目的。社群经济的崛起，项玲青在拓宽销售渠道上有了更多的启发和尝试。

2018年，项玲青的销售流水突破百万元，家里外债已经基本还清，打造的“熹柳镇”品牌也慢慢有了名气。

“爱情带我来到农村，亲情点燃了我在农村的火把，乡情让我扎根留在农村。”项玲青说道。

（张颖）

“微农经济”闯新路

1984年出生的王永源，是泉州安溪人。

“虽然在非洲钱赚了不少，但我觉得给人打工不如自己创业。” 2008年，王永源从福建农林大学毕业以后，被一家外贸公司派往非洲，从事现代农业生产工作。这一经历让王永源认识到农业的魅力和潜力，激发了他自主创业的欲望。2010年，王永源回国，选择在福州创业，到闽清县白中镇田中村承包土地，创办家庭农场，开始了自己的农业梦。

他在闽清县发起并推广“微农”模式，通过传授南瓜栽培技术、实行订单保价回收等方式，帮助超过百户的“微农”抱团发展，当地贫困户得以脱贫致富。

立足本土，做适度规模经营

2010年，王永源在田中村租赁了100多亩土地，成立了源风家庭农场。

他常常待在田里，黏着泥土的着装，加上黝黑的皮肤，让人很难将他与高级农业经济师的身份相联系。

“刚开始以种植时令蔬菜为主，想法也很大胆，想做全国的市场。为此，我尝试种植了30多个品种。”王永源说，尝试过传统种植、生态种养殖、农业综合开发，成果和效益始终不理想。这使得他对于农场转型经营有了初步的想法，那便是立足本土实际，做适度规模经营。

于是，王永源开始依托专业优势和技术优势，瞄准市场，专心致志种植南瓜，产品直供食堂和大型超市。农场有了很大的起色，产品得到市场的认可。

2017年，源凤家庭农场被评为“福建省省级家庭农场示范场及福州市农业物联网应用示范点”，也被选作福建农林大学作物科学学院、经济学院的教学实践基地。

帮助贫困户实现零成本发展

王永源说，他立志做产业扶贫的事业，要从2016年的台风“尼伯特”说起。

那场台风，使源凤家庭农场的直接经济损失超过100万元，要重建预估得耗资60多万元。更让王永源心疼的是，周边还有很多农场同样受灾，其中跟他有合作关系的农户就达100多户，他们大部分是当地贫困户。

“我也是农民家庭出身，他们的感受我能理解。所以，我不仅要自救，还得想办法救助他们。”在分析了灾后农田的条件之后，王永源选择了能够适应高低不平地况、无需精细管理的南瓜。

那一年的11月，源凤家庭农场的南瓜正式上市。这些南瓜大小适中，风味独特，既有葫芦形的泰妃南瓜，也有香味浓郁的板栗南瓜。为了打开销路，王永源选择新零售模式，并积极对接本地生鲜龙头企业——永辉超市，

◎ 源凤家庭农场一角

让产品进入超市。

销路打开后，源凤家庭农场开始主动响应政府号召，参与扶贫工作。

在产业扶贫工作中，源凤家庭农场采取了“三步走”的策略。第一步，吸收贫困户到农场就业，增加收入；第二步，理论联系实际，进行创收演练，让农户“看得见”收入，增强自信心；第三步，采用“公司+农户”的方式，农户可以反过来在农场承包土地，也可以自主创业。

王永源说，在前期，农场会提供机器耕地服务，供应地膜、种子、肥料等，仅收取成本价。在管理期间，农场会提供种植过程的所有技术支持，手把手进行教学。按南瓜一年可以种植两季、一户承包2亩地来计算，正常情况下，3个月后可收成约2500公斤。在农场按订单保价回收后，每户贫困户利润可达6000元以上。随着他们技术的成熟、生产规模的扩大，利润也将持续提高，实现真正的致富。

白中镇的5户建档立卡贫困户种植南瓜发展生产，按照各户实际困难的不同，依据政策分别得到中央财政扶贫资金、省市级产业扶贫资金等补贴，金额从5000元到1万元以上不等，基本实现了零成本生产发展。

向外输出，带动“微农”抱团发展

相对于有大资本介入的那些“高大上”的庄园经济，王永源把自己的农业产业链运营模式定义为“微农经济”模式：让小农户、适度规模农场与现代农业发展有机衔接的市场运营策略，即通过“微农”抱团，实现优质单品组织化、标准化、特色化，生产环节市场化分工协作，逐渐形成区域品牌化，有机对接中高端市场的农业产业链运营模式。

王永源开展了“微农经济”模式孵化，先吸收贫困户到农场就业，然后引导他们学习生产技能，之后采用“公司+农户”形式，把农场订单优先分配给贫困户去生产，贫困户可在农场承包土地，也可自己开办农场。村民吴敬相一家5口人，致贫原因为缺技术，其本人残疾四级。现在他在源凤农场做些简单农活，增加了收入，生活压力小了许多。“这位农场主特别好，我年纪大，学得慢，他就不厌其烦地教，并且保证种出来的南瓜他全部收购，让我吃了定心丸。”吴敬相说。

“它已经到了模式输出、联合推动的阶段了。”闽清县扶贫办的工作人员说，源凤农场已申请成为闽清县贫困户创业致富带头培训基地之一，目前全县有9个乡镇的17户建档立卡贫困户参与种植南瓜。与此同时，这种模式还延伸到了泉州、南平、宁德等地，带动超百户“微农”抱团发展。

2018年12月3日，“第七届全国重点网络媒体福建行”走进源凤农场。王永源满脸笑容指着不远处的一块广告牌，向客人介绍说，牌上的卡通南瓜形象是一岁多的儿子做的，幸福洋溢在脸上。那时，王永源研发的南瓜新品种已在南平市海拔1200米的地方栽培成功。他更希望通过南瓜，推广农业品牌主题园的理念：在智能温控化大棚内进行主题精品种植，深入挖掘单品种的外延与内涵，增加农产品文化与创意内容的开发；棚外同时做同品种或多品种的经营，带动周边农户的适度规模种植。省内有多家农场也与他达成了各种形式的合作。

◎ 王永源手捧板栗南瓜，抑制不住内心的喜悦

◎ 王永源在永辉超市门店推销产品

2019年，源凤家庭农场列入福建省巾帼示范基地。农场还与福州市妇联共同发起，在闽清县成立首个“姐妹乡伴·微农经济”乡村振兴服务站。“姐妹乡伴·微农经济”是集政策、组织、用户、生产、共学、研发为一体的全新的模式。“你家有南瓜玉米，我家有蔬菜大米，他家有鸡鸭鱼，合起来就是一个大家庭。期待我们大家可以抱团，在不久的将来有合作。”加入这个项目的闽侯县白沙镇林柄村南瓜藤农场女主人梁发珍说。

截至2020年6月，王永源已同福州市妇联在罗源、福清、晋安、闽侯、闽清设立推广微农经济乡村振兴服务站5个。

未来，王永源还计划将这一模式复制推广，并与乡村振兴工作相结合，打造具有区域品牌特色的金瓜村、玉米村、葡萄村、地瓜村、西瓜村、油茶村……

（张维璟、陈木易）

“百香果大王”的致富经

1966年出生于福建省龙岩市永定区西溪乡新塘村的吴世新，主要经营着近30亩的百香果，年收入20多万元。据他说，这是2015年前自己不敢想象的。

1981年，吴世新初中毕业后，回家跟着父母务农。1987年结婚，婚后收入依然微薄，难以维持家用，辛辛苦苦六七年，根本没有积蓄。2015年，他听说当时永定县开展新型职业农民培训，就报名参加，成了2015年第四批新型职业农民培训班的一名学员。正是这次培训，改变了吴世新的命运，让其从一名传统的普通农民彻底脱胎成一名“有文化、懂技术、会经营、善管理”的新型职业农民。

初中文化的吴世新，在参加培训前，对于自己所从事的农事活动和自我身份的定位都极其简单，就是靠天吃饭，勤劳就好。

参加培训后，吴世新才惊讶地发现，要想成为一名优秀的农民，学习是必不可少的一件事。在培训教材中，不仅涵盖了礼仪、道德、法律，甚至包括家庭素质、服务意识、公共礼仪、餐饮文化等方面。吴世新这才明白，在新形势下，农民不能再漠视外界的一切变化，局限于自己的小天地中，而是要紧跟时代的脉搏，从各方面提升自己的素质。

吴家的客厅茶桌上摆着一本《新型农民素质与礼仪》，那是吴世新的宝贝，他时常翻阅，甚至书角都被翻卷了。而在培训班的指定教材中，远远不止

◎ 科学栽培百香果，植株长势喜人

这一本，涉及的范围有公共知识、种植技术、养殖技术等。

改进技术走高科技之路

“我原本以为种植百香果不需要什么技术，面朝黄土背朝天，靠一股傻力气就可以。”吴世新说。2013年发生的一件事，让他改变了这种想法：那时，吴世新种的3亩百香果5月份就有收成了，他天天忙着摘果、卖果，根本无暇顾及刚种下去的百香果苗。草都长满了果园，他背着喷雾器打了除草剂，喷完顺便施肥，心想这回半年都可以不用锄草，很快就会开花结果。三天后草开始变黄了，原本绿油油的果苗也开始黄了。吴世新慌了！到底是施肥不当，还是除草剂的危害呢？眼看新种的苗都要死去，他找来农技员，可也查不出原因。吴世新只好自己动手，把百香果苗的芽全部摘了，任其自生自灭。

参加新型职业农民培训后，吴世新才发觉，原来，自己的果苗是受药害了。在培训班上，他不仅学到了病虫草害方面不少知识，而且在品种、嫁接、提前收入、季节差等方面知识也大有收获。吴世新从台湾新购进一批30多万元的果苗，力图用嫁接技术将果苗的品种再提升一个台阶。

他的技术革新之路，才刚刚开始。

转线上销售供不应求

技术进步了，销售成了难题。

吴世新在培训前，几乎没有任何的销售意识，采用的不过是零星、懒散的经营。通过店铺代销、摆地摊卖、亲戚朋友介绍着卖等传统农村经营模式，销售渠道一直无法打开。百香果收成最好的时候，日采摘量突破150公斤，但日销售量实在是太小，根本没有办法完全销售，每天剩余100多公斤，看到家里堆满了果子，慢慢干掉，直至坏掉，吴世新暗自掉泪。

彩虹总在风雨后。随着实体行业的不景气，龙岩遭遇实体店的关门大潮，此时的吴世新，不得不改变销售模式，寻找新的销售渠道。这时，乡政府农业站叫吴世新参加区裕农人才培训中心举办的新型职业农民培训班。吴世新听了电子商务的课，眼前一亮，开始学习微商技术。在儿子的帮助下，应用培训班所学的电商知识，吴世新学会了用微信。开始用微信聊天，懂得发微信朋友圈，慢慢试着微信营销，第一次发朋友圈就接了好几个订单，心中暗暗自喜，慢慢地微信营销也成了重要的销售渠道。销量不断上升，吴世新也加深了对电子商务的了解，并基本掌握了电商的操作技术。接着利用各种电子商务平台销售百香果，日销售达150—400公斤。

销售渠道是创新了，但新的问题出现了：因为都是采用寄快递的形式销往全国各地，运输途中难免磕磕碰碰，如箱子破损，导致百香果被压坏，就会造成不必要的损失。加上寄货经验不足，没有把控好果子的成熟度，寄到客户手中难免会出现烂果、皱果等现象。“记得有好几次寄到省外，都是发完全红紫成熟的百香果过去，客户收到货却说果的品质不好，出现了果肉分

◎ 百香果丰收在望

离的现象，客户吃起来口感很差。”果子明明是才摘下的，很好的特级果，怎么寄过去就不行了呢？

参加培训后，吴世新才知道，太熟的果子容易出现果肉分离的现象。为了维护好形象，吴世新答应给客户重新发货。这次都摘刚转色八成熟的果子，客户收到货连连好评。经过多次的尝试，客户收到的百香果的品质不断提升，包装也不断改进，客户满意度逐渐提高，订单量直线增加。

滞销变脱销，乃至供不应求，吴世新打从心底里感激永定举办的新型职业农民培训班。

同奔合作致富新目标

时光匆匆，2015年的培训已经过去很久，但吴世新说，培训班的学员至今与自己仍有联系。培训班成员的集体意识与团队精神，也启发着吴世新慢慢改变单打独斗的事业模式。按他的话说，钱要大家一起赚。

在永定区裕农协会的帮助下，2016年5月5日，吴世新聘请专门的法律顾问，组织拟定了设立永定区百香果农民专业合作社倡议书，目的是抱团发展。通过成立固定的办公场所，选举理事长、副理事长等，争创省市区大规模标准化示范社。同时，聘请专业技术人员，组织社员之间互相交流，用优良的技术保证百香果高产量、高质量，提高社员的效益。按照联合采购的原则，合作社出面与化肥、农药生产和销售单位签订低于市场价的购买合同，以降低成本。

当然，低成本不是吴世新的终点，他所畅想的，是形成统一品牌，联合向外拓展市场，实现品牌效应。同时，探索适合百香果果园的多元化种养结合综合模式，充分利用现有资源。早在培训班外出考察时，吴世新就被广东梅州的合作社经济深深吸引，他正一步步朝着自己和同伴们的目标挺进。

从传统种植到高新科技，从滞销到脱销，从单打独斗到合作共赢，吴世新正在一步步展现新型职业农民的风采。

（郑景顺、许珊珊）

敢叫“难坑”变“富谷”

走进长汀县策武镇南坑村，村道干净整洁，清澈的小溪穿流而过；山上银杏果压枝，农田荷花散芬芳；依依垂柳，小桥流水，楼房错落有致，让人仿佛置身在山水田园画卷中一般。

◎ 南坑村荷花池（朱芳彬摄影）

很难想象，20年前的南坑村是长汀水土流失最严重的区域之一，荒山连片、砂石裸露，村民过着“打柴割草换油盐”的生活。1996年南坑村人均可支配收入不足600元，被人称为“难坑”村。如今，南坑村早已披上了绿装，成为山青院美、瓜果飘香的“银杏水乡”“最美旅游目的地”。2019年全村人均可支配收入18900元，比1996年增长30多倍，村集体收入45万元，接待游客23万人次。

南坑村从“难坑”到“富谷”，离不开村党支部书记、村委员会主任沈腾香20多年来的辛勤耕耘。她带领群众在这片土地上践行“绿水青山就是金山银山”的发展理念，书写脱贫奔小康的动人故事。

化缘挖出“第一桶金”

1987年，沈腾香嫁到南坑村，面对的是“山光、水浊、地瘦、人穷”现状。当时，南坑村人过的是“种田填饱肚，打柴割草换油盐，养只家猪等过年”的穷日子。

那几年，高中毕业的沈腾香当代课老师，在周边乡镇企业打工，自己的日子倒是日渐好转，但是村民的日子就是没啥改观。1995年的一件事，让沈腾香感触很深。1995年，南坑村乡贤袁老先生夫妇向村里捐款4万元用于修路。4万元，在那个年代是一笔巨款，但第二年袁老先生回乡时，村道依旧没有修好。袁老先生对村里的干部很失望，此后，便停止了对家乡的捐献。

看着这些好事没能做好，1997年沈腾香毅然辞去了待遇不错的工作，回到南坑村，如愿被选为村党支部书记。修路、修水利、开荒绿化……没钱啥事也办不了。她想登门再找袁老，希望他再支持家乡建设。她暗下决心，如果袁老同意，那就一定要把袁老的钱用好，为村民打开脱贫致富的大门。

“那时，长汀去厦门路途太遥远了，要走两天才能到。我当时带了20多个自家产的鸡蛋和一些家乡的粉干，转了几次车才到厦门。”想起第一次去

◎ 南坑村党支部书记沈腾香（朱芳彬摄影）

厦门找袁老的经历，沈腾香至今还历历在目。她回忆说，当时自己很怕袁老不见她，结果却出乎意料，袁老热情地接待了她，但是对捐款的事总是不表态。在厦门住了两天，袁老夫妇才问沈腾香要钱来做什么事。听到袁老开口问，沈腾香心里的石头就落地了，她把出发前想好的计划细致地告诉袁老。她说，村里要发展，老百姓要致富，急着办好三件事：修复水毁农田等水利设施、修路、建村部……袁老夫妇听完后，当即表态捐3万元。

拿到助力发展的“第一桶金”，沈腾香兴奋不已。回乡后，沈腾香带领村民投工投劳，用1.5万元的捐款修好了村里的农田水利设施，剩下的1.5万元用来修路。袁老先生获悉修路缺钱后，又捐了几十万元。1999年，袁老先生回到家乡，汽车开进了南坑村，高兴之余，袁老先生又向村里捐款修建村部大楼……此后袁老先生多次慷慨资助，出资成立了凌志扶贫协会，帮助老百姓脱贫致富。

把荒山变“绿色银行”

路通了，怎样才能带领老百姓致富？

沈腾香一边寻求支持，改善村里的基础设施，一边深入村组、农户家中座谈调查，寻找脱贫致富的办法。她组织村两委干部和老党员、老干部以及退休教师开展“发展大讨论”，形成了“南坑村贫穷在山，但是希望在山、致富在山，南坑村要脱贫致富，首先要治理水土流失，改变穷山恶水”这一共识。她提出了“山上种果树、庭院养鸡猪、能源用沼气、耕地烟稻菜”，以及大力发展“猪—沼—果”生态农业，实现生态良性循环、治荒致富的发展思路。

“砂石裸露的荒山、光秃秃的山能种果树？没水的山上能养猪？”起初，沈腾香总是遭遇村民的冷嘲热讽，大家觉得荒山不可能种出果树来，也养不了猪，连她家里人都觉得不可能做成。

为了让大家放心上山开荒种树，沈腾香先说服家里人，带头上山种树。大家不相信，她自己就到较远的苦竹坑山上，开荒种了10多亩果树。慢慢地，村里党员干部跟着上。看到党员干部种了，老百姓才放下包袱，跟着上山开荒种树。到后来，全村98%的农户在山上种了银杏、油柰等果树，全村12000多亩山地，开荒种果7000多亩，其中种植银杏4000多亩。如今，南坑村被誉为“闽西银杏第一村”。

“到山上建养猪场，也是非常辛苦的一件事，村里本来就缺水，山上没有水，建养猪场的条件非常差。”沈腾香为了解决种果树的肥料问题，动员群众到山上建养猪场，用猪粪做肥料，还能生产沼气。没人愿意去，沈腾香就带头在离村子较远的山上建养猪场，带头发展“猪—沼—果”生态农业。在沈腾香的引领带动下，当年，全村有36户发展“猪—沼—果”生态农业。

“那几年创业真是辛苦，风言风语很多，自己也要承担一定的风险，但总算创出了一片天地。现在南坑村绿水青山回来了，我们要把它变成老百姓的金山银山，推动乡村振兴，让老百姓过上富日子。”沈腾香说。近年来，村里一面加强基础设施建设和日常管护，提升村容村貌，一面引进适合南坑村实际的产业。围绕银杏基地，做好林下经济和乡村旅游两篇文章，套种了百合等经济作物；围绕打造休闲观光农业，引进大棚种植草莓等经济作物。2018年以来，村民种植大棚蔬菜50亩、种植兰花10亩、发展淡水养殖130亩。有些群众种植草莓，在春节假期搞采摘活动，一天收入七八千元，带动作用非常明显，后续草莓大棚扩大到100多亩，还有很多群众计划再扩大种植面积。

◎ 沈腾香在蔬菜基地（朱芳彬摄影）

让老百姓的日子都好起来

“村里帮扶我养鸡养鱼，现在日子越过越好了。”建档立卡贫困户袁廷贵满面笑容地说。袁廷贵现在是村里的致富能人，家庭年收入超过10万元了。

袁廷贵失去了双臂，一度意志消沉，日子一天不如一天。沈腾香看在眼里急在心里，经常给他做思想工作，帮他找项目，为他找种养技术帮扶人。2016年，沈腾香帮袁廷贵协调了扶贫贷款2万元，养殖了100多只河田鸡。此后，沈腾香经常到袁廷贵家里，帮他解决困难。现在他建了生态养殖场，存栏河田鸡5000多只，年收入可达8万余元，后来又建了2亩淡水鱼塘，家境不断好转。他还买了一辆电动汽车，日子越过越红火。

近些年，为了帮助贫困户脱贫致富，沈腾香想尽办法，费尽周折。2017年，有个贫困户想种草莓，但是又怕亏本。沈腾香自己拿出了3万元给这个贫困户做本钱，让他和一个党员种植户合作。“3万块不用利息，你去和人家合作，赚了全部算你的，亏了全部算我沈腾香的。”当年，这个贫困户与人家合作种了5亩草莓，赚了1万多元。

30多年前，沈腾香刚嫁到南坑村时，村里最漂亮的房子是沙包土房，门和墙都是歪的。30多年来，南坑村的村容村貌发生了巨大变化，家家户户都建了新房。到2017年，村里就剩下建档立卡贫困户曹世长没有建新房。沈腾香为了帮老曹建新房费尽了心思。

老曹60多岁，家里没有劳动力，没有固定的经济来源，建房选点要考虑他能做一些简单的种养项目。沈腾香帮他争取政策支持，确定为异地搬迁对象，帮他协调置换建房地点，帮他联系建筑材料，帮他找建筑工人……2017年底，老曹搬进了新房。

南坑村的15户49名贫困人口在2017年就全部脱贫了。沈腾香接下来的

◎ 南坑村的村容村貌发生了巨大变化（朱芳彬摄影）

想法是要不断推进乡村振兴，想方设法壮大村集体经济。2019年经过多方努力，村里筹集400多万元兴建了3000多平方米的老年幸福中心，光租金收入一年就有20万多元。另外，投入100多万元在村中心修建了游客服务中心，在改善游客接待水平的同时，又能为村集体经济增加一些收入。沈腾香说："村集体经济壮大了，村里更多事情就可以做起来，到时我们的环境将更好，老百姓致富的条件更好，南坑村的振兴指日可待。"

20多年来，在沈腾香的带领下，南坑村的村容村貌发生了巨大变化，村民们的日子也越过越红火。南坑村先后被中央、省、市、县委授予"先进基层党组织""全国文明村"等荣誉称号，沈腾香也先后被授予"全国三八红旗手标兵"等荣誉称号。2017年，她光荣当选为党的十九大代表。

（阙国豪）

科技助力，甩掉贫困帽

科技特派员制度发端于实践，首创于福建。

1999年，福建省南平市启动科技特派员驻村服务试点，首批225名科技人员下派进驻215个村，成为首批科技特派员。此举为全国推行科技特派员制度开了先河。

2002年，时任福建省省长的习近平同志在《求是》杂志发表文章，总结提升出“高位嫁接、重心下移”的“南平经验”，指出南平市的这种做法是对创新农村工作机制的有益探索。

20多年的坚守与笃行，使福建推行科技特派员制度工作始终走在全国前列。全省累计选认科技特派员21827人次，2019年全省选认省级科技特派员5479名。科技特派员在强化农业科技创新驱动、推动乡村振兴发展、助力打赢脱贫攻坚战中发挥了重要作用。

“一号特派员”

“因为有你在，那片土地每天都有新变化。”“感谢你无私的付出，让我坚信这世界依然美好。”……2019年7月1日，正在南平市延平区溪后村田间忙碌的科技特派员吴敬才收到了区委宣传部张嘉明部长转发的“七一祝福卡”。

在这个特殊的日子，这份“礼物”让吴敬才心潮澎湃、思绪万千。

两进溪后村，从曾经的“一号特派员”到如今的农业技术培训工作者，吴敬才见证着科特派的发展历史。

德国留学归来的“一号特派员”

20世纪80年代，从福建农林大学园艺专业毕业后，吴敬才回到家乡南平，在市农业局工作。1997年，他被公派德国莱法州进修园艺栽培技术。1998年底，学成归来的吴敬才接到了一项特殊任务：到南平延平王台镇挂职，任镇长助理并派驻溪后村进行农业技术推广和指导工作。

谁也没想到，吴敬才的下派是一场闽北大地“体制性的革命”的开端。

20世纪90年代，闽北粗放型小农经济陷入困境，农民增产难，增收更难。农村农业科技推广“网破、线断、人散”。

1998年秋天，时任南平市市长的李川到王台镇溪后村“驻村三昼夜”，

◎ 吴敬才（左二）和农民在田间交流

开展“三农”问题调研，连续召开了几场座谈会。“你们干部下乡，就像破皮球提水，从上面看，皮球下了水，从下面看，照样浮在面上。你们没有下过水，哪知道我们的难处？”农民的一番大白话，引起了决策层的深层次思考。村基层科技力量不足和科技服务缺位是制约农村发展的突出矛盾。

“要让‘皮球’沉下水去，必须选派农业科技人员直接下乡为农民服务。”李川调研回去后向市委提出了建议，不久南平市政府做出了下派科技特派员的决定。1999年初，南平市首批225名科技特派员下村为农民服务。

“我算是第一个驻扎到村里的农业技术人员。来年初，才有大规模的科特派正式到岗。”吴敬才回忆道，“溪后村农业产业结构单一，除了粮食就是一些水果。由于水果品质不佳，价低难卖，村民收入连年下滑。村民们提出要技术要人，我就被派到村里。”

◎ 吴敬才（右）在延平区指导葡萄冬季修剪

吴敬才常驻溪后村后，一肩挑起全村的果树、蔬菜栽培，以及土肥管理等各项技术指导工作。他白天奔赴田间山头，手把手为村民指导示范该如何选土、施肥、修剪、嫁接、防害、打虫；晚上，在村部大会议室里，为求知若渴的村民讲授农业科学技能。乡亲们亲切地称他为“一号特派员”。

正当他在溪后村工作渐入佳境时，组织上把他调往新组建的大横现代农业科技园区任科特派。

白手起家创建省级现代农业科技园

一到大横现代农业科技园区，吴敬才接受的第一项任务是实施完成福建省科技厅“引进国外农业优良品种，建立闽北农业推广示范园区”的高科技项目。当时园区的主要任务是，试种国外的优良品种，筛选出适宜闽北山区丘陵气候及土壤条件的品种。

作为项目技术带头人，为了掌握每一个试验数据，他白天顶着骄阳，下田间试验、观察，数叶片、量株高；晚上忙于分析、整理材料、数据，翻译外文种子说明书。短短3年后的2001年，园区项目顺利通过省级鉴定。

1999年12月17日，时任福建省省长的习近平同志到园区调研，吴敬才向他汇报了羽衣甘蓝等蔬菜新品种的示范推广情况，得到习近平同志的高度赞赏。

驻园7年间，吴敬才为园区带出了一支人才队伍，培养了5名农艺师，19名助理农艺师。园区累计引进国内外果蔬优良品种2000多个，经过试验后向全市推广国外农业优良品种28个，种植面积达5.1万亩，累计助农增收2799万元。

日本网纹甜瓜、日本板栗南瓜、荷兰麝香百合、美国番茄、日本长香辣椒、玫茄一号、德国金鱼草花和非洲菊等新品种对闽北农业结构调整，促进农民增收具有现实的意义，也有效支撑了南平农业的绿色发展。荷兰麝香百合的推广种植，哺育了南平市延平区百合鲜切花产业的成长。2014年，延平区被中国林业产业联合会授予“中国百合之乡”。2018年，延平区王台镇、峡阳镇等8个乡（镇）15个村，种植百合花面积8000多亩，年产值逾4亿元，从业农民2000—3000人，合作社带动1000个农户参与，成为全国第三大百合鲜切花产区。

转换平台践行创新惠农使命

2005年，吴敬才由南平市农业局调往福建省农业科学院数字农业研究所，在新组建的培训中心从事农村实用技术培训，通过更宽的平台践行科特派创新惠农的使命。

走遍八闽大地，拍摄农业技术推广视频，开展各种形式的农业培训，成为近10多年吴敬才工作的主旋律。2009年2月，福建省科技特派员培训基地在福建省农业科学院成立。他所在的培训中心设立了“福建省农村实用技术远

◎ 吴敬才（右）与农艺师交流木薯种植方法

程培训视频点播专栏”，拍摄原创性视频资料超过230个，还组建起一支由省市县区专家、种养专业户、创业能手、专业合作社管理人员170多人组成的教师队伍。从2010年3月开始，培训中心坚持每月10日通过电视向全省1.5万个建制村直播农业实用技术，并现场解答农民提出的生产难题，每年实施的远程培训专题课程达60个，累计惠及农民900多万人次。

2013—2015年，吴敬才驻点中国以色列示范农场，培训福建和中西部省份的新型职业农民1000多人次；2015年，吴敬才还担任福建省农业职业技术学院的兼职教授，向全省职业农民蔬菜专业班授课，累计培训学员450多人次；2011—2019年，吴敬才协助对口援助的新疆昌吉自治州，每年举办“智力援疆”培训班3—6期，累计培训1300多人次，为边疆发展现代农业，提供智力支撑。

身患眼疾依然奋战在“三农”第一线

长期奔波，饮食不定，吴敬才患上了萎缩性糜烂性胃炎。2018年5月，左眼眼角膜穿孔后吴敬才又患上飞蚊症，有视力障碍，但他依然在处理好各项科技服务工作后，挤出时间主编了《现代农场管理》《山区无公害蔬菜栽培实用技术》等多本实用教材。

2018年，时隔20年，吴敬才重返南平市延平区，开始科特派“第二次创业”。他担任泰禾生态农业公司的科技特派员，大棚种植葡萄、猕猴桃新品种，建立示范基地100亩，带动3个贫困农户脱贫；他还言传身教，带领福建省农业科学院数字农业研究所的青年党员，在延平区王台镇、茫荡镇等地建立了3家农业企业科特派工作站；他还组建数字农业水肥一体化服务科特派团队，为设施蔬果栽培企业服务……

用实实在在的行动践行着创新惠农的赤子初心，吴敬才敬业奉献的精神得到充分肯定，先后获得南平市“公民道德建设好榜样”“明星科技特派员”“全省农村实用技术远程培训先进个人”等10多项个人荣誉，以及3项省市级科技成果奖。

（张颖）

点草成“金”的“菌草之父”

从福建闽西老苏区长汀到南太平洋岛国巴布亚新几内亚，一项由福建省首批科技特派员、福建农林大学国家菌草工程技术研究中心首席科学家林占熺发明，并拥有自主知识产权的神奇菌草技术，成功解决了“菌林矛盾”这一世界难题，得到联合国开发计划署等国际组织的高度评价。

如今，菌草技术被列为中国—联合国和平与发展基金重点推进项目，植遍“一带一路”沿线106个国家和地区。林占熺也成了拓展中国和平外交的“菌草大使”，为全球减贫事业贡献了“中国智慧”。

攻克“菌林矛盾”这道难题

20世纪70年代，我国开始从国外引进椴木栽培香菇的技术，食用菌成为农村脱贫致富的重要的产业，但这同时与生态平衡形成了矛盾。

“长汀县罗地村贫困状况十分严峻，能够种香菇的树都被砍光了。”林占熺说，如果以草代木栽培食（药）用菌能取得成功，不但能帮助老区山区的农民脱贫，还能保护好生态环境。

1983年，林占熺开始着手研究。没有实验场所，他借了5万元，建了一间简陋的实验室。没有试验设备，他借了20支试管，自己用自行车的钢线，

◎ 林占熺在顺昌观察菌草种植的竹荪生长情况

制作分离菌种的接种针，又借来饲料粉碎机。就这样，林占熺每天起早贪黑，开始了这项前无古人的实验。

我国有3万多种草本植物，到底哪些适合用作食（药）用菌的培养基？林占熺先从分布较广、取材容易的芒萁入手。不知经历多少次失败，不知度过多少个不眠之夜，终于，1986年10月的一天，第一朵用芒萁培育的香菇长出来了，林占熺的热泪也奔涌而出，“菌林矛盾”这一世界性的难题攻克了，成果为国内外首例。

早期人工栽培的菌草在南方是多年生的草本植物，但到了北方仅有一年的生命周期，这又成为亟待攻克的难关。尝试了基因转移、太空育种诸多方法后，林占熺和他的研究团队把目光投向了系统选育：按照太阳能利用率高、富含内生菌、根系发达、生长速度快、植株高大，以及营养丰富、抗病性强等的一系列标准来选育。林占熺团队先后筛选、培育出45种菌草植物，能满足55种食（药）用菌的栽培需求。

菌草营养丰富，除了培植菌菇，还能饲养家禽牲畜。在林占熺看来，菌草技术能为世界解决食品短缺的难题："我经过了三年困难时期，食品缺乏真的是天下第一大事啊！这个技术把野草变成山珍，让不能种作物的地能够种上菌草。"

典型带动生绿又"生金"

研究难，推广更难！

为了让菌草技术尽快走出实验室，成为农民增收的一条新途径，林占熺深入一线开展科技服务工作，并将国内应用的第一站选在了福建尤溪县。

当地的菇农从来没听说能用野草栽培香菇。为打消菇农的顾虑，林占熺承诺："亏本我赔偿，挣钱归你们。"嘴皮都快磨破了，总算有27家农户愿意带头种植。

此后，林占熺经常白天忙完学校的工作，下班后到福州台江码头，乘夜里开往尤溪的船去当地指导。一次，林占熺搭乘的客车翻下十几米深的山沟，他的左肋骨断了两根。那时正是出菇管理的关键季节，他在医院住到第四天，身上的绷带还没拆掉，就不顾医生劝阻，执意出院："我与农户有约，不能失信于人。"

经过共同努力，示范农户全部获得了好收成。用菌草栽培香菇不仅产量高，而且质量好。为了解决菌草栽培食（药）用菌的需要，1989年尤溪全县推广人工种植高产菌草。菌草生长快、生物量大，5个月可以长到3—4米高，一亩土地每年能收鲜草二三十吨。

此后，林占熺作为福建省首批科技特派员，带领团队在邵武、顺昌、建瓯等地，开展菌草技术及产业发展服务，获得了良好的社会反响。

1997年，菌草技术被列入闽宁对口扶贫协作项目。林占熺到国定贫困县——宁夏彭阳县做示范。

那里的冬天，最低气温达-20℃，水土流失严重。为了确保27个示范户取得成功，林占熺和伙伴们每天晚上沿着崎岖的山路，借着手电筒的微光，一户户察看菇情，解决问题。当年，示范户全部种植成功。

第二年，林占熺团队又在宁夏永宁县的闽宁村建菌草技术扶贫示范基地。这是一个在荒漠建起的生态移民村。团队成员进村驻户住在菇棚，全程服务。最终，200多个示范户均获得丰收，产品销到西安、上海、广州等地。菇农们高兴地称菌草为“闽宁草”“幸福草”，给林占熺团队送来“科技扶贫，情深似海”的锦旗。

林占熺还带领团队，到甘肃、贵州、新疆、西藏、青海等地的贫困县，开展菌草产业扶贫。他发现，国定贫困县多数处于生态脆弱区，生态脆弱是造成贫困的重要原因。

实际上，从20世纪90年代开始，林占熺就在长汀、连城等地试验，采用种植菌草方法治理水土流失，取得良好成效。

长汀县河田镇罗地村曾是中国南方红壤区水土流失最为严重的地区之

◎ 2010年7月，林占熺（右一）在漳平菌草种植现场进行指导

◎ 林占熺在内蒙古阿拉善菌草治沙现场

一。1993年，林占熺带领团队在此种植菌草，开展治理水土流失、崩岗的试验与示范，当年土壤侵蚀量减少78%，每亩水土流失地每年减少土壤侵蚀4.46吨，生态效益显著。

有了长汀的实践，林占熺团队把菌草生态治理和脱贫紧密结合起来。

2012年6月到8月，林占熺不顾自己已年近七旬，又患有心脏病，马不停蹄地到陕西、四川、西藏、新疆、甘肃等地考察，指导用菌草治理水土流失。他针对黄河上、中、下游不同区域的荒漠化、石漠化等世界难题组织攻关，取得了一系列令人瞩目的成果；在我国四大沙尘暴发源地之一的内蒙古阿拉善黄河沿岸流动沙丘上，采用速生高产一年生与耐寒多年生的菌草品种复合种植形成“菌草复合草篱”，种植百天左右就把流动沙地固住；菌草主栽品种“绿洲1号”在黄河流域抗寒越冬培育获得成功，解决了高寒地区种植菌草的难题，填补了黄河流域种植多年生菌草的空白。

为全球减贫贡献“中国智慧”

菌草技术成功后，引起了联合国开发计划署和世界粮农组织驻中国官员的关注。

1995年，中国对外贸易经济合作部将菌草技术列为援助发展中国家的技术培训项目。

1996年，巴布亚新几内亚东高省省长来到福建，邀请林占熺到他们那推广菌草技术。当时，在巴布亚新几内亚的示范基地经济还属于刀耕火种的部落经济，不少人仍过着“吃饭一棵树，穿衣一块布”的日子。气候炎热，疫

◎ 2018年5月，林占熺（左）向巴布亚新几内亚农畜业部长介绍巨菌草（林冬梅摄影）

病流行，没有自来水，没有电灯、电视、电话……在这样的艰苦条件下，林占熺团队坚持了整整8年。菌草生产从示范基地扩展到3省10区，大大改善了当地农户的生活。当地居民见了中国专家就会呼喊："中国，菌草！"并形容林占熺是巴布亚新几内亚国鸟——象征幸福与吉祥的"极乐鸟"。巴布亚新几内亚国防部部长干脆给女儿起名"菌草"，并在报纸上公布。

在斐济，菌草技术被誉为"岛国农业的新希望"；在莱索托，因短时间即可收回成本，农民称菌草种植蘑菇为"快钱"；在卢旺达，有3500多户贫困农户因为参与菌草生产，现在每户每年收入增加了1—3倍。卢旺达农业部部长卡丽巴塔曾表示："在所有外国援助卢旺达的农业项目中，中国援助的农业技术示范中心项目对卢旺达农业现代化、消除贫困、扩大就业方面贡献最大。"

……

技术流程本土化、简便化、标准化以及系统化，让农户"一看就懂、一学就会、一做就成"。在林占熺团队的不懈努力下，福建农林大学在世界13个国家和地区建立菌草技术和旱稻技术援外基地，为106个国家和地区举办培训班205期，学员7900多人。2017年，菌草技术被联合国列为和平发展基金项目重点项目向全球推广。

"目前，越来越多的国家希望从我国引进菌草技术，将中国菌草扶贫的模式和经验复制推广到更多国家和地区，让菌草技术更好地造福全人类。"林占熺说。

（李志兰、谢开飞、黄琳斌、陈旻）

“竹荪狂人”

“早春气温低，覆盖地膜有利保温保湿，菌丝走得快，提前长菇。不盖也可以，但稻草一定要盖畦面，推迟出菇。”

“种的时候畦沟要比菌袋深2厘米，覆土厚3厘米，两边稍微压实，再盖上地膜。”

……

一提到顺昌有个“竹荪狂人”，当地百姓都知道说的是高允旺。每每高允旺开讲，介绍竹荪种植“秘诀”，总能吸引众多的竹荪种植户。

大家都说：“种竹荪我就相信高老师的技术。”

近年来，为了传授竹荪栽培技术，高允旺的足迹遍布5个省16个县市，跑的乡镇更是数不胜数。而且，他的足迹版图，还在不断扩大。

高允旺，顺昌县大历镇经管站高级农业经济师，36年来始终扎根山区基层，从2001年至今，连续担任了9轮科特派。他长期专注于竹荪的技术创新，创造了竹荪亩产100公斤的高产纪录，成功破解了多项竹荪种植难题。他参与起草制定了福建省《竹荪栽培技术规范》地方标准，撰写的《农林下脚料栽培竹荪致富》列入新农村建设致富典型示范丛书，摸索研发的“三增加、建堆发酵”竹荪高产栽培技术获得了省科技进步奖、农业部农林渔牧丰收奖，先后被评为全国科技助力精准扶贫先进个人、全国科协系统先进工作者、全

◎ 高允旺（左二）在顺昌县大历镇杉木林地指导当地菇农进行林下竹荪播种（林峥嵘摄影）

国优秀科技特派员、全国科普惠农兴村带头人、全国先进农技协工作者……

“土专家”突破高产难题

高允旺自称是“土专家”，因为他所学并非农业专业而是财会专业。

他与竹荪结缘始于菌农们对种好竹荪的渴望。

2001年，大历镇有不少农户开始种植竹荪，销路不错，但产量低。农户们到镇里咨询，看到有文化的年轻干部，以为是农业技术人员，非常激动，前去咨询，却无法解决问题，脸上的失望难以掩饰。

这一幕深深刺痛了高允旺的内心。当年，高允旺主动请缨并被县里批准任科技特派员。“一定要帮助他们解决农业技术的难题。”高允旺感受到菌农们对农业技术人才的渴望，暗下决心，并一头扎进了对竹荪种植高产问题的探讨之中。

为了掌握竹荪栽培技术，高允旺与农户建立利益共同体，创办南平首家竹荪技术研究所，自学《竹荪高产栽培技术》课题，一方面向市县专家学习、菇农取经，一方面自己做试验，终于研发了一套利用竹屑替代木屑栽培竹荪的“三增加、建堆发酵”新技术。这一技术利用竹制品企业的废弃物竹屑为培养料，既提高了竹荪产量，又延伸产业链，增加毛竹附加值。

2003年7月23日，顺昌县科技局组织省市食用菌专家组评审，高允旺栽培的竹荪亩均产干品100公斤，最高达150公斤，比传统种植方法产量翻一番，达到国内先进水平。此后，他的多篇竹荪种植论文在核心学术期刊发表。高允旺从此与竹荪结下了不解之缘，成了远近闻名的竹荪“土专家”。

高允旺成功地破解了竹荪种植产量低的难题，菌农们一传十、十传百，纷纷来取经或来函索取技术资料。2004年，高允旺牵头组建顺昌县竹荪协会，发展会员186人，带领顺昌山区农民走上致富路，还辐射到邵武、尤溪乃至江西、浙江周边区域。

据不完全统计，高允旺每年向周边县市及外省推广“三增加，建堆发

◎ 高允旺（左三）在顺昌县高阳乡小筒村锥栗山传授竹荪种植培育技术

酵”新技术栽培竹荪面积2000公顷，以每亩增收500元计算，仅此一项一年可为农民增加收入1500多万元。

顺昌竹荪产业发展迅速，2008年顺昌县种植面积800亩，干品产量达1260吨，被授予“中国竹荪之乡”称号。2009年，“顺昌竹荪”获国家农产品地理标志登记。顺昌竹荪声名鹊起，顺昌县成为福建省最大的竹荪栽培基地和示范县。2018年8月，顺昌县获福建省农业厅、财政厅批准创建“现代食用菌产业园”。

开启林下种植新时代

绿水青山就是金山银山，如何在保护好绿水青山的基础上，让村民“不砍树也能致富”？

针对顺昌林地多，发展林下经济条件好的优势，高允旺将目光投向林下竹荪种植的新领域。

竹荪属于野生食用菌经过人工驯化变家种。原先，菌农都是在田里种竹荪。高允旺率先在福建省开展林下栽培竹荪技术的研发，利用林下空闲地种植竹荪。由于树林里枝叶遮阴，不用搭棚，能做到省工省本，又提高土地利用率，形成菌林共生的生态群落，既解决了菌与稻、烟等农作物“争地”的矛盾，又促进了竹荪产业转型升级和可持续发展。

2012年，高允旺尝试在杉木林下套种竹荪，试种了60多平方米。由于光线太暗、土质没选好，结果产量并不高，但这些竹荪个头大、肉厚、品质高，这给他带来了一线希望。

2013年，高允旺在示范地里的竹荪从6月份开始采摘，可采2—3批，亩产量32.5公斤，产值8000多元。林下栽培竹荪成功，实现了资源循环利用，也提高了林地经济效益，高允旺喜上眉梢。2015年，高允旺开始正式推广林下竹荪种植技术。

◎ 高允旺在大历镇杉木林里采摘竹荪
（林峥嵘摄影）

顺昌县岚下乡路下自然村脱贫户魏荣种植林下竹荪13亩，高允旺帮助他争取了林下经济政策补助，用于购置培养料、菌种等，一年下来，纯收入有3万多元。他说：“在高老师指导下，不出家门也能脱贫致富，我们就需要这样的科技特派员。”

把技术变成农民的钱

高允旺名声在外，常常有人来找他取经或来函索取技术资料，可他多半时间都在田间地头指导农民，外地来的农民扑了个空，既费钱又误时。

为方便农民咨询，高允旺在农历逢一逢六的圩日开设“科普产销超市”，为农民的产前、产中、产后提供全方位的服务。

为让“科普产销超市”更具活力，他还经常邀请市、县里的专家来坐诊、授课，开办柑橘、莲子、养猪等技术讲座，还请当地种养能手、流通大户现身说法。

几年前，高允旺在微信上拉起了一个竹荪种植技术交流群，群里的人都是这些年接受过他竹荪种植技术培训的菇农，其中不乏浙江、江西的外地菇农。通过微信群，高允旺指导菇农们如何掌握好竹荪种植进度，耐心解答菇农们关于竹荪种植的疑难问题。

“2019年的竹荪，我卖了好价钱。多亏了高老师在群里告诉我们市场竹荪收购价，让我们有个参考，我不再稀里糊涂乱卖了。感谢高老师不仅为我们菇农指导技术，提高产量和质量，还‘把脉’市场信息，让我们卖出好价钱，增产又增收。”浦城县永兴镇菇农江水玉说起高允旺，感激之情溢于言表。

一次，高允旺从网上获知南安成功果蔬食品有限公司要建立蔬菜基地，立即与该公司联系，引进法国细刀豆，订单种植310亩，并发布信息。菇农纷纷种植细刀豆，采用菌豆连作，增加收入。大历镇立墩村范地组菇农张远启说：“几十天一亩地的收入就有500元，这得感谢高允旺的牵线搭桥。”

高允旺还成功地将黑皮鸡枞菌从北方的大棚搬到南方的林下，填补了福建省在这方面的空白。林下种植降低了成本，操作简便，最重要的是投资少、见效快，为菇农们开辟了新的致富道路。

哪里有了先进技术，哪里出现了难题，高允旺都要去看。“我的梦想就是把我的技术变成农民口袋里的钱，尽我所能为农民服务。”高允旺说，这就是他的动力。

（谢开飞、徐树才、吴启荣）

来自台湾的科技特派员

漳州与台湾仅一水之隔，气候温和，山海资源丰富，与台湾的农业生态环境十分相似。20世纪90年代，漳州花卉产业蓬勃发展，台湾花卉业者纷纷前来投资创业。祖籍漳州，来自台南县玉井乡的黄瑞宝就是其中的一位。

黄瑞宝和在大陆投资兴业的其他台胞一样，是两岸合作双赢的亲历者、见证者。自2007年在漳浦台湾农民创业园内租了几个温室和一栋办公楼，办起漳州钜宝生物科技有限公司后，他亲身经历了福建对台领域的诸多“首个”——大陆首个台湾农民创业园、大陆首个对台农业合作地方性法规、首批被大陆事业单位聘用的台湾专家……

黄瑞宝收集蝴蝶兰属植物10余种，品种204个，保存蝴蝶兰品种3000多个。其中，上市流通的品种近千个，100多个申请植物新品种权，34个已获得农业部颁发的植物新品种权证书。

漳州钜宝生物科技有限公司建立了蝴蝶兰种质资源库，建成规范化母本园8000平方米，是目前中国最大的蝴蝶兰收集和种苗研发单位。现在蝴蝶兰已成为台湾农民创业园最重要的产业之一，创业园成为大陆蝴蝶兰“种苗之都”，吸引着来自世界各地的兰花业者前来交流合作。

2019年10月，在北京召开的科技特派员制度推行20周年总结会议上，黄瑞宝作为台籍科技特派员获科技部通报表扬。

◎ 黄瑞宝在温室里打理蝴蝶兰

爱花成痴，花开全台湾

黄瑞宝以蝴蝶兰作为事业，颇为偶然。

年轻时，他是一名泥水匠，一次做工时，业主家种着许多蝴蝶兰。他觉得特别的美，要了几棵回去种，没想到从此他爱上了蝴蝶兰，一发不可收拾，经常从路边、市场买蝴蝶兰回家种，慢慢地结识了一些朋友，再开始钻研，跟老师请教。“可以说，是从兴趣慢慢发展成事业的，从最初的‘玩花’，到现在的‘被花玩’，我的大半辈子都奉献给了它。”黄瑞宝常自称“花痴”，跟花已经建立了感情，“一天不看看不行，不摸摸不行。照顾那些花就像照顾婴儿一样”。

爱上蝴蝶兰后，黄瑞宝种的越来越多。开始，他只是经常将蝴蝶兰作为礼品送给朋友。一次，黄瑞宝在日本看兰展，看到了商机。黄瑞宝说，在日本，蝴蝶兰高度商品化，一些公共场合都有摆放，也常被当作礼品互相馈赠 。

回到台湾，黄瑞宝在台南成立蝴蝶兰销售门市部，过去“送花”也帮助黄瑞宝织就了庞大的销售网，很多朋友介绍朋友来买花。因为刻苦钻研，黄瑞宝在种植蝴蝶兰方面也有了不少独到的心得，在台南创办蝴蝶兰组培公司，并且担任过台南兰花协会几届的理事长。他还与花店合作，供应蝴蝶兰，曾经一度在台南买他的蝴蝶兰还要排队。慢慢地，黄瑞宝的蝴蝶兰逐渐“花开全台湾”。

立足福建，花开世界

那时有不少台商找黄瑞宝拿种源，到大陆设厂投资。他也想到大陆设点，考察了大陆许多地区，北京太冷，广东空气有点闷，上海光线不足，海南倒是可以，但是销往内地运输成本高。1998年，黄瑞宝应邀到大陆考察。当时，作为台湾台南兰花协会理事长的他带了20株兰花，参加漳州市的兰花展览会。

2006年，漳浦台湾农民创业园正式成立，这是全国首批设立的两个台创园之一。2007年，深耕台湾花卉市场多年的黄瑞宝，决定进驻漳浦台湾农民

◎ 黄瑞宝展示蝴蝶兰新品种

创业园，并引进台湾蝴蝶兰项目。“这里的气候条件、人文环境都跟台湾差不多。” 此外，漳浦还在全国率先出台台湾农民创业园优惠政策，从税费、土地、金融等方面为台企提供优惠。

漳州钜宝生物科技有限公司创办后，黄瑞宝把台湾先进的蝴蝶兰杂交育种、组培扩繁、种苗培育、催花技术及装盆组花技艺带到漳浦台创园核心区，先后引进台湾蝴蝶兰新品种和原生种种源，并通过杂交育种研发出新品种。

公司通过不断地培育更新、自主创新，培育出市场流通率高的蝴蝶兰及朵丽蝶兰新品种2000多种，分别占领了58%的国内市场和19%的国际市场，其中培育出的蝴蝶兰新品种“钜宝红玫瑰”更是盛极一时。

在黄瑞宝的带动下，漳浦台湾农民创业园核心区已成为中国大陆最大的蝴蝶兰种苗产业区之一，原先不产蝴蝶兰的漳浦县已有大型蝴蝶兰企业14家，年产蝴蝶兰苗近5000万株，被誉为蝴蝶兰“种苗之都”。蝴蝶兰产业已成为漳浦的特色产业。

台农当起了科特派

到大陆投资创业以来，黄瑞宝先后担任了漳浦县台商联谊会副会长、漳浦台湾农民创业园管委会荣誉副主任、漳州市第十二届政协委员、漳浦花卉协会荣誉理事长。值得一提的是：2010年2月时任中共中央总书记胡锦涛莅临漳州钜宝生物科技有限公司调研指导，2014年11月习近平总书记在福建平潭亲切接见包括他在内的台商代表。一个普通的台湾农民，能够和两任总书记畅谈在祖国大陆的创业感受，让黄瑞宝很振奋。大家都说他是有“福气”的人。

2019年2月，漳浦县委、县政府在全国率先推行台籍科技特派员制度，并建立了漳浦台创园台籍科技特派员工作站。黄瑞宝成为漳浦县首批16位台籍科技特派员之一。有了这重身份，让他不仅推广蝴蝶兰新品种有了更大平

◎ 黄瑞宝（右四）给外国农业交流团讲解兰花种植技术（薛敏灵、许萍摄影）

台，还能更好地帮助农民朋友种植新品种、推广新技术，获得更高收益。

黄瑞宝在挂钩的漳浦县长桥农场店前作业区及其周围的建制村，通过雇用帮扶村镇农村劳动力，为当地农民创造了50多个就业岗位；通过公司平台，无偿指导、传授蝴蝶兰产业链的关键技术，农民学会后在家自行建立组培车间，为当地农民带来增收，带动所在作业区、村成为种苗生产特色村。在长桥农场建立组培车间，对企业技术人员进行专门的培训，传授蝴蝶兰组培组花技术，带出的学徒一批批陆续走上创业之路，成为兰花企业的老板或技术负责人。

2020年初，2019年度国家科学技术奖励大会在北京人民大会堂隆重举行。“中国特色兰科植物保育与种质创新及产业化关键技术”荣获国家科学技术进步奖二等奖。这个项目是我国兰花领域的第一个国家科技进步奖，也是福建省花卉产业领域的第一个国家科技进步奖。黄瑞宝是项目的主要完成人之一。该项目取得“两大突破”：率先突破了兰花基因沉默技术瓶颈，解析了花色、花香调控关键基因，为兰花的功能基因验证和分子设计定向育种提供手段；率先攻克兜兰组织克隆这一世界性难题，有14种兜兰是世界上首次无菌播种成功，把兜兰体细胞克隆变成现实，有力推动兜兰规模化和规范化生产。

（洪锦城、张文艺）

“榛仙”

福建的北部多山少地，山上多树，树木多是杉树、毛竹、马尾松。为提高收入，当地农民决定种好第四棵树——锥栗，俗称“榛子捌”。科技特派员詹夷生因为帮助农民种植“榛子捌”而得到了“榛仙”的美名，他还先后荣获“全国五一劳动奖章”“人民满意的公务员”等30多项殊荣。

科特派制度改变人生轨迹

1999年，南平市委做出派遣科技特派员驻村的决定，改变了市林业局高级工程师詹夷生的人生轨迹。他被公认为闽北锥栗产业带头人，走到哪，都受到榛农前呼后拥的追捧，“榛仙”的美名不胫而走。

1999年3月，詹夷生带着铺盖来到建瓯市水源乡温洋村，对锥栗种植大户张其兴说：“我住你家，你吃什么我吃什么，我决不白吃你的饭。”詹夷生的潜台词是，“我能让你赚到钱”。

刚开始，张其兴将信将疑。那时正是锥栗修剪时节。张其兴带着詹夷生上锥栗山，上山归上山，张其兴修剪自己的锥栗树有自己的一套经验。詹夷生也不气馁，张其兴爬上树一株一株地剪，詹夷生就在树下一句一句地说，这一刀剪对了，原因是什么，那一锯不对，原因又是什么。张其兴听着听

◎ 2001年，詹夷生（中）在锥栗山上为榛农现场传授技术（池富锋摄影）

着，听出了“道道”，当剪到第16株时，张其兴终于跳下了树，把剪刀和锯子热情地“移交”给詹夷生，并将他拉回到第一棵树前：“詹特派，我们从头再来，你说剪哪枝，就剪哪枝。”

一天下来，张其兴服了。可是，村民们还是将信将疑。当天晚上，大伙和詹夷生坐在一起聊天时，纷纷提出了许许多多的问题，有自己懂的，也有自己不懂的，既想解自己的疑惑，又想掂掂这位城里来的詹特派的能耐。一个晚上下来，大伙心底达成共识，温洋的上千亩锥栗林，“苦锥”可以变成“金锥”，关键是要掌握科学技术。詹特派正是给他们送技术的。

取得农民朋友们的信任后，詹夷生放开了手脚，在张其兴家的45亩锥栗林里建起了优良品种示范区、高新技术示范区和修剪整形示范区。村民们白天在詹特派手把手的教导下，掌握着“短截、疏删、回缩”等休眠期修剪技能。晚上，詹夷生则利用学校的教室给村民们上课。在他的传授下，村民们懂得了怎样改良土壤、增加肥力，懂得了怎样提高坐果率。

七八月，詹夷生冒着炎夏酷暑，到锥栗林了解锥栗生长中出现的问题，对农民进行现场示教，并解答有关防病虫、施肥、摘心、保果等方面的难题。

科技竟是如此神奇。到了秋天收获的季节，枝头上结满了累累果实。在詹夷生的引导下，村民们改变了对锥栗粗放经营的传统种植方式，全村栗果产量从上一年的22.5万公斤猛增到32万公斤，产量增长近1/3，村民平均每户比上年增收3911.76元，张其兴一家仅锥栗一项收入就达3万多元。从此，詹夷生“榛仙”的雅号不胫而走。

科技特派员的一年任期很快就到了。温洋村的榛农舍不得詹夷生，但更多地方的榛农需要詹夷生。从2000年起，詹夷生除继续驻点温洋村外，还驻点浦城县、政和县等地的乡村，实际上成了闽北锥栗主产区的常年科技特派员，跋涉在闽北的百余榛乡榛村，为榛农提供优质高效的科技服务，只在每年九十月间的榛子收获季节，才在家里休息。

最大的愿望是让农民赚更多的钱

翻开詹夷生保存的“为榛农服务记录表”，每张表上都是密密麻麻的，记着他为榛农讲课、实地指导的地点、人数和内容。那些年，他随身携带海拔仪、枝剪、手锯“三件宝”，走遍了闽北的10个县(市、区)、50多个乡镇、上百个村，还有连他自己也数不清的山头。

面对闽北数以万计的榛农，詹夷生应接不暇。他通过座谈宣讲、现场示教、出刊墙报、送资料、教技术、解难题等形式，让榛农听得进、看得懂、学得到、用得上。

“三月剪枝好，枝多榛子小；四月新叶出，快把幼虫捉；七月追上肥，树上硕果累。”“妇女生孩子要坐月子，锥栗采收完毕，树体最虚弱，也要施补体肥，及时补充营养。”……詹夷生讲课，用的是最通俗易懂的语言，农民一学就会，学会就能用。他的课堂，总是座无虚席，挤不进去的农民趴

◎ 2000年，詹夷生（中）在建瓯市徐墩镇实地示范锥栗冬季修剪技术（池富锋摄影）

到窗台上听，不识字的老汉叫读小学的孙子做记录。

为了随时为果农服务，詹夷生还使用了更多的招数：一是发短信。他把不同农时对锥栗管护的要求编成通俗易懂的短语，适时发送给乡亲们。詹夷生常常是一次就发出了上千条短信。二是留电话。詹夷生的“名片”特别大，统一的16开。他将每一张锥栗技术简表当成自己的名片，发给每一个听课的农民，让所有的榛农都知道他的手机号码，以及办公室、家里的电话号码，母亲、妻子、女儿都是他的义务电话记录员。三是带徒弟。在他的悉心指导下，一批乡土专家应运而生。

建瓯和政和相继被评为“中国锥栗之乡”后，闽北锥栗产量越来越大，还陆续打开了出口市场，价格一路上扬。致富的农民用各种方式回报詹夷生，他总是婉言谢绝。各级政府和部门给他的2万多元奖励，他也全部捐献出来。他说：“我的月工资够花了，我最大的愿望，就是让农民赚到钱，赚更多的钱。”

请得起听得懂靠得住

詹夷生家离车站很近，他说，像蚊香、毛巾、肥皂粉，下乡穿的鞋子，平时都搁包里，仅充电器就准备了5个。农民一个电话打来，他可以拎着包就走。

他给自己提了三个要求：请得起、听得懂、靠得住。“我答应农民哪天到，我一定会到，风雨无阻；我不讲书本里的大理论，不给农民背书，不说些很玄妙的术语；没把握的技术我不会教给农民。”

詹夷生对农民特别有感情，作为科技特派员，他更是感到了自己肩上的责任，他说：“下去一定不要带杂念、私利，要以心换心，替农民着想。你想让农民把你当成什么人，取决于你把农民当成什么人。”

詹夷生有回去一个村讲课，见当地香菇的质量很好，就掏出100元钱让房东帮他买。回家后，家里人说这么好的香菇，下回去再买点儿。

没多久，詹夷生又去那个地方，让那个房东替他买香菇。房东买了香菇后悄悄丢到车上。詹夷生回家一看，100元钱放在香菇袋子里，这回农民没要他的钱。詹夷生把钱寄回去，留言上说：你们现在还很穷，等你们富了再谢我不迟。第三次去，农民跟他说了句真心话：如果一个干部，让我们觉得他对钱很在乎，那他在我们心里，就会一钱不值！

经常下乡开班讲授锥栗技术的詹夷生，一直都保持着坐班车的习惯。因为，他知道农民更愿意看到一个经常坐着班车来到他们身边的詹特派。他说这样一方面节约行政成本，一方面也不会给农民一种高高在上的感觉，农民更喜欢也更容易接近他。

詹夷生记得有一年春节，建瓯市顺阳乡好几个村的榛农挂电话邀请他去。詹夷生明白，春暖花开的日子就要逼近，人误天一日，天误人一年。

于是，大年正月初三，詹夷生就到了顺阳乡山后自然村，上山为当地榛农现场传授锥栗修剪、嫁接技术。随后又到江墩村、石垦村展开培训，教室被远近赶来的榛农们围得水泄不通。大年初四，天下着雨，榛农们成群结队到山上看詹特派为他们现场示范修剪，上山途经一段山垅田，榛农冒雨沿着弯弯曲曲的田埂，一个紧跟着一个排成两里多长的队伍。当詹夷生在栗园示范时，榛农们都不撑伞，生怕雨伞挡住别人视线，宁愿雨淋湿衣服。

詹夷生说，他到山后村时，村民们是点起几米长的鞭炮欢迎他的，当他离开山后村时，周孙福等十多名村民，先后追赶两里多路，冒雨涉泥，每人送给詹夷生一小包吃的东西，红色的塑料袋里装着榛干、炒花生、米花糕、炸果片等春糕年果，还有橘子、鸡蛋，饱含着吉祥、平安的祝福。如此情景，让他至今难忘。

（陈绿原、陈景军、罗清武）

闽北大地的“葡萄仙”

南平建阳区潭城街道考亭村的鉴湖葡萄园，种着160多种不同种类的葡萄。葡萄园内，常有一位70多岁精神矍铄的老人在修剪干枯枝叶。老人有一张风吹日晒的方脸，他的五根指头像山药，指甲像硬币。又宽又厚的手，没一处嫩皮，关节上有老茧。

别看这葡萄园才一亩半地，南平甚至整个闽北的葡萄，都与这里有着千丝万缕的关系。葡萄园的主人，可是南平响当当的名人，被誉为“葡萄仙”的退休高级农艺师谢福鑫。这位1943年出生的老人，几十年来长期在农村从事农业技术推广工作。

1999年南平市掀起科技特派员下派农村浪潮，成为首批科特派的谢福鑫利用专业技术，发动、帮助农民种植葡萄。而且，他一当就当了6轮的科特派。

南平市葡萄产业由此从无到有，直至年产值达数亿元，万千农民因种葡萄而致富。

凭着这样突出的贡献，谢福鑫先后荣获全国科普工作先进个人、福建省五一劳动奖章、南平市劳动模范、明星科技特派员等荣誉称号。

2003年，谢福鑫到龄退休，组织上问他有什么要求，谢福鑫说：“我只是想继续做一个义务的科特派。”退而不休，他继续在科特派的岗位上兢兢业业。2019年底，他还荣获了全国离退休干部先进个人称号。

◎ 人称“葡萄仙”的科特派谢福鑫（右一）

与葡萄的不解之缘

时间倒流到1980年7月，时任建阳县良种场场长的谢福鑫在全省良种评选会上用自家庭院种植的绿葡萄惊艳了众人。从那时起，他便与葡萄结下不解之缘。

1983年3月，谢福鑫赴日本长崎县农业经营大学学习巨峰葡萄栽培技术。谢福鑫如饥似渴般刻苦学习，一边学习日语，一边学习葡萄种植技术。一年学习期满后，他带着象征中日友谊的葡萄种苗与用奖学金购买的柑橘、枇杷、甜柿等270多株苗木回到建阳。

1984年秋，他将带回国的100株葡萄苗木栽种在建阳马伏实验园。次年，巨峰葡萄试种成功，他成为闽北种植巨峰葡萄第一人。从此，他常年深入农户葡萄园，给农民作技术示范，普及种植葡萄的科学知识。

刚开始，许多农民对“洋葡萄”不感兴趣，认为“虽好难侍候”。为了发展葡萄产业，谢福鑫四处奔波，鞋子跑烂了，嘴皮磨破了，脸皮豁出去了，也无怨无悔。通过努力，终于在建阳童游镇考亭村选准50户农户试种。

谢福鑫不仅贴种苗、传技术，而且每天都到果园和农民一起精心观察果树生长情况，防治病虫害，认真观测和总结巨峰葡萄在闽北红壤山地和气候条件下种植的整套主要技术参数。

1987年夏，鲜果上市季节，考亭农民生产的数百公斤巨峰葡萄一上市就被抢购一空，尽管单价每公斤高达7元，但人们还是对粒大、汁甜、色泽好的“洋葡萄”格外垂青，产品供不应求，果农乐不可支。

谢福鑫看到了闽北发展葡萄的希望。他在考亭村自建了一个葡萄品种引种示范园鉴湖葡萄园。不论刮风下雨、寒冬酷暑，他总是起早贪黑，仔细观察葡萄的长势等，每个品种都要进行为期至少三年的实验，只有适合当地的品种他才会推广种植。谢福鑫坦言：“葡萄是我生活的一切。假如有一天，我倒在这里，我也会感到荣幸和欣慰。”

走村串户的“三件宝”

在闽北推广葡萄种植，谢福鑫既是宣传员，又是科特派。他给自己定下一个目标：每年走万里路程，进百村服务，富千户农民。没有双休日，没有节假日，谢福鑫骑着单车，背着干粮与工具包穿梭在羊肠小道，奔波在农户的葡萄园，随时随地给农民作技术示范和培训。

谢福鑫说：“单车、干粮和工具包是我下乡离不开的‘三件宝’。”单车方便，乡间小道任意走，如果路途遥远，就乘坐班车到离果园最近的乡村，再向熟人借辆单车；三个馒头一杯水，吃饭应酬省掉了；工具包最重要，带着剪刀和专业资料，随时随地都能示范、指导。

常年下乡，天色晚了，谢福鑫就在农户家过个夜，第二天接着干。长期在田间地头，他很熟悉果农的情况。哪家有多少亩葡萄，什么品种，需要哪些技术支持，他了如指掌。

下地指导，谢福鑫也有妙招。碰到种植户不在现场，葡萄果园管理有不到位的地方，他就用防水记号笔，把技术要点写在薄膜条上，留下联系电话，系在果树枝头上。

“施用化肥过量，赶快用水冲洗减轻肥害。”“葡萄叶被金龟子吃了，天一黑就打速效杀虫剂。”“有黑痘病了，赶紧打杜邦福星。”……看到记号笔写下的提示，农民就知道老谢来看过。当地农民说：“老谢的课堂在田头，讲稿在枝头。我们一看就懂，一学就会，一用就灵。”

葡萄很多病害是雨水引起的。南方春夏雨水多，此时正是葡萄长叶、开花、结果的关键期，怎么办？谢福鑫教农民就地取材，建避雨薄膜大棚。南平多竹，长得快，竹片做的简易避雨棚，既生态又省钱，仅这一项，每年每亩就能省出2000多元钱的病害防治成本。

南平山多，海拔高低错落。有2000多米的高山，也有不到百米的山地，

◎ 谢福鑫为加拿大华裔青少年介绍葡萄良种（张正松摄影）

气温随海拔高低不同。谢福鑫引导果农在不同海拔高度建葡萄园，拉长了葡萄供应期。别的葡萄下架了，南平高山区葡萄鲜果正上市，价格自然高出一头。

让一块地赚“多份钱”

众人拾柴火焰高。葡萄种植面积不断扩大，技术服务需求越来越多。谢福鑫牵头组建福建省第一个农技推广志愿者团队——南平市葡萄协会，并连续三届被会员代表推选为会长。

如今，南平市葡萄协会有1800多名成员，包括众多果农、30多名技术人才和400多名销售人员。果农们说：“有了葡萄协会，我们从技术培训、果园规划、果园管理再到销售、加工等环节，都能得到专业指导，种葡萄更有保障。”

谢福鑫还琢磨着，融合一二三产业，在延长葡萄产业链、提升附加值上做文章。谢福鑫请国内外专家给闽北各地葡萄种植户培训葡萄果酿酒（醋）制汁，利用葡萄生产过程中产生的剩余物如嫩枝、幼果等生产酵素肥料，利用冬季修剪的枝条生产食用菌。

现在，南平市葡萄种植户几乎都会酿葡萄酒、制葡萄汁。连绵起伏的葡萄园，吸引八方来客，葡萄园休闲观光、采摘成为当地旅游的重要特色。

谢福鑫还指导农民发展套种和林下经济。很多葡萄园林下种上了食用菌。收了菌菇，还能养鸡、养鸭、养鹅。“一块地赚到了三份钱，多亏了老谢的好点子。”当地农民高兴地说。

谢福鑫说：“我这辈子就喜欢下乡进村，和农民一起摸摸果树，玩玩泥巴。能帮助农民做点事，很知足。”

（高博、邓忠卫）

让“濒危花”结出“富民果”

“这些年，我就专心做一件事，扎根闽北山区光泽县，带领当地农民种植稀缺药材七叶一枝花。”这是2019年召开全国科技特派员制度推行20周年总结会议上，福建省科技特派员、省农业科学院农艺师苏海兰代表全国数十万科特派发言时说的话。

◎ 潜心钻研稀缺药材七叶一枝花的苏海兰

简单话语的背后，是数年的艰辛付出。2014年以来，苏海兰和福建省农业科学院中药材科技团队，以七叶一枝花为“媒”，来到闽北老区光泽县，与承天药业集团结缘，开出了一剂因地制宜的“良方”，让这朵“濒危之花”从几近灭绝到初步形成新产业，带动一方百姓致富。

对事业的执着令人敬佩

七叶一枝花又名华重楼，是我国稀缺的珍贵中药材资源，具有清热解毒、消肿止痛等功效，是云南白药、片仔癀等80多种中成药的主要原料之一。由于主要靠采集野生资源，资源已近枯竭，处于野生濒危状态。因为其经济价值高，2010年开始，福建省许多地方的农户都想种植。但七叶一枝花生长周期长，从播种到药材采收要10年，投资成本高、收益见效慢。不仅如此，其生长娇贵，不易栽培，对环境、土壤、气候、病虫害等十分敏感，而当时在福建省的栽培技术研究基础和种植经验几近空白，没有可供借鉴的成功经验。

2014年，光泽县承天药业集团希望福建省农业科学院帮助发展七叶一枝花产业，带动农民致富。1980年出生的苏海兰，作为省农业科学院派驻承天药业集团的专家，从2014年开始，常年往返于省城与基地之间，对七叶一枝花进行栽培试验研究。

“七叶一枝花栽培试验及种苗扩繁技术研究与示范推广，必须深入试验点,通过实地观测，获取原始数据，才能为项目研究提供可靠的依据。”苏海兰说，“省农业科学院与承天药业集团有一些关于七叶一枝花的国家级和省级项目的研究，而目前这个领域的研究尚处于起步阶段，所以一线的观测数据非常关键。”

2016年，承天药业集团与省农业科学院深化战略合作，需要一名专家蹲守基地三到五年，以便对七叶一枝花的生长情况进行系统的研究。已陆续跟踪观测了两年的苏海兰主动请缨，要求到基地驻守。

◎ 苏海兰（左）指导农户种植七叶一枝花

“我作为共产党员、科技特派员，面对社会所需、企业所求、农民所盼，理应主动承担这项任务。”她满脸轻松地说，但当初承担起这份工作并不容易。

当时，苏海兰还在哺乳期，她把正读幼儿园的大女儿交给婆婆，自己则携母亲带着小女儿，从省城来到承天药业集团位于寨里镇可坑药材种植基地，开始对仿野生状态下的七叶一枝花进行种苗繁育、人工栽培科学试验。

可坑基地远离村庄，近2000亩山林内种满了七叶一枝花。这里山高林密，蚊蝇成群，更有多种毒蛇时常出没于草丛，所以不管多热的天气，苏海兰都得全副武装：包好头部、裹紧衣服、穿上雨鞋、拿着木棍。她白天钻山林，晚上还得将收集的数据整理归类。

为了比对野生状态下与大棚内种植的七叶一枝花的生长差异，缩短人工繁育七叶一枝花种苗周期，提高种苗出苗率，苏海兰每天必须往山林几个试验观测点对种苗进行测量、观察、采样，而每个点观测都必须连续一周，不能间断。

“一个年轻的母亲，带着尚在哺乳期内的孩子，长期蹲守在远离人烟的大山里，没有一份坚定的信念，有几个人能坚持下来？苏海兰在整个哺乳期也没休过一天假。她对事业的执着令人敬佩!” 承天药业集团公司常务副总经理高扬前说。

把论文“写”在山岭上

从2014年开始，苏海兰带领项目组成员，几乎走遍了全省各地深山老林了解七叶一枝花生长习性，多次到云南白药等基地取经，将实验室建在田间，加强七叶一枝花种子种苗繁育技术研究、创新，实施了超过300个田间试验。

“七叶一枝花从播种到药材采收要10年，漏一项试验，可能10年研究就白做了，所以我们不能有丝毫懈怠！”苏海兰感叹道。

日积月累一线实地观测，为开展七叶一枝花研究打下了坚实基础。在苏海兰的推动下，福建省农业科学院还与承天药业集团携手，建设七叶一枝花良种繁育母本园。

功夫不负有心人。七叶一枝花过去育苗周期长达2年，出苗率仅5%左右，通过苏海兰多年的一线实地钻研，如今只需6个月，可实现60%出苗率；原来只能林下种植，每亩1000株为限，现在可实现大田种植，每亩种植密度近8000株；灰霉病等田间病害从无法控制，到做好提前预防，就能得到很好的控制。她还申请了3项七叶一枝花国家发明专利，发表了多篇论文。

“解决七叶一枝花‘水土不服’这个源头难题，产业才可能实现持续发展。”2019年9月，《七叶一枝花种苗繁育及栽培关键技术研究与应用》通过成果评审，承天药业集团的七叶一枝花种植基地扩建到了6000亩，可实现超过1.5亿元的经济效益，为拯救七叶一枝花资源和发展相关产业提供了基础。

把科技送进田间地头

“苏老师，最近七叶一枝花又发现了问题，给您发一段视频，帮忙看看这是咋了？”“苏老师，叶子出现病斑，您知道是哪里出问题了吗？”……

点开苏海兰的微信，大多消息都是来自她的“学生”。“我每年组织培训15次以上，每天接到农户电话或微信至少5个，全省七叶一枝花基地90%都和我有联系。”苏海兰满脸自豪，“在我看来，科技特派员并不是简单地提供技术援助，更应该是秉承人才和创新可持续发展理念，培养一批七叶一枝花种植生产一线的‘土专家’。”

单寄坪、肖凤友、杨水明等一个个当地技术能人，在苏海兰的指导下，从不认识七叶一枝花到现在已经熟练掌握其种植管理等多项技能，实现了持续造血，让七叶一枝花产业在光泽县真正“站稳脚跟”。

◎ 苏海兰（中）在光泽县基地现场指导农户

◎ 苏海兰（右）在光泽县元胡基地指导
（朱育菁摄影）

“长期下乡虽然又苦又累，但只要能帮到企业、农民，我心里都是甜的。”苏海兰笑着说。在她看来，科技特派员有责任、有义务发挥其驻扎“前线”的优势，手把手指导农民、培训农民，做给农民看，带着农民做。

在苏海兰的指导下，七叶一枝花种植户种植技术不断提高，已带动农户共种植近1万亩。“七叶一枝花这稀缺名贵药材，将成为真正的致富之花。”苏海兰说。

除了专攻七叶一枝花人工种植，带领当地种植户潜心钻研药材种植技术外，她还积极引导他们通过“企业+基地+农户”模式发展元胡、黄精等中药材种植增收致富。

元胡生长期仅5个月，成本低、种植和采挖简易，又可以利用冬闲田种植，实施药稻轮作，减少冬季抛荒，是精准扶贫较适宜的品种。通过3年的田间摸索试验，2018年，苏海兰申请了福建省星火项目“大宗药材元胡高产栽培技术研究与示范推广”。她根据光泽县不同乡镇的海拔和生态条件，以种苗补贴、提供农资和指导等形式，请种植户加入试验，在各乡镇建立元胡种植试验地和示范基地，带动全县元胡种植2000多亩，为农民增加收入600多万元。

2019年7月，苏海兰到光泽县林业局挂职科技副局长，从指导企业向指导全县产业转变。“我将以光泽县为试点，探索创新科特派与企业构建利益共同体，进一步实现科技成果转化的科特派服务模式，让科技更好地服务企业和农户。”苏海兰希望，能够通过科技和产业紧密结合，在带动更多的企业、农户获得更大效益的同时，让更多科研成果实现转化。

（谢开飞、邱洪福、熊星婷、林奥）

“海归”科特派

80后“海归”硕士返乡“从农”，但他并非“面朝黄土背朝天”的传统农民。他说，作为厦门市的一名科技特派员，要通过“良种+良法”，为农民提供优良种苗和先进技术，不仅要带动农民增收，更要让农民成为令人尊重的职业。

车辆驶入位于厦门市同安区的竹坝农场，路旁出现的一排排如水晶盒的玻璃育苗棚让人眼前一亮。在这里，新农人康英德打造了自己的“种苗王国”。

2011年，这位留学日本明治大学的“海归”硕士，做了件当时在亲朋好友看来很疯狂的事情：承包了50亩地，投资上百万元，创办了厦门百利种苗有限公司，全心全意当起了农民。

九年一瞬，功夫不负有心人，如今，百利种苗已成为我国南方首屈一指的蔬菜种苗企业。但康英德的梦想不止于种好自己的一亩三分地。在把优良的种苗交到农民手中的同时，他和团队还致力于传播先进的农业技术，通过“良种+良法”，潜移默化地提高农民种植的品质和效率，逐步带动地区种植产业的升级，带动农民增收。

农业农村部全国农村创业创新第二批优秀带头人、中组部国家“万人计划”科技创业领军人才、科技部科技创新创业人才……这些年来，康英德对农业的付出和坚守赢得了许多赞赏。“我们想通过努力，让农民成为令人尊

◎ 康英德在育苗棚内查看正在生长中的茄子种苗（施辰静摄影）

重的职业。”康英德说。

要培育出中国好种苗

意大利的精准全自动育苗播种机、以色列节水喷灌设备、荷兰水肥一体化设备、自动调节室内遮阳的智能温棚……在百利现代农业科技园，康英德对园内的现代化农业设施设备如数家珍。

茄子、黄瓜、番茄、苦瓜、辣椒……园内一个个玻璃育苗棚里，每个时节都有不同的蔬菜种苗悄然生长，再被分批运送出去，栽种在更广阔的天地里。经过几年的发展，百利种苗每年生产各类蔬菜嫁接苗、实生苗等数亿株，在福建省内占了近60%的市场份额。

“现在我已经实现了‘南方最大的蔬菜育苗公司’这个目标，在蔬菜种苗领域已经跻身全国前五。”康英德说。从小在农村长大的康英德，对农民和农业有着特殊的感情。“我父亲从事农业二三十年了，他从农产品种植、加工到出口都有涉及，耳濡目染下，我对农业比较熟悉，也有兴趣。”康英德说。在日本明治大学读研期间，他选择专注于农业经济学。走出去，开阔了视野，关于农业，他了解了更多，也更焦虑了。当时，在被称为“绿色CPU”的种子产业上，中国还处在相对薄弱的位置。

“比如我们家乡种的一款316的胡萝卜种子就要靠进口。”康英德记得，乡亲们很多蔬菜的种子都被日本、荷兰等国家垄断。

只有从种子上发力，才能从根本上提升农业的竞争力。抱着这样的念头，康英德在留学归来后，尽管家人并不赞成，还是坚定地走上了“从农”路。但他为自己规划的道路和埋头种地的传统农民不一样，他专注于种苗的研发，以及推广农业新技术、新方法。

以工匠精神埋头育苗

走进百利种苗的育苗温室大棚，很多人会改变对农业的传统印象。

宽敞明亮的大棚内，没有泥泞难行的土地，没有化肥、农药的异味，一排排齐腰的高架子上，整齐摆放着育苗箱，茂盛的小苗生机勃勃。这里的一

◎ 百利种苗的“纸钵育苗”（左）与传统育苗方式（右）比较（施辰静摄影）

◎ 实验室检测人员正在检测水质（施辰静摄影）

株株种苗单体，都是不同品种嫁接所得。

拿起棚中正在培育的茄子种苗，康英德介绍了一个细节，在茄子苗的根部有一个利用可再生纸做成的小纸钵。纸钵能保护种苗的根系，并引导其往下生长扎根，让根系更加发达。“同等水肥条件下，这样的育苗方式可增加15%的产量。”康英德说。

康英德改变了父辈们“靠天吃饭”的种植方式，从土壤到种植方式、施肥等都有一套科学方法。“现代农业和传统农业最大的不同，就是理念、设备、营销等方面的精准化。”康英德说。

关注种植的第一环——土壤，百利种苗和加拿大A&L实验室合资成立了子公司——厦门艾恩农环境科技有限公司，专注土壤检测分析，了解不同田地土壤的基础元素、酸碱度情况……

现在，不仅周边的农户会将土壤送来做检测，远至黑龙江等地的农户也会寄来土壤样品请他们分析。适合种什么作物，用什么样的肥料、作物生长出了问题怎么办，基于对土壤的了解，康英德和他的团队引导各地农户科学种植。

自动光照、温度调节、智能喷灌与施肥，育苗大棚中，在一系列前沿的设备和技术的加持下，康英德打出“组合拳”，为种苗提供最适宜的生长环境。对育苗细节的打磨，消耗了康英德的许多心血。嫁接育苗所用的指甲盖大小的嫁接套管就是康英德带着团队反复试验研发出来的成果之一。

创业初期，康英德发现种苗嫁接后，接口处常会变黑、腐烂，导致种苗成活率低。经过在播种、嫁接、定植中反复分组研究，他发现，问题出在嫁接夹上。针对痛点，重点突破，他和团队在日复一日的育苗中反复试验、改进，经四五年的研发，推出了一款嫁接套管，让种苗成活率提高了10%以上。

以前，百利种苗从国外进口嫁接夹。这两年，国外种苗种植同行纷纷求购百利种苗的嫁接套管。

近年来，康英德取得1项国家发明专利，1项外观设计专利，11项覆盖水肥一体化、打药机、嫁接生产线、双轨多功能运输车等领域的实用新型专利。他带着团队脚踏实地 “种地”，对种植流程的痛点逐一琢磨、攻破，他们培育出的种苗品质得到越来越多农民的认可。

共享好技术好经验

同行到百利种苗交流学习，对康英德来说，是习以为常且乐见其成的事。“‘良种’是基础，‘良法’是保障。好的品种加上好的设施设备、好的种植习惯才能诞生好的产品，才能真正提高农民的收入。”康英德说。

要做能立足于世界的种苗企业，就得掌握最先进的技术。作为一个“80后”新农人，康英德不仅“埋头种地”，也十分在意“抬头看天”——每年，他和团队都要出国数次，到农业发达国家学习先进技术。“2019年，光是日本我们就派出4批次人员去参观学习。”加入百利种苗的台胞曾明宝介绍，每年公司都要在研修和实验方面投入大量经费。

四处取回来的“农业经”，康英德很乐于和农民们分享。

把农民请进来，参观百利种苗种出来的黄瓜，为泉州南安的农户带去新的辣椒种苗……每隔一段时间，康英德就会组织技术人员下乡，传授给农民更好的种植技巧；还开设培训班，聘请专家授课，教农民科学高效种田。在

◎ 康英德（右）和来自台湾的技术总监在大棚中探讨种苗嫁接技术（施辰静摄影）

康英德看来，帮助农民实现增收，才是农企的价值，“我们更关心的是农民有没有赚到钱”。

2016年强台风“莫兰蒂”肆虐后，康英德在自家农场也受到重创的情况下，面对供小于求的种苗市场，向农民做出了绝不趁机涨价的承诺，并以低价甚至赠送的形式向受灾较重、经济困难的种植户供应种苗，让农民有苗可种。在日复一日的打交道中，许多农民对康英德和他培育的种苗建立了信赖感。

在康英德和他的团队的推广带动下，附近以紫长茄种植为主的郭山村农户引进了辣椒种植，增加了收入；周边有600多户种植户改用滴灌方式进行灌溉。康英德还向农户们推广他从日本带回的一种最新的生物激活剂……潜移默化中，康英德和他的百利种苗逐步带动了周边地区种植产业的升级。

“做农业很苦，但我们至少坚持下来了，也赢得了很多人的尊重。”康英德说。如今，他的百利种苗科技产业园正在进一步发展中，未来，这里将建成一个集农业生产、科普教学、旅游观光、农事体验为一体的现代科技农业基地。关于农业，康英德还想走得更远。

（杨珊珊、韩超、杨心亮）

永春芦柑业的复兴之路

“世界芦柑看中国，中国芦柑看永春”，作为“中国芦柑之乡”，长期以来芦柑都是永春的一张靓丽名片。

提到永春芦柑不能不提到这么一个人，在永春芦柑产业遭遇黄龙病危机而萎靡不振时，是他带领团队攻坚克难，历经8年时间探索出黄龙病疫区芦柑栽培新技术永春模式，使永春芦柑产业逐步走向复兴。他就是永春芦柑种植技术专家张生才。

脚踏实地驱逐“黄龙”

永春县与德化县交界处的天马山，有着五十多年的芦柑种植历史。张生才的父母都是天马农场的职工。1980 年，他高中毕业后回到橘园工作，这一待就是37 年。

俯瞰如今的满园绿色，张生才觉得很满足：永春芦柑产业正逐步复兴。

20 世纪 70 年代，永春开始大量种植芦柑，80年代芦柑产业已成为当地农民的主要收入来源，不曾想2000 年开始暴发黄龙病。

黄龙病是柑橘产业的噩梦，它是由一种限于韧皮部内寄生的革兰阴性细菌引起的病变，传播极快，能够侵染包括柑橘在内的多种芸香科植物。感染

◎ 天马柑橘场全景

黄龙病的植株叶片黄化，成熟期果实无法正常转色，细菌还会转运至全株，使树体生长衰退。一旦植株侵染黄龙病，只能砍树，以阻止其蔓延。永春县的芦柑产业因黄龙病逐渐衰微。

张生才临危受命，和他的同事们一起，探寻防控黄龙病的方法。

攻克黄龙病，专家技术支持是最关键的一环。张生才一听说哪里有芦柑产业的科研专家或者单位，就想方设法地联系。几年下来，他跑了半个中国，向各地专家汇报情况，请求支援。

功夫不负有心人，不少柑橘科研单位和专家被他的真诚所感动，天马柑橘场与华中农业大学建立长期的科研合作关系，中国工程院院士、华中农业大学校长、中国科学技术学会副主席邓秀新，华中农业大学园艺林学学院果树系教授、博士生导师彭抒昂等10多位教授多次到天马柑橘场，现场指导防控黄龙病，并建立远程指导机制。专家的指导，让张生才的科研有了底气。他在专家们的指导下开展各项科研工作，力求找到破“龙”密码。

2008年，国家柑橘产业技术体系永春芦柑综合试验站正式运作，张生才进行永春芦柑种植及防病的综合试验，开展柑橘新品种、新技术体系建设示范、推广、研究的任务，先后在永春建立农业部农业有害生物预警与控制区域站、国家级永春县出口柑橘质量安全示范区、芦柑简化修剪示范基地、柑橘良种采穗母本园和无病柑橘良种苗木基地，研发采用恒压喷雾管道系统。

张生才还利用绿源柑橘苗木繁育场，整合技术创新资源，从华中农业大学等引进“华柑2号”无病毒柑橘良种接穗，选送永春芦柑优良单株“天芦1号”进行脱毒处理；建成育苗网室23个，采用“天芦1号”等良种作为接穗。

2011 年，繁育场建成三年后，开始供应第一批5万株无病毒苗木。苗木培育时是无病毒，但并不能保证在种植过程中不发病。张生才几经考虑，提出在天马农场进行试种。

分管领导支持张生才的想法，但身边的朋友却不看好：你是不是疯了？黄龙病根本无药可治，你现在种下去的都会血本无归！“心里只有 50% 的把握。”张生才回忆，“就觉得要对得起这征用的90亩土地和财政给的钱。”

2013 年，第一批无毒苗木在天马柑橘场定植，2015年开始收成。天马柑橘场在我国传统黄龙病防控技术基础上，形成了防护林隔离、无毒大苗定植、动态更新病树、全园快速灭杀木虱、矮密早丰栽培等五个措施，黄龙病得到了有效控制。果园高处的生态隔离带主要种植杉木，杉木的特殊气味能有效驱逐部分昆虫，如果黄龙病暴发，还能有效将各个分区隔离开，预防病

◎ 张生才观察即将成熟的永春芦柑

◎ 张生才（右）查看芦柑无病毒苗木

菌传播；同时在果园内铺设专用管道，采用半自动打药技术。黄龙病主要通过木虱传播，木虱不会飞，但会随风转移，通过杉木生态隔离各个区域，在园内统一打药，一两天内就可以把木虱全部清除。

在防控黄龙病的同时，张生才还思考着新的种植模式。通过拉枝矮化，他将天马柑橘场内的芦柑树高度控制在 2 米左右，改变果树顶端优势，形成“一干三枝”的“开心”树形。无交叉重叠枝，枝条都能均匀地接受光照，结出的果实自然也质量均衡。

2016 年 11 月 26 日，农业部果树专家组考察了天马柑橘场“黄龙病疫区（山地）柑橘种植新技术——永春模式”试验示范基地，经现场检测，定植第四年的植株均产达 41 公斤，折合亩产 2.8 吨，果面光洁、大小整齐，平均单果重 167.8公斤，横径 78.5 毫米，大果率 86%。专家组评定，“黄龙病疫区（山地）柑橘种植新技术——永春模式”实现了黄龙病的有效控制和芦柑丰收。天马柑橘场示范基地成为“全国柑橘黄龙病绿色综合防控新模式栽培技术示范基地”。

看到黄龙病可以控制，之前转行去晋江开超市的果农又回来买苗木重新种植芦柑，但张生才并不推崇每家每户都种植：“我们提倡大户栽培模式，一来方便管理，二来我们也要考虑，复兴芦柑产业要逐步向标准化生产、集约化经营方向转变。如果是世代种植芦柑的自然村，我们会建议成立专业合作社，统一管理，这样有利于黄龙病的综合防控。”

“如今，我的芦柑园五年树平均每株产量有 30公斤，大果率在 95% 以上，天马推广的种植模式非常好管理，我们的收入明显提高了。”泉州新绿柑橘专业合作社的郑甲辰曾到天马柑橘场取经并效法实践。

踮起脚尖上下求索

以天马柑橘场为起点，张生长成功推广了一个个芦柑种植示范片，繁育场的无毒苗木供不应求。于是，张生才扩大繁育场规模，增加无毒苗木供应量。

左手是试验站，右手是繁育场，哪一边的工作都不能落下。张生才带领试验站成员收集有关芦柑种植的第一手资料，继续与高等科研院校合作，进行柑橘无病毒苗木繁育技术攻关，已建成采穗母本园2个、育苗网室9个，先后从全国各地采集70个优良柑橘品种，建成柑橘品种资源圃。

“不赶在黄龙病暴发之前收集，可能会造成品种损失。这一措施对保护福建柑橘品种是很有意义的。”张生才看这些柑橘树的眼神，仿佛在注视自己的子女一般。

经过多年努力，在天马柑橘场的芦柑产量和质量不断提升的同时，张生才上田间下地头，将最管用的技术服务及时送到广大果农的手中。他开展实用技术培训班，在修剪、采收季来临前为果农提供技术指导，上山入户为果园把脉。张生才服务对象不仅仅是永春乃至泉州的果农，还惠及建瓯、永安、尤溪及海南、广东、江西、云南等地，推广永春种植管理模式81万亩，已在永春县建立70多个、面积近3万亩的柑橘种植示范片，组织各类培训80多期，授课达8000多人次，带动示范果农大户200多户致富，培育新型农民500多人。

即便已经连续多年没有周末，张生才依然挤出时间，将30多年来的研究成果编纂成册。张生才参与起草了《芦柑（A 级绿色食品栽培技术规范）》企业标准；多次承担省市县科研项目；在省级以上专业刊物发表论文30多

◎ 张生才（左一）传授果农芦柑种植新技术

篇；2017年，他负责主编了《黄龙病疫区永春芦柑种植管理新技术》一书，并主持制定福建省地方标准《黄龙病疫区芦柑栽培技术规程》，这些都为芦柑种植和黄龙病防控技术的示范推广提供了科学依据。

芦柑产业在复兴路上，但愿意在基层扎根的农业科技人才越来越少，“说起来重要、用时感到紧迫、平时被忽略”的局面严重影响了农业科技队伍的积极性。为了保证试验站工作的连续，退休前的张生才专门提交了《关于加强农垦企业科技人才队伍建设的建议》提案，呼吁改善农业科技人才的工作环境和待遇，以强化科技队伍建设。

秋来芦柑满枝，天马柑橘场内“红肥绿瘦”，这是张生才的收获，也是永春的收获。

（朱苑璟、叶国强）

科技兴·鱼虾欢·渔民乐

“站长，我家鱼苗烂头了，快帮我看看。”一大早，福鼎市海洋与渔业局水技站站长王朝新就接到沙埕虎头鼻养殖户卞谊爱打来的电话。二话没说，他就赶往渔排，查看病害鱼苗，并建议把鱼苗放到水流好的网箱进行挂药。

2020年2月25日开始，受福鼎市委组织部下派，省科技特派员、宁德市乡村振兴帮扶工作队成员王朝新前往沙埕、嵛山两个乡镇挂点，帮扶当地养殖区做好复工复产工作。

作为水产品的“医生”，4个多月的驻点生活，他几乎都在渔排或者船上度过，与渔民面对面交流，解决养殖病害问题，帮助开拓水产品销路。

王朝新笑言，做这些是近30年的常态，自1993年参加工作以来，他就一直在基层从事水产技术研究推广工作，见证着福鼎养殖业的兴衰。

2020年是脱贫攻坚决胜之年，王朝新说：“每一个身份都是一个责任。每一种新型的养殖模式、每一个养殖技术的突破、每一个新品种的推广，都是渔民、企业增收的希望。”

打差异牌，托起坛紫菜复兴梦

2020年，王朝新接到福鼎不少养殖户电话，要求加入养殖紫菜的队伍。

◎ 王朝新（右一）到养殖户基地查看紫菜苗种生长情况

看着重现生机的福鼎紫菜养殖业，王朝新百感交集。

福鼎是坛紫菜养殖的主要产区，“中国坛紫菜之乡”。经过多年努力，福鼎30家紫菜育苗场年可培育2亿粒贝壳苗，2000多户紫菜养殖户高峰期时养殖面积达6万亩左右。

随着紫菜收益的逐年攀升，一些养殖户观念落后，没有充分考虑气候和不同海域水温变化，盲目抢种头水紫菜，固守高密度养殖模式，导致烂苗发生，2016年福鼎甚至出现了大面积减收绝收的局面。

看到收成越来越不好，有的养殖户放弃养殖，有的“背井离乡”，转战浙江。“整个晴川湾空荡荡，异地养殖租金、人工、材料这些增加成本不说，对于福鼎本地的坛紫菜加工也是重创。”王朝新说起当年的情景依然唏嘘不已。

复兴坛紫菜养殖，重树养殖户信心是关键。王朝新带领团队在晴川湾海域调研，发现海水温度偏高，一个大胆的想法跃进脑海：“以往都是白露前一个潮水开始投苗。换成白露后一个潮水投苗可行吗？推迟投苗，海水温度自然降低了。”

在福鼎市渔业局的支持下，2017年开始，王朝新在晴川湾外海区域探索养殖新模式，规范紫菜推迟投苗时间和合理控制养殖密度，采用紫菜差异化养殖技术。他认真遴选紫菜养殖户为示范户，按照新想法在外围海域投放了几百亩的紫菜苗。当年尽管推迟一个月投苗，但是紫菜收成不错。

初步试验成功，但又出现了新问题。众所周知，头水紫菜能卖出高价。按照新模式，头水紫菜上市推迟了一个月，经常会被当成二三水紫菜而被压价，对养殖户而言不划算。

针对这一问题，2018年第二轮试验时，王朝新改变策略，不仅扩大养殖规模，还拉上了紫菜加工厂。龙头企业——海圣食品就是被王朝新劝回福鼎的，企业法人洪其龙表示：“当时我们都在浙江养殖，在王站长劝说下，我们回迁了200亩试试。收成非常不错，头尾加起来收了五六水紫菜，加工企业按照收成的实际状况全额进行收购。经过测算，亩产量约900公斤，亩产值4000元。”

2019年，王朝新把养殖试验收回到内湾区域。“外海容易受到气候影响，内湾相对稳定，而且也是新模式能否复制推广的最后一关。”他欣喜地发现，随着两年试验成功的示范效应，陆续有养殖大户将基地迁回福鼎。

2020年，养殖户热情高涨，主动要求加入试验，意向的养殖面积已近2万亩。“今年，我们准备投放和上海海洋大学合作选育的坛紫菜新品种。”王朝新说道，“这一品种具有产量高、不会出现性早熟等优点，最高可长到40多厘米。”

突破瓶颈，传统网箱大“变身”

除了坛紫菜，福鼎还是大黄鱼育苗重镇。如今沙埕港海上逐步形成了闽东地区最大的大黄鱼鱼苗交易市场，年交易额达到1.5亿元。

为提高育苗成活率，增加养殖效益，1999年起，福鼎全面推广网箱养殖技术。王朝新前往沙埕港帮助养殖户建立网箱养殖基地，选地址、制作网箱，进行苗种暂养、控制养殖密度、饵料投放等试验。2006年，他在福鼎沙埕港网箱养殖集中区建立5个网箱养殖病害测报点，为11万多口网箱的养殖户提供预警预报信息、现场诊断、病害治疗方案和建议等多项服务。2014年，他承担省科技厅星火重点项目“离岸抗风浪大网箱大黄鱼养殖成果示范推广”。

福鼎沙埕镇中心渔港渔民郑顺利感慨地说：“每走一步，多亏有王朝新站长的引导。”

在王朝新的引领下，近年来，郑顺利对自家15000多平方米的渔排进行了升级改造，传统的“木质+泡沫”“变身”为同等养殖面积的22口全塑胶环保材质深水大网箱。2020年，他准备实施海上民宿项目，在养殖基地的基础上建设民宿，吸引游客体验海上生活。

网箱推广的进程也是农户观念革新的过程。深水塑胶网箱采用的是HDP（高密度聚乙烯材料），养殖户心存疑虑：“这么轻飘飘，能抗得住大台风？”王朝新笑着说道：“沙埕就有农户自己做网箱，用的是进口非洲硬木，自信地说多少级台风都不倒。”一场台风过后，养殖户信服了，改用新推广的深水塑胶网箱。

2016年开始，王朝新带领团队在福鼎嵛山岛、台山岛试验性投放深水塑胶网箱，最大的长100米、宽40多米，经历了多次台风考验，深水塑胶网箱得

◎ 王朝新（左一）和养殖户一起在调试深水塑胶网箱

到了养殖户认可。为了让更多的农户受益，王朝新团队成功实现了大黄鱼、鲈鱼、真鲷等多品种鱼类在深水塑胶网箱中养殖技术的提升。用配合饲料、膨化饲料替代了冰鲜饵料，实现环境友好；提早分稀，推迟下海，减少鱼身损伤，以减少病虫害……一系列的贴心技术服务，让福鼎深水塑胶网箱的养殖技术体系越来越完善。

盘活资源，工厂化养殖南美白对虾

南美白对虾是福鼎主要的陆基养殖水产品品种。2017年，福鼎作为南美白对虾特色优势水产品种养殖区，被列为省级特色水产品优势区，这也是闽东地区唯一一个有关南美白对虾养殖的优势区。

养殖南美白对虾，疾病防控是最大挑战。要根本解决病虫害问题，必须从源头把控。每年清明前后，大黄鱼春季育苗结束。以往，福鼎大量的大黄鱼育苗池每年只有4个月的使用期，能否发挥这些育苗池的作用？

"育苗池小水体相对可控，管理做好，一口七八十平方米的池子产量可以达到每平方米产虾10公斤。"黄鱼育苗大户杨承汤在王朝新的指导下，利用育苗池养殖南美白对虾越来越得心应手。

王朝新团队还承担科技部和省科技厅、省海洋与渔业局多个项目，攻关育苗池养殖技术，进一步助推南美白对虾的工厂化养殖进程；引入微生物制剂，合理使用中药，规范用药品类，将物联网水质在线监测设备应用于工厂化养殖，在手机上就可实时监测水中各项指标，及时了解氧气、亚硝酸盐、氨氮等含量，提高预警，这些措施有效提升了南美白对虾的成活率。

目前，福鼎市及霞浦县30余家大型大黄鱼育苗厂工厂化养殖南美白对虾，养殖面积5000多亩，年创产值5亿元，一年可解决近千名60岁以上老人的就业问题。

（林淑霞、张颖、蔡雪玲）

绿水青山，财富山水间

“清新福建”，向世人昭示了福建的生态优势和旅游特色。生态资源是福建最宝贵的资源，生态优势是福建最具竞争力的优势。福建在脱贫攻坚过程中，积极践行习近平总书记“绿水青山就是金山银山”的理念，努力在保护生态环境的前提下，把生态资源优势转化成脱贫致富的优势，这是生态扶贫的主要思路和做法。

福建农村景观资源丰富。做足乡村旅游文章，是福建精准扶贫的重要内容，取得了显著成效。此外，福建省利用生态优势，大力发展林下经济，近些年省级财政每年安排专项基金用于促进林下经济发展。由此，许多贫困乡村摆脱了“守着好生态过着苦日子”的困境。

“绿水青山”，让百姓望得见山，看得见水，记得住乡愁，让美丽生态成为“摇钱树”，田园风光成为“聚宝盆”。

“进则全胜”的长汀巨变

闽西的山，绿海无边。远处的白云像赶路的羊群，在绿海中慢慢向前行。一层又一层的绿在眼前展开，绿里又有不同，山坡上的枫树伸展出红叶，深绿色的木荷高大挺拔，马尾松一年四季常青……而今，这绿意盎然的旖旎风光，在古府汀州已是十分寻常。

“四周山岭，尽是一片红色闪耀着可怕的血光……在那儿，不闻虫声，不见鼠迹，不投栖息的飞鸟；只有凄怆的静寂，永伴着毁灭了的闪灵。”这段描述摘自1941年一份对长汀县水土流失情况的调查报告。从那时起，长汀人民就开始了治理水土的艰难征程。

几代人梦想，几代人奋斗，咬定荒山不放松，山河不绿不罢休。凭着“滴水穿石，人一我十”的精神，创造了水土流失治理的“长汀经验”，实现了从全国水土流失重灾区到国家生态文明建设示范县的历史性跨越。

习近平总书记始终牵挂着长汀水土流失治理。2011年12月和2012年1月，他先后两次对长汀县水土流失治理和生态建设做出重要批示，提出“进则全胜”的更高要求，从此开启了长汀县水土流失治理的新篇章。

长汀县高举“进则全胜”这面旌旗，继续发扬“滴水穿石，人一我十”精神，努力打造水土流失治理“长汀经验”升级版，全力书写“绿水青山就是金山银山”新画卷，朝着“荒山—绿洲—生态家园”的方向迈出新步伐！

据统计，1985年至2019年，长汀累计减少水土流失面积111.8万亩，水土流失率从31.5%下降到7.4%，森林覆盖率从58.4%提高到80.3%。

人一我十，群策群力，凝聚起全社会的力量

长汀人民与水土流失的斗争，是一场经年累月、愈挫愈勇的持久战。

到1985年，遥感普查结果显示，长汀县水土流失面积高达146.2万亩，面积大小、严重程度、危害性均居中国南方县域之首。

种树，绿化荒山，是治理水土流失的有效途径。然而，在流失区种树，难上加难。

“土地板结严重，树苗种下去，浇点水，瞬间就没了，土里吃不住水分。”长汀县绿之梦家庭农场负责人易小贞回忆说，她刚开始尝试在河田镇种树时，就有人说起了风凉话——“她要是能种出树来，我得做套衣服裤子给土狗穿。”意思就是不可思议、痴心妄想。

浇一次水不行，就两次三次；种一年不成活，就两年三年；别人花一份力气就能做到的事情，长汀人民即使要花10倍的力气，也在所不惜，一往无前。

从1983年福建省开始在长汀启动水土流失治理，到2000年省委、省政府将长汀水土流失治理列入全省为民办实事项目，再到2010年省委、省政府决定“再干一个8年”，长汀人民接连奋战，一棵棵幼苗长大成林，一片片山头由红转绿。2011年，水土流失面积下降到47.69万亩，当年的重灾区，披上绿装，换了山河。

是鸣金收兵过几天舒坦日子，还是不畏艰难争取更大的胜利？

当时，交通便利、容易治理的水土流失地已种上树，剩下的绝大多数处于二、三重山，交通不便、坡陡沟深，治理工程实施艰难，都是治理中最难啃的硬骨头。

“进则全胜，不进则退。一任接着一任干。”长汀县领导表示，习近

平总书记的两次重要批示，给新时期长汀县水土流失治理工作指明了前进方向，长汀县进一步形成了“党政主导、群体主体、社会参与、多策并举、以人为本、持之以恒”的升级版水土流失治理经验。

“一把手工程”落实到位——健全县处级领导和县级部门挂钩水土保持的责任制，形成一级抓一级，层层抓落实的工作格局。探索将生态文明建设指标列入干部考核评价体系，使生态文明建设考核由弱约束变成硬杠杆。

深层次激发村民治理活力——以治理水土流失又提高村民收入为目标，采取以奖带补等措施，鼓励村民积极承包治理，让村民成为治理水土流失的主人翁和生力军，涌现出“断臂牛人”退伍军人兰林金、“开山女杰”马雪梅、造林大户林慕洪等一大批水土流失治理的草根英雄。

凝聚起全社会的支持力量——联合高校和科研院所探索水土流失治理的新模式、新技术，出台政策鼓励企业参与。全县共吸引10余家企业以承包、租赁、股份合作等方式参与水土流失治理，其中厦门（塑纺）公司种植银杏300多亩，厦门中盛粮油建成全国油茶科技示范基地，中石油帮助水土流失核

◎ “断臂牛人”——退伍军人兰林金与儿子兰红生一同种树（黄如飞、丘嘉瑞摄影）

心区河田镇建设万亩生态示范林。

被誉为“红色小上海”的长汀县，曾经见证了红军和民众的鱼水情深。如今，人民军队为人民的优良传统在水土流失治理中得到充分体现。

2011年以来，东部战区后勤部队、省军区、省武警总队与长汀县加强协作，驻闽部队共组织1.09万名官兵赴长汀开展植树造林，完成植树造林和施肥3万亩，为革命老区筑起了一道绿色长城。

从治山到山河湖草共治，把生态变成金字招牌

从上一代的筚路蓝缕，到这一代的同心协力，数十年治理，让“山光、水浊、田瘦、人穷”的长汀华丽转身。水土流失大镇河田，从“一场大雨，河田不分”变成了长汀的大粮仓。到2015年，新的遥感普查结果显示，长汀县水土流失面积还剩下39.6万亩，与30年前相比，可谓沧海桑田。

然而，长汀县没有被眼前的茫茫绿海所陶醉，而是对“不进则退”有着清晰、深刻的认知。

他们意识到，已经治理的106万亩山地，植被以马尾松等针叶林为主，存在林种结构单一、防火防病虫害能力差、水源涵养功能低下等问题，生态依然脆弱。初步治理区的土壤结构和肥力尚未完全恢复，难以支撑植被的后

◎ 长汀河田水东坊植被对比（左图1984年，右图2009年）

续生长。如果没有继续治理，植被生态系统存在着“二次退化”的风险，以前的治理成果也会失去。

面对困难和问题，长汀县对症下药，精准治理、综合防治等新的治理理念应运而生。

走进河田镇露湖村，一片片茁壮成长的山林在微风中摇曳，宛如绿波荡漾。从曾经“远看青山在，近看水土流”的水土流失区，到如今的秀美山川，是央企中石油集团对口帮扶长汀县结出的累累硕果。而中石油在为河田镇种下万亩生态林的过程中，对树种的选择格外用心。

中石油万亩公益林项目摸索出一套山地套植大苗确保成活率的技术，无患子、枫香、木荷、楠木等17个阔叶林树种，被广泛种植在山林中，针叶林、阔叶林混交比基本达到5：5，林木结构趋于合理化，成活率也高达98%以上。

为了突破治理瓶颈，长汀县又探索出“反弹琵琶”的治理方法，用技术创新攻克退化难题。根据山地植被退化从乔木、灌木到草地、裸地的顺序，实施逆向治理，先在生态环境恶劣的陡坡地上高密度挖穴种草，让陡坡地植被快速恢复，然后以草促灌、以灌促乔。

在河田镇晨光村，“反弹琵琶”应用的效果十分显著。经过新方法治理，这里的草、灌、乔混交群体规模初现，全村16776亩山地，已经完成治理的超过1万亩，水土流失得到了有效控制。

林、草共治的方法，引领长汀县水土流失治理理念向更深层次延伸——从治山向山河湖草全空间治理转变，由水土流失治理向生态文明建设提升。

2013年7月，长汀县被水利部列为45个全国首批水生态文明城市建设试点之一。目前，全县63个水生态建设项目全面启动，已完成投资24.38亿元，青山绿水的美好愿景越来越近。

2014年12月，长汀县被列为全国第一批河湖管护体制机制创新试点县，是福建省唯一入选的县份。如今，33个试点项目全部启动，已完成投资8.38

◎ 长汀县水土流失最严重的河田镇露湖村一带的“中国石油万亩生态公益林”（林辉摄影）

亿元，好山好水好风光的美丽画卷徐徐展开……

三十年河东，三十年河西。三十年前四处荒山、满目荒凉的长汀县，正在让好生态成为自己的金字招牌——2017年，长汀县获得12项国家级荣誉、试点（示范），其中6项与生态建设有关，全国首批“绿水青山就是金山银山”实践创新基地、中国候鸟旅居小城等国字号名片熠熠生辉。

让绿色赶走贫穷，从绿水青山中找到金山银山

“春天茶叶香又香，茶山一片好风光，自家种来自家采，心头甜来口里香……”

这是长汀县客家山歌《采茶歌》，唱出了客家姑娘从辛勤汗水中收获成果的喜悦之情。“自家种来自家采”的背后，是长汀县人民从绿水青山中找到金山银山的生动实践。

◎ 长汀水土流失治理区河田万亩板栗林

想在河田镇水土流失区种树却被取笑的易小贞，咬咬牙顶住了第一年的失败，学习技术，改良土壤，第二年就把经济苗木红叶杨在贫瘠的土地里种活了。当地农民大感意外，涌到她的5亩树林里，都想跟着她干。

“大家在荒山下穷太久了，太想告别苦日子。让绿色赶走贫穷，我心里一直记得这句话。”易小贞说。她成立了花卉苗木合作社，吸引了108户村民加入，种植规模达到350多亩，既绿化了荒地，又增加了收入。

如今，合作社种植的品种扩大到香樟、罗汉松等十几种，染绿了一片又一片沙地、河滩和荒山，还办起了家庭农场发展乡村旅游、开辟了长汀县森林产品电商中心搞线上销售，2017年合作社收入达到800多万元，农户平均增收达到5000—30000元。

满腔热情打造绿水青山，满心欢喜收获金山银山，从参与水土流失治理中摆脱贫困，走上致富路，这样的例子在长汀县不胜枚举。

“日踱三万步，飞行山林间”“冠状如鹿、肉质鲜美”“闽西八大鲜”，这些形容词，说的是长汀县最有名的一种动物——河田鸡。

山林散养的河田鸡，在捉虫、啄草时吃进了当地土壤特有的矿物质，肉质鲜美，营养价值高，闻名遐迩。每只河田鸡的价格，可以卖到200—300元，甚至更高。然而，当年那种光秃秃的山，夏天地表温度高达76℃，可以烤熟鸡蛋，灼枯植物，想放养河田鸡实属异想天开。

要想养鸡，先得治山。年产120万只河田鸡苗、7万只肉鸡的蓝秀鸡场，就是从植树、种草起步的。鸡场主人蓝秀养鸡33年，以前只有10多亩山林做鸡场。十几年前，朋友给她推荐了河田镇芦竹村一大片山地，鼓励她扩大规模。她十分动心，可到场一看，大吃一惊，“深沟纵横，寸草不生，好像黄沙漫天的黄土高坡”。

思来想去，蓝秀还是决定大干一场，卖掉了319国道旁边的楼房来到荒山野岭，先从种树开始，降低地表温度，为河田鸡创造一片家园。她说：“我向村里租了500亩荒山，相信自己一定能把水土治理好，赚了钱就种树，下雨就撒草种，十几年下来，看着一棵棵‘小不点’长成了郁郁葱葱的一大片树林。”

水土治理好了，蓝秀的河田鸡越养越多，规模不断扩大，年均产值达300万元，并带动10多户农民就业，扶持18家养鸡场，带动一大批农民共同致富。

长在山上的树，也能成为长汀农民的“绿色资产”：在中石油种下的万亩公益林中，1000亩、2.4万株无患子正逐渐结出果实，一棵成年无患子每年的经济产值约为250元，将来每年可为当地带来600万元的收入；厦门客商在濯田镇种下了5000多亩“水果之王”——蓝莓，成为全省最大的蓝莓种植基地，昔日“一贫如洗”的水土流失地，如今满山满垄都在“流金淌银”……

水土流失面积降下去，老百姓的收入涨上来。据统计，长汀城镇居民人均可支配收入从2012年的14117元提高到2018年的25430元，农民人均可支配收入从8185元提高到15320元。河田、策武、濯田等7个水土流失重点乡镇的农民人均可支配收入大幅提高，基本达到或超过全县平均水平。“长汀哪里苦，河田加策武……三餐番薯头，田瘦人又穷”的苦日子，一去不复返了！

（薛东、卞军凯、张杰、方炜杭、陈天长）

永泰：绿水青山变现记

这里的特色民宿，每到假日一房难求；这里产的花生，价格卖到普通花生的6倍，却还是热销“爆款”；这里种的林子，一棵树不用砍，每亩就能“躺赚”3000元；这里的山沟沟，引来数十亿元大项目；这里的好山好水，每年吸引游客超千万。

这里，是福州市永泰县。

这一桩桩看似“不太可能”的事背后，是永泰坚持践行“绿水青山就是金山银山”理念，走出的一条又一条绿水青山向金山银山的转化之路。

“两山”转化通道是如何打通的？

在盘活中变现

永泰4A级以上景区，全省数量最多，都主打“生态牌”。在打通“两山”转换通道上，永泰坚持生态立县、旅游强县，通过发展生态旅游争当绿色变现先锋。

近年，全县旅游人数和旅游综合收入年均增速均超20%以上，2019年旅游人次突破1200万，在福建省内仅次于武夷山市。2019年，永泰还以全省第一的成绩荣获全国首批“全域旅游创建示范区”。

◎ 永泰风景如画（永泰县委宣传部供图）

打通绿色变现通道之后，让绿水青山源源不断地带来金山银山更加考验当地政府的智慧。永泰，在盘活旅游资源上做文章：设立旅游资源运营转让新机制。

这不，作为永泰老牌4A级景区——天门山景区即将迎来新东家，为游客带来全新体验。

“天门山景区原东家运营了18年，如今面临转型升级，无力承担高额投入。”永泰青云山管委会主任、县文体旅局局长李志专说，通过新机制实现股权转让，引入有实力的新东家接盘，目前正在积极谈判，“成功交接后，新东家将重新布局景区，引入全新旅游产品”。

像这样的盘活不是个例。永泰引入全球百强酒店集团——雅阁酒店集团，对福州青云山御温泉酒店升级改造及新建；引入水发旅游集团有限公司接手云顶景区，推动云顶5A级提升（蚂蚁小镇）项目……在永泰大大小小的旅游景区内，盘活正为生态变现注入源源活力。

2019年，《永泰县旅游资源管理实施意见》出炉，对全县旅游资源资产进行评估并划分为五个等级。《永泰县旅游资源管理实施意见》对不同等级的旅游资源有不同的管理办法，旨在规范旅游资源资产交易，增强对旅游资源的开发和监管。

盘活的效应是把生态优势转化为发展优势。永泰立足旅游资源运营转让新

◎ 云顶天池（陈建国摄影）

机制，持续打造营商环境的“绿水青山”，提升对“大好高”项目的吸引力。

“这里简直就是人间仙境，我们一定要在这里投资最好的项目。”两年前，山东蓬莱八仙过海旅游集团投资人一来到永泰，就做出落地项目的决定：以欧乐堡海洋世界为首期项目，建设大型旅游综合体，成为国内第一家四面环山的海洋世界。

2019年5月，永泰野生动植物共生园在丹云乡动工，建成后预计可实现产业总收入10亿元；福州市首批特色小镇——永泰智慧信息产业园已吸引130

◎ 陈坑自然村民宿（林双伟摄影）

多家企业落地，累计创税超3.3亿元；永泰抽水蓄能电站火热建设，建成后每年将纳税约1.9亿元……

在改革中变现

“今年我们多留点钱，接着种大树种好树，大家觉得怎么样？”

“我赞成，响应政府政策，多为子孙后代考虑。”

在嵩口镇里洋自然村，69岁的老林农陈正祖和林农们盘算着商品林赎买资金的分配。

里洋是远近闻名的林业村，当地人靠山吃山，祖祖辈辈以种种砍砍为生。这片商品林是大家守了30多年的“绿色金库”，可自打林子被划入重点生态区位后，严格的限伐政策，让他们只能“捧着金饭碗讨饭吃”。

林农守着商品林却不能变现，怨声渐起，生态保护压力日增。如何破题？作为全国、全省试点，永泰创新推出重点生态区位商品林赎买改革。

“通过公开竞价等方式，一次性将林木所有权、使用权和林地经营权收归国有，林地所有权仍归属村集体。”永泰国有林业开发有限公司董事长赵其梭说，县里先后出台《永泰县重点生态区位商品林林木赎买方案》《重点生态区位商品林赎买后林地租赁办法》等文件，成立国有林业开发有限公司，为赎买工作提供政策保障和规范标准，加快资源流转。

生态得绿，林农得利。改革一呼百应，目前全县共筹措赎买资金7400多万元，完成重点生态区位商品林赎买125宗，面积32710亩，受益林农2456户11745人，林农增加收入6686万元。

对林农来说，改革让“绿色金库”成功变现，但生态保护不是一买了之，森林的后续经营管理如何再变现？

永泰县林业局以赎买林权入股，与福州市绿色金融投资管理有限公司联合成立绿金（永泰）乡村产业发展投资有限公司，共同开发林下种养、森林旅游、林业碳汇等项目，为赎买林地注入造血功能。为让造血功能真正发挥作用，永泰计划升级打造林业金融中心，实现林业资源像股票一样买卖。

在守护中变现

1公斤能卖到60元左右的花生，产自永泰县长庆镇。

“两个秘诀，一个是品种好，一个是好山好水好空气的天然哺育。”长庆镇农业服务中心农艺师张传银底气十足。

站在长庆镇中洋村花生试验田旁，只见青山环绕，长庆溪蜿蜒奔流，白鹭振翅飞翔，仿佛人间仙境。张传银说，大家刚忙完9个新品种的试种，又忙着申报农产品国家地理标志。

花生，在绿水青山与乡村振兴之间架起一座桥梁。2019年，全镇种植花生2500多亩，平均每亩为农户带来6000余元经济收益。除了一产的特色农业，还延伸出二产的精加工、三产的“花生+”乡村游，一二三产滚动发展，为山区小镇带来可观“钱”景。

中洋村脱贫户朱金木一家是绿水青山变现的受益者之一。他们家光靠3亩花生地，就增收好几万元。

其实，长庆镇的绿色变现并不是一帆风顺，而是经历过“制约的疼痛”。

永泰盛产李果，多年前，蜜饯加工产业一度在长庆溪流域蓬勃发展。然而环保措施不到位让长庆溪成为全县唯一劣Ⅴ类河流，让沿线村民饱受水污染困扰。

生态的优势不能丢。2017年，一场“碧水清源”行动在全县打响，昭示着永泰选择守护绿水青山的坚定决心。

“短短两三个月时间，长庆溪流域内的11家蜜饯厂关停了9家，还有2家提升改造，水质由劣Ⅴ类提升至Ⅲ类。”中洋村党支部书记朱兆森至今仍对这场轰轰烈烈的行动印象深刻，每一项措施快、准、狠，凝聚起干部、村民

◎ 长庆镇中洋村永福京山花生种植基地（董心摄影）

守护生态的强大力量。

很快，一项项走在福建省、福州市前列的举措陆续出台：实行最严格的生态管控制度，否决30多家意向入驻的污染企业；在福州市率先开展河湖物业化管理；在福建省率先挂牌成立“水资源保护巡回审判点”……

在数字中国建设大背景下，永泰选择以大数据驱动生态发展，用信息化赋能环境保护。2019年，依托县攻坚作战室，永泰投入468.73万元，建起数字生态综合管理平台，实现生态环境的智能化管理。

2019年，永泰县森林覆盖率高于全省9个百分点，空气质量综合指数在福州市排名第一，大樟溪水质常年达标率100%。

从葛岭镇到长庆镇，再到嵩口镇，触摸每一个绿色变现故事，我们在永泰看到一个活生生的实践样本——绿水青山就是金山银山，还看到一种经济新常态——绿水青山源源不断地带来金山银山。

（楼卫东、吴金垵、谢星星、叶欣童、叶义斌、陈永章）

福安“西伯利亚”的美丽嬗变

“山山有脉、脉脉有坑、坑坑有村、村村相望，鸡鸣一声，两省三县相闻。”这样的村落景象，便是形容地处闽浙交界莽莽大山中的范坑乡。过去，从福安城区到范坑乡46公里的山路，崎岖难行，阻碍了范坑乡的发展。

近年来，这个被称为福安“西伯利亚”的乡镇，却因为“党建引领”、生态农业的勃兴，使得这个有名的边远地区、贫困地区、革命老区、生态保护区——“四区合一”的乡镇走出了一条脱贫致富的路子。

兴产业，助农增收富起来

寒冬时节，走进被誉为“绿色油库”之称的范坑乡，尽管寒气逼人，但满山依然青翠的油茶树迎风摇曳，似乎在向游客致欢迎礼。

海拔高、生态好，范坑出产的农产品有口皆碑。长期以来，山高地陡的范坑乡，油茶、太子参和高山茶叶是它的主导产业。

这里油茶种植已有200多年历史。67岁的墩头村茶农郑长青现有油茶林20多亩，除了从父辈延续下来的10多亩，其余的是他这些年扩种的。“油茶树寿命长，日常管理也无须花太多时间，且年年都有果采，有得种！”对这条增收路，郑长青的笑意、憧憬写在脸上。

◎ 范坑乡墩头村村民采摘油茶

为推动油茶产业发展，2018年11月，福安·范坑首届油茶文化节暨闽浙边界乡村振兴交流活动举办，来自寿宁、柘荣及浙江泰顺等地的乡镇与范坑乡签订“党建引领·乡村振兴”共建协议。同时还围绕油茶举办摄影展等活动。投资100多万元的范坑乡油茶产业主题公园，包括油茶文化走廊、观光步道、红花油茶园、观景台等也已完工，有力推动了当地油茶产业转型升级，促进了农旅融合发展。

除了传统的油茶、茶叶种植外，近年来，范坑乡利用独特的气候条件，先后投入320多万元在蛇头、洋山、蒲家山村建设千亩果蔬产业园，发展高山生态农业，助农增收。

走进千亩果蔬产业园，只见技术人员正在调试相关设备。村民们在园区中穿梭着，不时照看种植的八月炸、葡萄、黄瓜、辣椒、茄子等果蔬。之前只种单季水稻，水稻收成后村民就出外打工。现在，返乡的村民越来越多了，发展高山生态农业有出路。

在乡贤的介绍下，蛇头村从江西引进水果八月炸，市场每公斤售价在30—40元，每亩产值可达4万元。下一步，蛇头村将继续发展特色水果，种植生态红米。目前，蛇头村已种植“多彩田园·稻花香”核心区生态水稻500亩，引种八月炸、九月黄等水果30亩，种植特晚熟巨峰葡萄80亩，建月季走廊160米。

在引进新品种的同时，范坑乡的茶叶、油茶、太子参，也因注入生态农业技术获得丰收。2017年，全乡油茶种植面积达3.2万亩；改造乌牛早、安吉白茶等高优茶叶新品种1000亩，开发建设八斗、蛇头700多亩坦洋菜茶原生态有性种群基地，以太子参为主的中草药种植面积也稳定在8000亩以上。

“党建+”，美丽乡村靓起来

前些年，福安市委提出建设一批基层党建重点示范村，将毛家坪村列为试点村之一。

毛家坪村村道整洁，处处设有垃圾桶，见不到一张废纸片。村里坚持支部引领，设岗定责，村里党员分别承担不同的义务。73岁的环境卫生维护岗党员毛冬福说：“原先，村民垃圾随地丢弃成习惯，刚开始改变他们，困难重重。”为了发动村民维护环境卫生，村两委和党员带头作为，主动拾捡垃圾，时间久了，示范带动作用也就显成效了。

毛家坪村有一座翻新的“脊梁”木构雕塑引人眼球。这个雕塑原本是“两乱”强拆建筑，他们变废为宝，以闽东北传统木构民居的梁架体系为载体，辅以“毛家坪”的匾额，通过一定的艺术创作和建筑群体组合，形成村庄的入口标识。

为了解决村民饮水问题，范坑乡党委、政府与毛家坪村两委通过浙江吉利集团在资金、项目上的鼎力帮扶，实施“吉时雨”精准扶贫项目，对“思源水库”进行扩容提升，增添了一处集清洁饮用水源、多级人工瀑布、思源亭、环形游步道等旅游观光、水源保护、党建教育于一体的好景观。

如今，毛家坪村的党建扶贫展示室、思源古道、森林公园等也基本建成，新建的村行政综合楼高大美观，4000米硬化后的村道干净整洁，人畜分离等措施更是进一步美化了村容村貌。村民人均纯收入从1988年不足200元提高到如今12300元，建档立卡贫困户全部脱贫，脱贫成果辐射到每位村民。

而对于范坑乡的洋山村，支部党员带动效应也较为明显。洋山村由支部党员带动引领，理顺山地承包关系，发展太子参、油茶产业，并引进美国红橘进行生态种植，拓宽致富渠道。针对建档立卡精准扶贫户，由村两委成员与贫困户挂钩帮扶，带动整村发展。

重生态，绿水青山旺起来

茂林深篁，青山环抱。一条千米村道绕着古树森林公园，公园中三四百年树龄的柳杉、枫树、紫薇等古树比比皆是。在范坑乡半坑村，优美的景色令人流连忘返。

半坑村全村有980多人，80岁以上老人就有50多个，其中5人已近百岁，是远近闻名的长寿村。

基础设施薄弱的半坑村，在各级党委、政府的支持下，投资200多万元，完成了森林公园、廊桥、步行道、下水道、公厕、花圃、路灯、垃圾箱等十几个项目的建设。焕然一新的长寿村，变得更加宜居。“我们也像城里人一样，有公园、步行道。”村民说。

如今，半坑村充分发挥长寿村的优势，利用古屋、古树、古道等文化和自然景观，走“农业+旅游”的路子，赚“生态钱”，在海拔920米的山顶上建起“农游休闲阁”，并配套了一个3000多平方米的停车场。半坑村发展的重要方向是乡村养老、乡村旅游。

旅游发展，打破交通这一瓶颈很关键。范坑乡将着力建设好蛇头吉坑至寿宁院洋公路、范坑至洋山公路、上白石至范坑公路改建工程及福泰公路范坑接线工程，畅通范坑路网，让游客能更便捷地走进生态范坑。

在闽浙边界的山谷间奔腾的交溪是建设水利枢纽的有利条件。上白石水利枢纽工程项目是全国大型水库，是国务院部署加快推进的172项节水供水重大水利工程之一。这一项目总投资27.6亿元，水库总库容2.56亿方，是交溪流域上游唯一的大型水库，以防洪为主，兼有灌溉、供水、发电等综合利用效益。

为此，范坑乡抢抓上白石水利枢纽建设契机，充分利用水库配套道路建设，打通进城与出省便捷通道，建设环库区经济区。为最大限度保护生态，在建设道路过程中，除道路路基外，不占用额外耕地。范坑乡按照有关规定，做好生猪养殖点拆除，垃圾收集转运和道路沿线环境整治等，确保范坑山青、水绿、天蓝。

范坑乡加大招商引资，已有客商看中这里的生态资源和库区特色，准备修一条玻璃栈道横跨水库上方，让游客感受在水天之间出省的奇幻。乡里还规划交溪库区亲水探险游，整合油茶主题公园、古银洞探险、库区栈道等资源，培育旅游热点，因地制宜策划全景域农旅一体化项目，推动旅游加速度发展。

（李向娟、范陈春、陈锦雄、吴庆堂）

◎ 范坑乡毛家坪村景色秀丽

“旅长村支书”

夏日里的福建省尤溪县梅仙镇半山村，青山掩映，碧水环绕。村前流过的尤溪河波光粼粼，老船工划着竹排高唱着自编的山歌，天空中不时有白鹭飞过；村中宽阔的柏油路蜿蜒向前，太阳能路灯挺立两旁，一幢幢小楼错落有致，勾勒出一幅古老村落与现代文明交相辉映的画卷。

夕阳西下，站在村口的观鹭台上，望着这幅如诗如画的美景，村党支部书记林上斗感慨万千：“不敢想象，‘世外桃源’就这样呈现在眼前。”是啊，半山村的村民们也不敢想象，当年村里这位“穷后生”参军后好不容易跳出了山沟沟，从空军雷达兵某旅旅长的岗位退役后，竟然又回来当上了村党支部书记；村民们更不敢想象，半山村这个曾经的“垃圾村”“赌博村”，如今已成为省级“美丽乡村典型示范村”。

2018年，林上斗荣获“全国最美退役军人”、福建省“最美人物”等称号。2019年，他被评为福建省“一懂两爱”好书记。

“我是人民子弟兵，也是农民的儿子”

那一年，一条爆炸性的新闻打破了半山村的平静——那个在部队里当了旅长的林上斗，想回来当村党支部书记了。

1962年，林上斗出生在偏僻的半山村。他种过田，放过排，做过木匠，当过电机修理工，任过民办教师。

1981年秋，林上斗走出大山，入伍来到原南京军区空军某雷达旅。他所在的连队驻在大山顶，经常没水没电，大雪封山时一两个月都下不了山。

穷苦人家出身的林上斗吃得了苦，受得了累，踏实肯干，好学上进，在部队这座大熔炉里淬炼成才，一步一个脚印，从士兵当上了排长、连长，最后成为旅长。

在部队期间，林上斗一直挂念着生他养他的那个小山村，曾主动为当地政府和企业牵线搭桥，并带头捐款筹措资金，为村里修路，建老人活动中心、幼儿园和篮球场。

林上斗对半山村的深情，村民们看在眼里。但大家没想到的是，离开部

◎ 美丽的半山村（林金龙摄影）

队后，林上斗又回到村里。那时的半山村是尤溪县最落后的建制村，资源贫瘠，村边的垃圾沟蚊蝇肆虐……当林上斗告别身在福州的妻女，真的回到家乡后，半山村的村民们炸开了锅，有人调侃道："当过旅长又回村，真是傻瓜'二百五'。"

林上斗对此不以为然。离乡30多年，看到家乡还是这么落后，他十分痛心："我是人民子弟兵，也是农民的儿子。半山村生我养我十几年，为家乡做点贡献是应该的。现在有了时间，更得踏踏实实为村里干点事。"

"治村如带兵，要用真情换老百姓的真心"

振兴半山村，林上斗有自己的打算：半山村虽然落后，但也因位居深

◎ 林上斗（左一）与村民一起商讨乡村振兴大计（林金龙摄影）

山，生态环境良好，青山、绿水、民居，鹭鸟、古樟、竹排……处处皆美景，这不就是半山村发展生态旅游的最好资源吗？

可林上斗在深入村民家走访时，听到更多的是反对的声音：“山清水秀的景色哪里没有？这么多年也没见过有人走那么远的路来咱们这个小山村旅游！”

以上率下，行胜于言，当过旅长的林上斗深谙此理。他和几位支持他的村民先自掏腰包买来几条竹筏，向大山之外的朋友和战友们大力推介村里“坐竹排、观鹭鸟、赏古树”的特色乡村旅游项目。开业3天，就收入了1万余元。

“真有两下子！”在当年6月举行的村级组织换届选举中，林上斗高票当选为村党支部书记。

从“旅长”到“书记”，村民们对林上斗的称呼变得亲切。但是，在林上斗为了整治环境卫生做出拆旱厕和猪圈的决定时，一些往日笑脸相迎的乡亲却变了脸："为什么要拆我家的，不拆别人家的？"

在旅里，林上斗是一声号令风雷动；如今，他是几经劝说也无济于事。"治村如带兵，要用真情换老百姓的真心。"林上斗挨家挨户上门做工作，苦口婆心给他们讲环境整治的重要性，最终村民们都自觉拆掉了自家的旱厕、粪场和猪圈。

面对不良风气，他更是毫不手软。半山村一度赌博风气盛行，在整治环境卫生的同时，林上斗开始铁腕治赌。他在村里立下规矩，一旦发现赌博，立刻销毁赌具。一次，他在路边看见村民老林家还有人在赌博，二话不说进去制止。

◎ 半山村兴起生态旅游，游客坐竹排欣赏半月岛风光（林金龙摄影）

见识了林上斗的决心后，村里赌博的人越来越少。一来二去，村民们觉得这位村支书既可信又可敬，开始心甘情愿地跟着他奔上致富路。

“村干部必须勇于担责、善于谋事，当好领头雁”

获得了群众的支持后，林上斗开始施展拳脚，首先召开了时隔多年未开的全体村民大会，商讨规划半山村建设美丽乡村的“发展蓝图”，“村民们目光也许不够长远，但觉悟绝对不低，一定要激发他们的主人翁意识，发挥群众建设家园的积极性。”

建设美丽乡村，先从美丽村庄开始。不久后，林上斗和村两委多方筹措资金，铺设了排污管道，安装了太阳能路灯，在全县第一个实现了村道铺设沥青路面……打造了村庄的“面子”，也要注重“里子”。在林上斗的提议下，垃圾坑填埋后变成了倡导“诚实为人，诚信做事，诚心相待”的“三诚”主题公园，每周六举办“文化赶圩”，村民们的业余生活丰富多彩，精神面貌焕然一新。

生态宜居，乡风文明，林上斗开始谋划半山村的致富大计。针对半山村村小地少、山多水多的实际情况，半山村成立了半月岛生态发展专业合作社，按照“民办、民管、民受益”的原则，整合耕地、宅基地、林地等集体资源，经营“观鹭鸟、游半月岛”为主线的生态旅游开发，以及牡丹、百香果等特色种植项目，村民以每人交股金200元的形式“入股”，资源共享，共同富裕。

“美丽乡村建设，人人都要参与进来。”在美好蓝图的指引下，在林上斗带领下，半山村村民的干劲热火朝天。其他村村民十分羡慕，认为林上斗这个“旅长村支书”眼界宽、干劲足，让半山村少走了弯路。林上斗认为：“村干部树起率先垂范、公正坦荡的形象更重要，村支书的品行和才能是更有效的凝聚力。”

◎ 林上斗在百香果园参加义务劳动（林金龙摄影）

任村支书以来，林上斗不领村里一分钱工资补贴，村集体所有资金款项向村民公开。“实施乡村振兴战略，村干部必须勇于担责、善于谋事，当好领头雁。”林上斗说。如今，他又在思索“跨村联建”的路子，争取带动附近3个村庄，共同建设幸福家园。

望得见山，看得见水，记得住乡愁：林上斗心中的幸福美丽乡村，正在一步步变成现实。

（裴贤）

从靠山吃山到护山养山

永安市是我国南方48个重点林区县（市）之一。2009年，永安被国家林业局确定为全国唯一的林业改革与发展示范区。目前，永安市森林覆盖率达76.25%以上，林木蓄积量2210万平方米，竹林面积102万亩。

林改路上，永安这片土地处处演绎着绿色与金色的生动故事，林农陈火炎就是其中之一。从承包毛竹林摆脱贫困，到毛遂自荐加入护林员队伍管护绿地，再到研发电烤笋设备带领林农保护生态，陈火炎用自己的实际行动，诠释着百姓富与生态美的有机统一。

脱贫路上有“林”

1960年，陈火炎出生在西洋镇虎山村。作为家里的老幺，彼时的他已有三个姐姐和三个哥哥。自懂事以来，家里始终是“超支户”。

18岁那年，陈火炎去当兵。4年后当他归来时，除了500多元的部队津贴，别无所有。姐姐们出嫁了，两个哥哥分了家，父母由三哥抚养。自己回到老家后，就和三哥一起背负上几千元的外债。陈火炎说，母亲出过一次交通事故，久而久之就积下了巨额债务。

生活似乎陷入了死胡同，陈火炎常常望着家门前的大山兴叹。正是这片郁郁葱葱的森林，点燃了他生活的新希望。

1984年，永安实行林业生产责任制。第二年，陈火炎承包了隔壁银坑村160多亩毛竹林，成为全镇首批承包毛竹林的少数林农之一。但竹山位置偏僻，从银坑村部得跋山涉水一个多小时才能到达，管护辛苦不说，卖鲜笋也因交通不便作罢，只能制作笋干才有点经济效益。

尽管如此，他还是铆足了劲精心养护。一分耕耘一分收获，这片绿地给了陈火炎金色的回报。每两年可生产笋干1500多公斤，大概能挣5万元。如此，在10年承包期内，陈火炎不仅还清了家里的债务，还娶了媳妇，盖了新房，家里摆脱了贫困。

后来，经过三轮招投标，那片毛竹山的主人还是陈火炎。

护绿路上忧“林”

虎山村是西洋镇最偏远的村，但这里却是个天然的绿色宝库，拥有林地面积6万多亩，毛竹林1.6万多亩，山场面积位居全镇各个村前列。

2004年“分山到户”后，林农育林积极性得到极大提升，林木资源价值日益凸显。然而，林区却出现了蚂蚁搬家式零星盗砍、林地侵占、伤林害林等现象。

森林管护，成为永安市委市政府的重要工作议题。2002年，市里给各个村配备了护林员，充当“森林卫士”。陈火炎深刻意识到保护森林的重要性，毛遂自荐加入这支队伍，成为虎山片区护林员，把对大山的爱化成护林的强大动力。每个月领着300元的补贴，他天天在山上巡逻，把“不法分子”挡在林区之外。

陈火炎生长在山林中，深爱着每一片森林。然而，和其他林农一样，他遇到了难题。

虎山村的毛竹林面积虽不是全镇最大，但制作的笋干却是最多的，每年有10多万公斤笋干出炉。笋干，也成为村民增收致富的一条重要途径。

制笋干30余年的陈火炎知道，笋干制作过程中，在煮笋和烘烤两个环节，需要耗费大量的柴火、木炭等。后来，永安全面提倡“少砍树、多种树、种大树”的森林永安建设理念，要求发展碳汇林业、实行重点生态区位商品林赎买等措施。

柴火不能砍，从源头堵住了笋农的出路。怎么办？

2012年，陈火炎脑中迸发了以电代柴烤笋的想法。经过努力，陈火炎和朋友研制出了电烤笋设备，从此推动永安林农传统制笋工艺走上新路。

致富路上美“林”

如今，每到制笋干的季节，虎山村村民余超群把一批笋放入电烤箱，几个按钮按完，就可以到邻居家串门了。“晚上不用守炉子不说，还省时、省

◎ 电烤笋设备以电代柴，有利于保护生态环境

钱、环保，好处多着呢。”余超群掰着指头算起了账：烤箱一批能烤200公斤笋干，用时56小时，而以往烧柴火烤需要72小时；从经济层面来讲，即使算上设备折旧及维修费，以前用烧柴火烤1公斤笋干成本大约要7.44元，而现在用电烤1公斤笋干只要3.36元。

余超群算的是人力经济账，虎山村村支书陈宁来算的却是生态账：传统笋干烤法每烤一吨笋干，需要耗费3立方米薪材，如今村里用上了13台电烤笋设备，按照每台每年节省20立方米薪材算，每年能节省薪材260立方米，换算成成材林，那就是近40亩。

在永安，这种省事、省力、省钱又环保的设备是陈火炎第一个研发出来的。2012年，在与对机械电机颇有研究的好友姜树财合计后，他们走访广东、江苏、上海等地，到处寻找能够设计制造电力烘烤机的公司，可是许多公司都表示无能为力。

2014年初，广东的一家企业告知他们有款设备在浙江烤过笋而且获得成功。陈火炎随即把设备搬来村里，却发现它根本不适合闽笋的烤制。此后，保留原设备的热泵，他对其他零部件进行十余次的试验，最终研发出了“戴云牌”电烤笋设备。2016年初，这项发明获得5项实用新型专利和1项发明专利，陈火炎也据此成立了公司。

陈火炎的成功，引起了永安市政府的高度关注。市里派出调研组对这一创新工艺进行可行性论证后，随即出台了相关文件，对购机给予补贴，使项目得以推广，“以电代柴”从此在永安生了根发了芽。陈火炎的设备销售情况良好。此后，一些林农也加入节能环保制笋的研发团队，不仅有电烤笋设备，电煮笋等设备也产生了。

永安市林业局局长郑凌峰介绍，按永安每年产笋干2600多吨计算，每年可节约薪材1.56万立方米，相当于保护了2000亩林地的森林资源。

（项裕兴、杨燕蓉、魏兴谷）

“七千和七十万”

山野的清风沁人心脾，吹动着连绵不绝的绿色密林，福建省浦城县匡山脚下的富岭镇双同村因这片青山绿水而闻名。前来的游客都不禁地对双同村的美景发出赞叹。

◎ 浦城县匡山脚下的富岭镇双同村

这个600多人口的小村，原先是出了名的穷村，村民大肆砍伐林木，向森林要“效益”。如今，双同村却拿到“国家级森林公园”“国家级生态村”“全国森林旅游示范区试点单位”“全国美丽乡村创建试点乡村”“全国生态文化村”“全国文明村”六张国家级名片。村民们都说，村子的变化，领头人双同村党支部书记李仕银功不可没。

带头护林，让村民放下刀斧

“地无三尺平，人无三分银。”描述的是20世纪七八十年代的双同村。当时，穷怕了的双同人曾向森林抡起刀斧，家家户户几乎都建起炭窑，周边的森林变成一片片秃山。“村里后山的树被砍完了，一下大雨，山上的泥石流直冲到村民家门口。”李仕银回忆说。

◎ 李仕银（左一）带领村民巡山

高中毕业后的李仕银为了生计，跟人合伙做起木头生意。他发现，山里人大量出售林木，却没真正过上好日子，反而带来田荒、水患。1984年，他回到养育他的匡山，当上护林员。“要让大家放下刀斧，保住子孙后代的饭碗！”

年轻的护林员一上任，为了护林，他从自己开始，带着村两委干部上山把自家兄弟的炭窑砸掉。

“我哥砸了我的炭窑，一年多都没跟他来往。现在我却因此富了起来。”当年，李仕银的弟弟李仕铨，看到很多双同人都烧炭卖，李仕铨也搞了个炭窑。没想到才烧了两窑，就被哥哥发现了，带人砸了他的炭窑，气得他想和哥哥拼命。“只要留得青山在，不怕没柴烧。”李仕银苦口婆心地劝他，“我们以后可以用这些生态优势去把钱挣回来。”

半信半疑的李仕铨在匡山被评为“国家级森林公园”后，办起了“森林人家”，在自家装修了四间客房，开起了家庭饭店。加上出售自产的酸枣糕、杨梅酒、蜂蜜等土特产，他们的年收入突破十万元，远比烧炭强多了。

李仕银把自家兄弟的炭窑砸掉，随后挨家挨户上门，苦口婆心地向村民宣传森林法。终于，匡山所有炭窑熄了火。

他还要求村两委主干以身作则，放下砍树的刀斧；发动村民上山护林，抓住了几个偷伐者。

经过几年努力，他在村民中的威信越来越高，1988年以高票当选为村主任，1996年开始任村党支部书记兼村主任。

舍七千元，现在年赚七十万元

在双同村，村民对酸枣树“七千和七十万”的故事津津乐道。

双同村有一百多棵上百年的野生酸枣树，1990年，石陂镇的一个木碗厂老板上山来，提出用7000元买下这些酸枣树。村两委和村民都赞同，毕竟7000元在当时算是一笔巨款。

◎ 李仕银（右）引导村民加工酸枣糕，增加收入

李仕银坚决反对："酸枣树生长困难，很多长到碗口大就干枯了，一百多棵能长到这样大很不容易。这些酸枣树是我们和子孙后代的财富，而钱花掉就没有了。"

那个老板在村里住了一个星期，跟李仕银磨了一个星期，说只要肯卖树，可以给他钱去城里买房子。可李仕银偏不吃这套，最终，老板无功而返，李仕银依然种着自己的田，守着这些树。

现在，每到9月，双同村民便去打酸枣，做出的酸枣糕供不应求，一年光酸枣糕就可卖70多万元。

匡山上还有一株千年的香榧树，胸径2米多，20世纪80年代初，有个村干部趁李仕银不在家，以8000元的价格卖给了木材老板。李仕银得知后连夜赶回来，要求村干部退钱留树。

像这样被李仕银保护下来的古树，在匡山还有很多。为了护林，他与手持土铳的偷伐者对峙过，家被不法分子包围过，屋顶瓦片被人掀过，但他从没退却和动摇。

利用资源，不砍树也能致富

为改变村民做饭烧柴的习惯，从2007年起，李仕银带领村民拆除农家柴灶，建起145口沼气池。双同村成为浦城县第一个沼气村，家家户户用上了沼气。

如何让村民不砍树也能赚钱？如何让匡山生态资源变成村民的金饭碗？李仕银一直在琢磨。双同村笋竹多、山货多，但这些山里的宝贝都得靠肩挑背驮运出山。于是，李仕银带领村民在竹山上开出机耕道，改善交通环境。他带头出资，发动村民捐款，筹集资金50万元，在竹山上开出机耕道，建成宽5.5米、长11公里的通村公路，铺设了上山步行道，改善交通环境。这不仅便利了游客，还解决交通这一脱贫瓶颈，方便了山里的宝贝运出去，卖出去。

路通了，怎么吸引城里人进山？

李仕银带着村民种植特色经济树种，还请来科技特派员常驻村里，推广毛竹丰产技术，引导村民对5000多亩毛竹进行科学管育，对几万株酸枣、杨梅及香榧树进行人工改良。

村委会将酸枣树分配给村民管理，将村民采摘的山枣加工，统一包装出售，并注册了相应的品牌；鼓励村民在山林中放置蜂箱，生产蜂蜜；组织村民办起“森林人家”“农家乐”等生态农家餐馆15家，拥有90个房间，180个床位，被评为“福建最有体验价值的十佳森林人家”。

如今，开发旅游和生产绿色食品，效益渐显，双同村集体收入60余万元，农民人均纯收入1.4万余元。

为了进一步推进双同村的旅游发展，作为县政协委员的李仕银曾提出“加快推进匡山旅游开发建议”的提案。提案得到县委、县政府的重视。2018年，县里投资1亿元改造升级匡山景区。

如今，景区内有五栋极具特色的民宿、游客休闲室和游客服务中心、接待中心，还有停车场、木头栈道长廊、景点标示标牌等一应俱全。

为了进一步规范、整洁双同村环境，李仕银不仅实行“四线下地”，科学设计线路走向，将“四线”铺设在地面下，有效解决线缆乱拉乱搭的“蜘蛛网”状况。他还整治乱搭乱盖，对“森林人家”门窗进行规范化，统一风格，形成村里的特色，大力抓人居环境，为家家户户配上垃圾桶，并聘请专职保洁员。

“看，我们村里的环境很好吧，想拍一个垃圾都拍不到。我们已经把人居环境、爱林护林工作常态化。”李仕银自豪地说，村里计划再建设一个匡山特色产品经营店，将匡山品牌打出去，提升浦城知名度，打造匡山4A级景区。

（王树瑜、马啟燕）

30载种树20万株

作为闽东赛江源头的寿宁县，一度是全省水土流失重灾区，1986年与长汀县同时被国家列入南方6省12县“以工代赈”治理水土流失的受援县。30多年来，寿宁县发动村民通过植树造林方式积极治理水土流失，取得显著的生态效益。

当地百姓开荒种树的故事不胜枚举。有“树痴”美名的徐道球，就是他们的代表。

徐道球守护了30多个春秋的青山，是离寿宁县坑底乡政府所在地2公里处的梧桐坑林场。登临山峦放眼望去，目之所及无不翠色欲滴。胳膊般大小的松树、杉木，新垦覆的毛竹林，在山野里尽情舒展。

徐道球年复一年地坚持植树造林，不仅让600多亩荒山变成了森林，还走出了一条向林下要经济、要效益的致富之路。

二十年守承诺

徐道球小时候家里穷，在六兄妹中他是最大的男孩，小学毕业后就跟随父母在生产队里挣工分养家。党的十一届三中全会之后，土地实行家庭联产承包责任制，他早出晚归地耕作，每年单稻谷就能收获六七千公斤，成了远

◎ 休闲时徐道球拿着保温杯在巡山

近闻名的劳动能手。

1984年春天的一个早晨，徐道球正准备上山干活，坑底乡归洋村村主任匆匆来到他家，说有件重要的事需要他帮忙。

原来，早年归洋村曾组织村民在村子的后门山开辟了150多亩集体林场，种植松树和杉树，但由于交通闭塞、管理不善等原因，林场遭滥砍滥伐几近全毁。要保住林子，就要找人来承包。

看到村主任心急如焚的样子，徐道球放下当天要干的活，与他一起来到归洋村。

“如果你不承包，我们只能将林子全砍了烧炭卖。”村主任说。

看着眼前光秃秃的一片树桩，徐道球无比痛心。“好，这片林场我来承包！” 正当壮年的他当即答应了村主任的请求，并筹集1万多元与归洋村委会签了承包合同。

从此，徐道球与这片林子结下不解之缘。他自掏腰包花了6000多元开通了归洋村到林场的机耕路，在林子里搭起小茅屋。两年间，他把被毁的林木全部补上了树苗。

归洋村离坑底村较远，为了护林、耕作两不误，农忙时节，他还雇人帮忙护林。在他心里，管好林子，不单是对归洋村的承诺，更是出于对每一棵树木的挚爱。

经过近20年努力，150亩林子长得郁郁葱葱，焕发出勃勃生机。2003年7月，徐道球以低价将林权转让给归洋村委会，完成了他当初的承诺。

敢叫荒山尽披绿装

归还林场后，徐道球回到坑底村。没有林子可管，他觉得生活似乎少了什么。

20世纪90年代以来，花菇产业在坑底乡崛起成为主导产业，人们砍树种菇，山上的树木一年年减少。

“带动村民种树，把所有荒山变成金山银山！”已年届知天命的徐道球，心中又有了一个“宏伟蓝图”。

2004年6月，他与3个村民一起承包了坑底村梧桐坑的200多亩荒山，全部用来种植松树、杉木。不久，徐道球又选择梧桐坑另一片荒山，在乡林业站支持下，他投入10多万元，开荒300多亩，并开通机耕路，建造小木屋，再

◎ 太阳落山，徐道球（右二）和村民从山间归来

次在山上安营扎寨。

“湾种毛竹，岗种树。”有着丰富经验的徐道球，给每座山头做了科学的规划。他在各个山头种松树和杉树，在山腰处种毛竹。

“坑底海拔高、土层薄，新开垦的土地必须追肥。”在山坡上，徐道球指着一丛丛树苗说，“为了开源节流，我在林子里种上大豆、马铃薯、梨树、桃树、油柰，还从山下运来菇脚当肥料，埋到每棵树木、毛竹的根部。”

徐道球以山为家，在600多亩荒山上种树20多万株，如今已成林的有15万多株。

看着密密匝匝的林子，徐道球说，当初选择开荒，家里人都不同意，怕他年事已高，且患有骨质增生，身体受不了。再加上家庭经济原本并不宽裕，将大把大把的钞票投在一片片贫瘠的黄土地里，究竟能收获到什么，谁心里都没底，但亲人们了解他执着与坚韧的性格，选择了默许与支持。妻子吴贤招每天都到山上给他送水、送饭。

林下养殖收入丰

“绿水青山就是金山银山”，这句至理名言在徐道球身上得到有力佐证。

林木一年年长高长大，荒山变绿了。2005年开始，徐道球在山上养起了猪、牛、羊、鸡、鹅，山下养鱼、虾，发展循环经济。猪、鸭、鹅吃农作物，牛、羊吃草，鸡吃昆虫，禽畜粪便肥林。目前林子里生猪存栏10多头，羊30多头，牛11头，鸡30多只，鸭、鹅50多只。徐道球把畜棚禽舍分别建在不同的地点，让林木发展与畜禽养殖保持生态平衡。

海拔较高的山头土地贫瘠，不利于林木生长。徐道球想了个办法。2014年，他从山间引来泉水，往每个山头迁一个鸭、鹅舍。一个约100平方米的禽舍用铁丝栅栏围着，周边的树木长得郁郁葱葱。徐道球说：“实践表明，羊栏和鸡、鸭、鹅舍搭到哪里，林木、毛竹就长到哪里，而且长得

◎ 徐道球立体养殖鸡鸭鹅

特别旺盛。”

山头上阳光充足，空气新鲜，养的鸭、鹅肉香味美，供不应求。近十多年来，徐道球依靠林下养殖，每年都有5万—8万元的收入。

每天早晨7点起床，先喂猪、鸡、鸭、鹅，接着将羊赶到山脚下放养，然后回到林子里忙活。晚上，赶回羊群，回到小屋，伴着虫鸣、松涛歇息。徐道球觉得，这是人生的一种享受。

“寿宁是个山区县，靠山吃山，但总得有东西可吃，山头没有绿起来，一切都是空谈。”走在林间小道上，徐道球讲述着一个农民朴素的“山海经”。他望着眼前这片林子，眼里满是柔情，仿佛每一棵树都是自己的孩子。

“我种树的目的，就是将林子作为生态林保护起来，也算是为国家做一份贡献。”徐道球说，“树木成林了，我也尝到甜头，心里没有什么遗憾了。”

（庄严、吴通华）

山海协作，携手共发展

有山有海，这是福建的特色与优势。沿海开放经济发达与山区落后地区的区位制约，不可避免形成梯度发展格局。只有整合资源，优势互补、携手共进，才能实现互益共赢。山海协作、对口帮扶是福建精准扶贫的积极探索与成功做法。

1998 年，时任福建省委副书记的习近平同志，提出了“山海协作，联动发展”的规划，成立全省山海协作联席会议制度并担任召集人，建立全省山海协作对口帮扶制度，并强调“沿海和山区都要树立全省‘一盘棋’的思想”。福建省出台了一系列政策措施，加强山海协作、对口帮扶，加大对原中央苏区、革命老区和少数民族聚居区发展的支持力度。福建省23 个省级扶贫开发工作重点县都与沿海对口帮扶的县（市、区）建立共建产业园区，形成产业集聚效应和山海产业互补格局，提高了福建省的综合实力。

海的情怀与山的厚实，谱写了一首首精准扶贫、优势互补的山海协奏曲。

盼盼：一首美妙的山海协奏曲

长汀，曾是福建省23个扶贫开发重点县之一，地处闽西山区，水土流失治理的“长汀经验”在此诞生。

晋江，福建省县域经济领头羊，沿海开放前沿，民营经济发展的“晋江经验”历久弥新。

长汀、晋江，一个是山区县，一个是沿海市，因为山海协作，这两个分别来自大山与沿海的县市共同携手，谱写出一曲曲决战决胜脱贫攻坚，全面建成小康社会的新乐章。

家门口的就业基地

天刚蒙蒙亮，长汀县新桥镇余陂村村民蒋捡来妹像往日一样起床了。给老伴和孙女做完早饭，晾晒好衣服，她步行来到数百米外的鹰嘴桃基地除草、施肥。“一般从8点开始干活，中午回家吃个饭，做到下午四五点再回家做饭。”蒋捡来妹一边麻利地锄着草，一边咧开嘴笑道。

余陂村是人口不到一千人的贫困村，有建档立卡贫困户11户41人，蒋捡来妹家就是其中之一。她的儿子因突发心梗早逝，老伴身体不好无法承担重活，家中还有个上小学的孙女，蒋捡来妹一直是家中最主要的劳动力。“给

◎ 看着挂果的果树，蒋捡来妹（左）和雷金兰充满期待

儿子治病，欠下了不少钱，之前我在家里干点农活，打点零工，一年收入才几千块。”2016年，她家被列为贫困户。

2016年，脱贫攻坚的号角吹响，蒋捡来妹利用扶贫资金种了3亩脐橙和1亩水蜜桃。“种果树可持续性强，但收获周期长，基本上得第三四年才开始挂果。”蒋捡来妹说。

投入尚未产出，收入从何而来？2018年的一个村企结对项目给蒋捡来妹带来新希望。那年是长汀盼盼食品有限公司（简称盼盼公司）与余陂村结对帮扶的第三年，余陂村利用盼盼公司帮扶的10万元资金，流转土地建了50亩鹰嘴桃种植基地，“经过考察，我们这里的气候、海拔都很适合鹰嘴桃种植，且鹰嘴桃在市场上较为稀少，价格更高。”余陂村党支部书记雷金兰说。

基地由合作社管理，并优先雇佣贫困户到基地务工，蒋捡来妹开始到果园帮忙，“只要没事，我基本每天都会到基地来帮忙，而且我家果园与基地相连，刚好可以一起打理。”蒋捡来妹说。在基地干活一天工钱100元，一个月能有2000多元的收入，这份收入也成为她家最主要的经济来源。

如今，鹰嘴桃果树已挂果，看着一颗颗形似鹰嘴的桃子争先恐后地冒出枝头，蒋捡来妹干瘦的脸上逐渐有了笑意，她的眼中充满希望……

贫困村结对换新颜

得益于盼盼公司提供的资金支持，余陂村里有了一座家门口的就业基地，像蒋捡来妹一样在家门口就业的贫困户不少。

盼盼公司对余陂村的帮扶，早在2016年就开始了。当时，为积极响应“百企帮百村”的号召，盼盼公司与余陂村结对。通过对余陂村走访、调查和沟通，盼盼公司制定了精准扶贫方案：决定开展项目扶贫、产业扶贫、就业扶贫、智力扶贫、和谐扶贫五个方面来解决余陂村贫困户因病致贫、因学致贫、就业难等问题。

2016年9月起，盼盼公司每年为余陂村提供10万元帮扶资金，帮助村里发展各项事业。第一笔资金，村里用在了改造饮水工程项目上。

“村里的水源有个简易水坝，但雨季时容易被冲毁，旱季时又因无法蓄水，导致村民用水困难。”雷金兰说。苦于没有资金，困扰村民已久的用水问题迟迟没有得到解决。

改造饮水工程，在水源处修建水坝，全村人饮用水的问题得以解决。“以前是雨天晴天都担心，现在是时时刻刻不用愁。”村民黄光勤说，现在不仅供水有了保障，水质也得到提高，他常用瓢舀起水龙头流出的水直接喝。

2017年，盼盼公司提供的帮扶资金，为余陂村修建了从村部至老屋祖堂260米长的水泥路，不仅方便了村民出行，还将村道与鹰嘴桃基地相连，便于运输。这是一段既便民又促发展的小康路、致富路。

为大学生提供助学金、逢年过节上门慰问贫困户和老党员、组织公司党员到村里开展联建共建……盼盼公司与余陂村的联系日益紧密，余陂村在盼

◎ 饮水工程改造后，黄光勤经常用瓢舀水直接喝

盼公司的帮扶下面貌年年焕新。

盼盼公司还主动为贫困户解决就业问题，公司已吸纳建档立卡贫困户50户，通过建立困难职工档案，开展送温暖、职工医疗互助等活动。几年来，困难职工受益近20万元，共有30余位贫困员工实现脱贫。2017年，公司获得龙岩市“脱贫攻坚成绩突出社会扶贫工作单位”荣誉称号。

产业园成脱贫平台

总部位于晋江的盼盼公司是长汀晋江山海协作的先行者，带动了一大批闽南商人入驻长汀投资兴办企业，聚集起纺织、稀土、农副产品加工等主导产业，成为长汀经济发展的重要力量。

2012年，省委的一项决策，让长汀和晋江真正开始超越地理，跨越空间而互相交汇。

福建省委省政府出台《关于深化山海协作的八条意见》，决定晋江和长汀结为对口帮扶县(市)，以推动双方在经济、文化、社会、生态、人才培养等方面的全方位协作交流，进一步深化山海协作。

8年来，晋江和长汀按“政府推动、市场主导、优势互补、合作共赢”原则，不断创新合作方式，扩大合作领域，丰富合作内涵，从资金扶助到产业扶持，从新农村建设到乡镇对口帮扶，从人才培养到人文交流……对口帮扶层次不断提升，合作交流领域逐渐拓宽。

成立于2012年6月的晋江（长汀）工业园区，是长汀晋江山海协作的重要成果。晋江长汀两地投入共建资金4.93亿元（其中晋江市1.4亿元），旨在将园区打造成为科技含量高、功能齐全的加工贸易梯度转移承载区。如今，园区入驻企业28家，不仅成为产业发展的平台，同时成为山海协作、助力脱贫攻坚的新基地。

割鱼草、喂鸡……河田镇松林村村民李水莲的日子每天都过得充实而忙碌。她的丈夫因患有遗传性支气管炎无法干重活，膝下有3个读小学到初中的孩子，2016年，她家被列入国标贫困户。精干的李水莲不仅承包了家里的大部分家务活，连喂鱼、喂鸡她也没落下。

之前，李水莲夫妻俩靠在家干农活、打零工赚点钱，一年收入四五千元。2017年，李水莲参加了激励性扶贫项目——养鸡和养鱼，一年收入2万多元，生活开始有了改善。

2018年，李水莲被介绍到园区企业福建省启煌农业发展有限公司工作，负责削芋头，“从8月到11月，工作4个月左右，一个月能有2000多元收入”。

更重要的是，通过在公司做工，让她接触到槟榔芋产业，帮她打开了增收的新路子，“学习了技术，了解了市场，我决定在家试种2亩”。2019年，她与丈夫分工，丈夫主管养鱼和养鸡，她则主管槟榔芋，最终槟榔芋纯收入4000元。

第一年种植就收益不少，尝到甜头的李水莲将种植规模扩大到10亩，给

◎ 每天早上，李水莲都要到田里割草喂鱼

予她信心的是公司的支持，“遇到技术难题，公司会进行技术指导，遇到销售难题，公司还能托底收购，我们心里的担心也就消除了”。

虽然李水莲和丈夫每日都十分忙碌，但却干劲十足。“只要勤劳肯干，日子就会有盼头。”李水莲露出了朴素的笑容。

目前，晋江（长汀）工业园区共有规模以上企业12家，2019年实现产值13亿元，像李水莲一样，共有23名贫困户在园区企业上班就业，收入稳定。

（戴敏、陈天长）

山海携手 “省尾”摘帽

2020年4月，政和县达到脱贫退出条件，省级扶贫开发工作重点县顺利“摘帽”，扶贫开发取得阶段性明显成效。

“廖俊波精神发源地”的政和县地处闽浙两省三市接合部，2012年以来，政和县作为全省23个扶贫开发重点县之一，长期被称为“省尾”。2012年全县地区生产总值34.36亿元，财政总收入仅2.89亿元，农民人均收入6585元。

共建产业园，既“输血”又“造血”

2012年，福建省委省政府出台《关于深化山海协作的八条意见》，确定沿海较发达县（市、区）结对对口帮扶23个扶贫重点县，着重在产业发展、基础设施和社会事业予以扶持。

一个是地处闽南沿海的发达市，一个是地处闽北山区的欠发达县。从2012年起，相隔450多公里的石狮与政和，山海协作，就此结缘，从此政和县有了明显进步：2013—2015年，政和县蝉联全省县域经济发展十佳，经济总量甩掉了全省末位的帽子。2019年全县地区生产总值98.27亿元，公共财政总收入5.64亿元，农村居民人均可支配收入13823元，工业增加值增长率、固定资产投资增长率、社会消费品零售总额、农村居民人均可支配收入等指标位居南平市前三位。

2012年6月，政和县山海协作共建产业园（政和同心经济开发区）获批省级经济开发区，规划面积25平方公里的开发区开工建设。

“8年来，园区累计供地6600亩，签约入驻企业107家，总投资105亿元，全面达产后产值155亿元。”政和县经济开发区管委会主任魏重胜介绍说，“经济开发区建设资金中，2亿余元来自石狮市。”

“对口帮扶要‘输血’，更要‘造血’，这就是我们共建产业园的目的。”石狮市委书记蔡萌芽说。

如今，政和同心经济开发区“造血”功能开始显现：81家企业投产，5000余名工人在园区就业，2019年实现税收5005.2万元，比增20%。13家企业正在建设中，初步形成以机电制造业为主，食品加工、竹制品深加工为辅的“1+2”产业布局。园区还带动了政和县农民增收：吸纳偏远山村600多名贫困人口就业，人均年收入3万多元，让他们在短时间内实现脱贫。

人往沿海走，支援石狮企业反哺政和山乡

政和大山延绵，外屯乡下坪村百步溪自然村就在鹫峰山脉中。从这个只有5栋房子、人口30余人的小村子走出的范雪明，高中毕业后当过工人、从事过食品批发，后来创办了瑞祥竹木有限公司。“缺文化，缺管理经验，最缺的还是理念。”范雪明说。

政和与石狮的山海协作，给了范雪明一次“脱胎换骨”的机会。2013年，在石狮市政府的安排下，政和县一批企业家去石狮的知名企业挂职锻炼，范雪明也名列其中。

“当时公司正处于发展的关键期，去石狮企业挂职，学习品牌运作经验和市场营销策略，它们的成功经验对我来说太宝贵了。”2013年瑞祥竹木有限公司产值仅3000万元；2019年，企业全面推行5S精益化管理，当年产值达

◎ 政和瑞祥竹木有限公司工人在刷胶

到8000余万元，竹制小家居产品远销欧美。

8年来，经石狮市政府精心安排，政和县先后多批数十名青年企业家到石狮通达集团、美佳爽、福耀玻璃工业集团、青创网批中心等重点企业考察交流。2017年4月，石狮市政府还组织当地企业家与政和16个企业家赴海南参加现代企业管理培训。

往沿海走的人，不仅有企业家，还有机关事业单位的干部。

“石狮经济社会发展一直走在全省、全国的前列，石狮干部干事创业、爱拼敢赢的精神，是政和干部学习的榜样。”政和县委书记黄爱华介绍说。近年来，两地研究制订了《石狮—政和人才交流培养方案》，依托石狮人才优势，政和先后安排近200名机关事业单位干部和青年企业家到石狮挂职锻炼、进修培训和交流学习，为实现政和经济跨越发展提供人才保证。

人往沿海走，也是政和对石狮输送劳动力，支援招工难的石狮企业。

几年来，政和县在5个乡镇建立了山海劳务协作劳动力输出基地，县中等职业技术学校建立山海劳务协作岗前培训基地，累计为石狮培养、输送1000多名产业工人。

钱往山区拨，合作从县向镇村纵深推进

李雨芩是政和县岭腰乡横坑村人，家庭贫困。2018年高考，李雨芩被闽南理工学院金融专业录取，可是2.2万元的学费让她发愁。好消息如及时雨突然降临：她和其他9名政和籍贫困生减免一半学费——2018年秋季起，石狮市对政和籍考取闽南理工学院、泉州纺织服装职业学院、泉州海洋学院等3所学校的10名贫困考生减免50%学费。

◎ 石狮市宝盖镇援建的政和县星溪乡念山村3A景区油菜花田

为了让协作工作常态化，石狮和政和建立了山海协作年度联席会。8年来，两地领导、企业家互访32批220多人次，研究解决问题，深化协作合作。

2018年9月，石狮市与政和县合作设立扶贫长效基金，双方各出资600万元，用于兜底救助政和县因大病返贫的贫困户及其他需要帮扶的贫困户。在这笔启动基金的示范带动下，政和县向社会各界发出爱心扶贫捐款的倡议，短短两个月，政和县慈善总会共接受社会各界善款3400多万元。

在教育帮扶方面，石狮市协调旅港华侨捐助建设11所希望小学教学楼，还组织志愿者协会、青商会等为政和开展捐资助学活动。民进石狮市总支部、民革石狮市总支部、石狮市阳光太太志愿者协会等，定期到政和开展捐资助学活动。

8年来，石狮市累计支持政和县山海协作对口帮扶资金约3.15亿元。

政和共有10个乡镇、街道，而石狮只有9个，两地深化协作延伸到乡镇、街道，石狮市动员高新区与政和县熊山街道结对。近几年来，两地乡镇对接帮扶硕果累累：石狮市永宁镇援建的政和县铁山镇朱子文化公园投入使用，石狮市鸿山镇援建的政和县外屯乡稠岭省级旅游特色村成功创建国家3A景区……

“2020年疫情期间，石狮市在自己口罩不足的情况下，从菲律宾华侨募捐来的口罩中捐出3万个给政和，还派专人专车运送，为政和企业复工复产提供服务。”政和县派驻石狮市山海协作挂职干部游建和介绍说。

政和县与石狮市山海协作8年来，两地按照省委、省政府的工作部署，以“人往沿海走、钱往山区拨，沿海发展产业、山区保护生态，发展飞地经济、促进山海互动”的协作帮扶原则，通过产业协作、资源调剂、资金帮扶、劳务合作、人才交流、智力支持、乡镇结对等方式，协作之路越走越广，走出了一条新时代精准扶贫、共同富裕之路。

（赵锦飞、徐庭盛、曾大龙）

念好“山海经”　唱响“幸福歌”

一个是山区县，一个是沿海市，因为山海协作，大念“山海经”，唱响了携手高质量发展，打赢脱贫攻坚战的“幸福歌”。

地处闽西山区、革命老区的连城县是全省23个扶贫重点开发县之一，也是中国改革八贤之一、福建省委原书记项南同志的家乡。念好“山海经”是项南同志主政福建时所倡导的改革理念。2012年2月，福清市和连城县结对帮扶，以此为契机，连城县依托福清市沿海发达地区优势，念好“山海经”，招才引智，对接项目，用好用活福清提供的1亿多元帮扶资金，改善民生，发展产业，打赢了脱贫攻坚战。

2020年4月，连城县实现脱贫摘帽，5个贫困乡镇、62个贫困村、6100户贫困户、1.453万贫困人口全部实现脱贫，以实际行动践行习近平总书记强调的“要做好革命老区、中央苏区脱贫奔小康工作”“确保老区苏区在全面建成小康社会进程中一个都不掉队”的讲话精神。

“福清哥”连城深山当“蛋鸡王”

位于连城县曲溪乡曲溪村的福建省创亿元农牧有限公司，鸡舍均采取密闭化措施处理，干净整洁，几乎闻不到鸡粪味，也听不到嘈杂的叫声。蛋鸡产下的蛋通过传送带缓缓地输送至包装车间。公司采用工厂化、智能化、现代化模式。

创亿元农牧有限公司是2017年由福清牵线引入连城县的生态扶贫项目，是全省首个智能化种养结合新型企业，总投资2.58亿元，其中一期投资1.37亿元，引进德国全自动化蛋鸡养殖设备12台，建设9栋智能化蛋鸡舍、3栋智能化育雏育成舍、2条有机肥生产线和300亩智能蔬菜大棚，产后存栏蛋鸡可达60万羽，年产蛋9675吨、有机肥6万吨。

这个蛋鸡养殖基地是由来自福清的林坚、林义兄弟俩出资。那么，这对俊朗的“福清哥”，怎么会大老远地跑到曲溪深山里当“蛋鸡王”呢？

◎ 在创亿元农牧有限公司蛋鸡养殖基地，林义观察蛋鸡产蛋情况

原来，林家一直在福清养殖蛋鸡，已有几十年历史，积累了丰富经验。为发展蛋鸡产业，林坚、林义兄弟俩准备外出投资创业，正为找一块生态环境好的适宜地点发愁。2017年，通过在连城创业的福清老乡的推荐和福清市有关部门的牵线，林坚到曲溪乡考察，发现曲溪村山麓旁有连片土地荒废多年，这里森林茂密、空气清新、水源充沛，非常适合建设现代化蛋鸡场。于是双方一拍即合，将项目落地于此。

如今，经过两年的发展，创亿元农牧有限公司成为闽西最大的生态蛋鸡养殖基地，也成为当地生态循环种养殖扶贫基地。基地产生的鸡粪由传送带直接送到有机肥料厂，经过发酵转化成有机肥，有机肥则给果蔬基地使用，真正实现循环无污染。同时，吸纳带动60多户当地村民、贫困户到基地就业，发展养鸡、种植生态有机果蔬，实现脱贫致富。

在对口扶贫协作中，福清、连城两地坚持生态优先，注重招才引智，立足连城当地绿色生态资源优势，牵线吸引一批福清籍客商到连城投资兴业，发展绿色产业，开展生态扶贫，让生态优势转化成发展优势，贫困户吃上生态饭，走上富裕路。

“好平台”铸就锂电池“全产业链”

正负极材料镀箔、钢壳装配注液、电池封装检测……在连城工业园区福清产业园里，福建国冠新能源科技有限公司生产一派繁忙，工人操作自动化设备，加工出口东南亚的18650电池产品。

国冠新能源科技有限公司总投资3.8亿元，是一家集锂离子电池研发、制造、销售为一体的高科技企业，也是连城首个落户的新能源锂电池产业项目。2017年12月，项目签约落地福清产业园，仅用3个月时间就实现投产，创造了产业项目实施的“连城速度”。

“我们项目能又好又快成功实施，源于产业园的好平台和好服务。”

◎ 在国冠新能源科技有限公司，就地转移就业的贫困户在检测包装锂电池产品

公司CEO余文伟如是说。成效的背后得益于福清产业园高标准建成的标准厂房、完善的配套设施，得益于产业园为项目提供的保姆式优质服务，推动了项目尽快落地生效。

随着国冠新能源科技有限公司的落户和顺利推进，“领头羊”形成的“羊群效应”带动锂电池产业链项目纷至沓来。短短两年多时间，连城工业园区落户锂电池生产企业18家，总投资50多亿元，涵盖了锂电池原材料、电池整装、电池应用等，实现消费类锂电池产业从“无中生有”到“全产业链”的延伸裂变。

为推进高质量发展，加快新兴产业集聚，连城县与福清市积极开展山海协作跨区域合作，依托双方共建的连城工业园区福清产业园，不断加强园区基础设施建设，提高园区发展承载力；举办福清—连城对口帮扶项目推介会，组织10多批次福清企业家到连城考察交流，促成了一批企业在连城落户。

“通过福清市的帮扶对接，加大了在信息沟通、招商引资、产业对接、资源互补共享等方面的深度合作，助推了我们工业经济发展，带动贫困户就近转移就业、脱贫致富。”连城工业园区管委会主任黄养生如是说。2019年，连城工业园区产值87.4亿元，比增20.72%，税收10466万元，比增138%，连续多年荣获全省山海协作共建产业园区考核评价第一名。

“精准帮扶”贫困户唱起“幸福歌”

“住院除了一站式报销外，还有住院津贴，有了这笔钱我可以更好地疗养休息。”文亨镇竹岗村贫困户吴某烨满是感谢地说道。不久前，他因为下肢高位截瘫住院100余天，扣除新农合一站式报销后他个人仅花费4000多元，加上领到保险公司2700元的住院津贴赔付，自己仅花费1300多元。

而这2700元的住院津贴赔付，源自连城用好福清市帮扶资金，因地制宜出台的健康扶贫保险。

因病致贫、因残返贫是导致贫困村民生活贫困最主要的原因之一，也一直是困扰扶贫工作的难题。连城为解决贫困人员因意外事故住院造成生产、生活困难问题，遏制因病致贫、因病返贫，确保稳定脱贫，用好用活福清帮扶资金，因地制宜、精准施策，在精准扶贫医疗叠加保险政策基础上，出台健康扶贫保险。连城县从福清帮扶资金中每年出资102.1万元，由人保财险为所有贫困户提供每人每年68元的健康扶贫保险。健康扶贫保险主要包括意外伤害和住院津贴：意外伤害导致身故、导致残疾，最高每人赔偿限额2万元；住院津贴每天50元，累计最长90天给付住院津贴保险金。同时，出台精准扶贫医疗补充保险，在符合医保报销政策范围内剔除城乡居民基本医疗保险相关费用后，个人承担的超过2980元以上部分100%报销。

连城全县已有2300多人次享受到健康保险政策，累计赔付金额达300万元，切实为贫困户筑牢了健康防线，助力贫困人口全部脱贫。

◎ 连城有关部门定期组织医护人员深入农村、社区开展健康医疗扶贫义诊活动

8年多来，围绕建设“幸福连城”，连城用好福清帮扶资金，通过“财政投、部门出、镇街筹、社会帮”等组合方式，精准施策，多方聚力，多元化投入，全力改善基础设施，补齐民生短板，织牢民生保障网。

在基础设施方面，福清累计投入6300多万元，用于连城市场改造、城乡供排水一体化、镇村道路建设改造等；在公共服务方面，累计投入2300多万元，建设连城一中福清体育馆、幼儿园、农村幸福院等项目，助力提升教育、养老、文化领域公共服务水平；在社会救助方面，累计投入2000多万元，用于为建档立卡贫困户提供生产性补助、健康扶贫保险等，解决精准扶贫资金缺口问题，增强保障能力。

（黄水林）

松溪与长乐：同织幸福网

机声隆隆响，企业复工忙。2020年5月21日，在松溪县城东工业园区的福建镜江纺织科技有限公司生产车间内，工人们正忙着纺纱、整经、织布……开足马力，挽回疫情给企业带来的损失。

◎ 在福建镜江纺织科技有限公司生产车间里，工人正在忙着操作机器，制作纱线圈

镜江纺织科技有限公司是一家主要生产气流纺纱、环锭纺纱、弹力布、鞋面布等产品的企业，2018年在长乐区牵线下，从闽侯南屿镇江口村迁入松溪，成为当地新型轻纺产业的延长链，进一步完善了当地的新型轻纺产业结构。

绿色食品、机电制造、竹木加工本是松溪三大主导产业，新型轻纺产业是松溪县的后起之秀。2012年，从江苏省江阴市引进的闽瑞新合纤股份有限公司，改变了松溪县的产业版图。闽瑞新合纤股份有限公司专做涤纶短纤维，将废旧矿泉水瓶通过工艺拉丝，制成仿羽绒服、面膜、纸尿裤等产品使用的纤维材料。2013年，公司建成投产后，仅用5年时间，发展成为国内再生纤维领域的龙头企业。因为这一家企业，上下游共30多家企业已经计划落户松溪，产值将超过60亿元。镜江纺织科技有限公司就是其中之一。

“公司迁至松溪，一个重要原因是看中这里原材料及用工方面的实惠，闽瑞新合纤股份有限公司是我们的上游企业，在这建厂能大大减少运输成本。”镜江纺织科技有限公司总经理宋超说。

松溪拥有生态优势、用工成本低等诸多吸引企业落地的有利因素和优惠政策，而长乐在纺织行业有着良好的基础，双方一拍即合。在松溪，县工商联服务闽瑞新合纤股份有限公司更是“一根竿子扎到底”——由主席林萍挂点企业，协助做好项目申请、用地审批、开工许可证办理等增资扩产与转型升级相关项目前期工作。为服务好项目建设，一对一派驻项目挂点负责人，分门别类指导，督促项目落实，全程代办审批手续，同时，还有重大项目例会、领导挂钩联系、急事即办、项目建设联合督察等服务举措。企业有需求，政府充当“店小二”，提供全程保姆式服务，全力为企业解忧。

开展对口帮扶，实施精准扶贫，产业是最核心和最关键的因素。2015年，松溪与长乐达成合作共识，在松溪建立长乐山海协作产业园，松溪与长乐的“情缘”就此展开。每年两地相关产业部门都会组织企业到双方县、区考察学习。此外，松溪县还出台惠企政策鼓励企业投资，通过投资招商推介

◎ 福建闽瑞新合纤股份有限公司厂区内，工人在生产线上检查涤纶短纤维

会等形式，向企业家推介松溪，促成项目落地。

企业落地松溪不仅节省运费，获得材料价格优惠，还可以享受松溪提供一企一策帮扶和税收奖励。而松溪县在长乐区的帮助下，围绕产业链短板，有针对性地进行链条招商，从卖原料到制作成品，促进产业向中高端发展。

乘着“山海协作”的东风，松溪规划占地500亩“松溪—长乐”纺织产业园，进一步促进产业集聚，由县里建设标准化厂房，让落地企业由重资产变成轻资产，减轻企业负担。

企业的集聚，带来了大量的用工需求，同时，也带动了当地贫困户就业，辐射带动了大量贫困户增收脱贫。

“来这边上班，工资待遇都还不错，有了稳定收入，生活越过越好了。”福建镜江纺织科技有限公司工人倪建忠说。倪建忠是松溪县祖墩乡严地村省定建档立卡贫困户，早年因父亲患胃癌，医治无效去世，家里欠下许多债务，同时自己种植辣椒又遇灾亏损严重。经过各级帮扶和自己的努力，他于2016年底实现了脱贫。而如何巩固脱贫成果，成为确保贫困户稳定脱贫的关键。2019年镜江纺织科技有限公司入驻松溪后，经帮扶干部介绍，倪建忠到厂里上班。公司的生产线按照计件取酬，倪建忠勤劳肯干，订单量多的时候，一个月也会有六七千元的收入，平均每月都有3000余元的务工收入。

“闲暇之余，我还回村种植了5亩毛芋，不但可以增加收入，还能获得上级的产业扶贫资金，现在一家5口人的日子越过越有滋味了。”谈及现在的生活，倪建忠一脸满足。

无独有偶。闽瑞新合纤股份有限公司也吸纳了多个贫困户到企业就业。“我在闽瑞工作有7年了，现在每个月平均都有4000元的收入，这笔钱也是我们家收入的主要来源。”陈荣花表示。陈荣花是松溪县茶平乡铁岭村人，10年前丈夫因患病失去劳动能力，家庭生活的重担就全部落在了她一个人身上。2013年，陈荣花来到闽瑞新合纤股份有限公司上班，通过努力，从最初的新手成长为一名技术娴熟的老员工，收入也逐年增多。

“陈荣花是个朴实肯干的姑娘，也是我们厂的老员工了，丈夫病倒了，自己也身患疾病，家中孩子还在读书，她一个人扛起生活的重担，着实不易。我们也尽可能地多帮助她。”闽瑞新合纤股份有限公司行政总监郑良山表示。

“收入越来越多了，公司也很照顾我们这些老员工，当初如果不是到闽瑞上班，都不知道该怎么撑起这个家。”陈荣花说。

松溪县山海协作的纺织企业吸纳贫困户就业数有5户，他们经企业录用后，除了享有失业险和社保外，松溪县人社局还会定向发放用工补贴，县总工会也会适当给予补助；同时企业在不断技改升级过程中，在有需要淘汰一部分员工时，首先会考虑尽量不裁减贫困户员工，保障就业。

在“山海协作对口扶贫”的“松溪答卷”中，既能感受松溪大山深处的幸福回音，亦能听到来自东海之滨的潮起潮落；深化山海协作，松溪与长乐正携手“织”密脱贫致富网，共奔幸福康庄大道。

近年来，松溪县通过抓住产业扶贫核心，大力开展扶贫技能培训，精准落实“兜底保障”，完善优化项目库等措施，为全面打赢脱贫攻坚战打下坚

◎ 福建镜江纺织科技有限公司纱线生产车间

实基础。全县已确认建档立卡在档享受政策2008户6443人全部脱贫，31个贫困村已实现全部脱贫出列。

（郑雨萱、吴振伟、李典利）

山呼海应架金桥

272公里，是厦门市思明区与龙岩市武平县的距离，一头连着蓝色的大海，一头连着绿色的大山。一纸山海协作的约定，让东海之滨的厦门市思明区和重峦叠嶂的龙岩市武平县成功“联姻”——将海的优势与山的特色联动，实现协作共赢。

自2004年以来，思明区发挥厦门市中心城区的龙头带动作用，不断加大帮扶力度，支持武平县社会、民生、慈善、教育文化、产业发展和扶贫开发等事业建设，积极推动两地经济协作实现更高质量的区域协调发展，两地之间结下了浓浓的山海情缘。

山有所呼，海有所应。2018年7月中旬，厦门思明区党政代表团到武平县开展扶贫开发和山海协作对口帮扶活动，与武平县签订了新一轮山海协作对口帮扶协议。沿海发达地区与欠发达地区的良性互动发展路子已经初步形成。

这份沉甸甸的协议，更描绘着山海互动的区域经济合作新格局。山，是思明区的腹地。海，为武平县带来了发展的希望。一项项实实在在的举措，铺就了未来山海携手同行的道路。在农业上，思明区创造条件把武平建设成思明区的农副产品生产加工基地；在工业上，鼓励思明区企业到武平投资兴业，发展飞地经济；在第三产业上，发展两地间服务外包，建立山海物流通道，深化区域旅游合作，共享旅游市场。

“打造4小时特区经济圈”

武平省级高新区，总投资6亿元的福思科技激光显示项目于2017年7月成功签约落地，首期依托高新区省级科技孵化器，快速建设激光投影机、激光显示屏、激光显示一体机生产线。2018年1月，项目首期生产线顺利投产运营。项目从签约到首期生产线投产，仅花了5个月时间，这是武平速度，也是思明区和武平县产业共建、山海协作的真实写照。

武平高新区是福建省首个县域省级高新技术产业开发区，按照“一区三园”空间布局，包括岩前工业园、武平县城工业园、十方工业园。

地处闽西“金三角”，武平县是闽西、粤东、赣南的重要交通枢纽和物资中转、集散地，利用逐步完善的“一铁四高三站三环三纵五横六连”现代

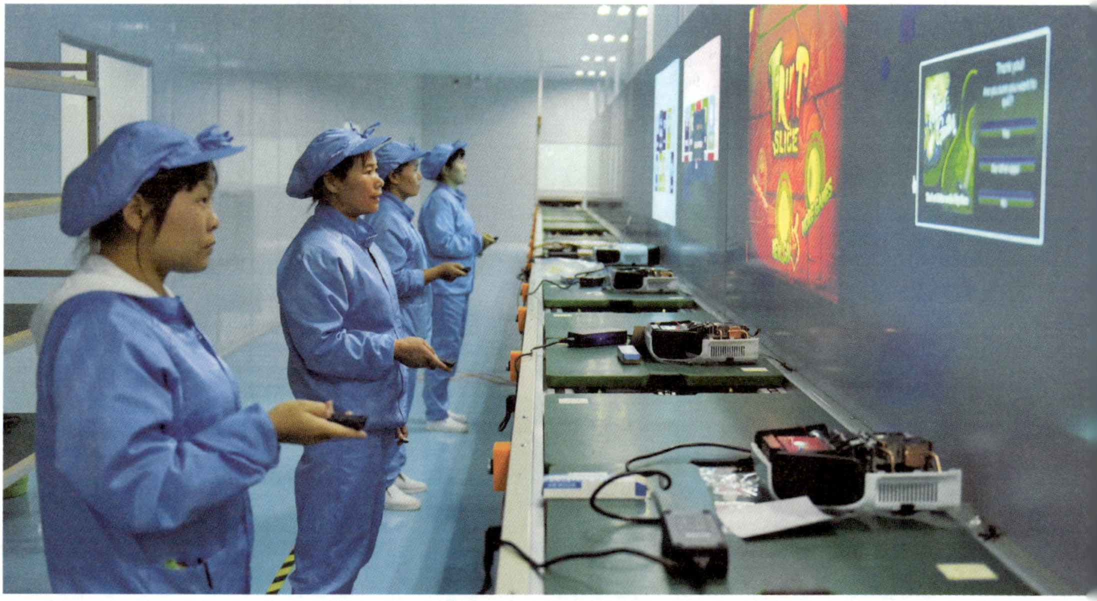

◎ 福思科技激光显示项目生产线上的工人正在检测激光投影仪产品（王发祥摄影）

综合交通体系，成为全国少有的可以在4小时分别到达深圳、珠海、汕头、厦门四个经济特区的县，被形象地称为“4小时特区经济圈”。

由此，思明区和武平县进一步发挥区域优势，加强资源整合，2018年7月，武平县思明高新产业园区在高新区正式揭牌，同时，思明区和武平县签订了新一轮山海协作对口帮扶协议。协议中突出产业协作，思明区利用地处沿海、信息灵通优势，帮助武平县招商引资，引进项目，同时鼓励支持思明区企业到武平县投资兴业，加快形成“发展飞地经济、促进山海互动”的区域经济合作新格局。

“思明送来及时雨”

“现在的条件太好了。”65岁的林富林是武平县十方镇村民。2018年7月他因左手麻木、不听使唤而住进中医院治疗，让他没有想到的是，中医院已经不是那个曾经光线暗，一层楼才有一个厕所的中医院。

2015年1月，思明区政府向武平县中医院援助500万元用于中医院病房楼建设。新的住院大楼，病床增加至270张，配置中心给氧和中心负压系统，极大地提升了综合服务能力。

“现在中医院每个病房都带卫生间，光线也亮堂，医生和护士的态度也很好。”林富林笑着说。

据武平县中医院党支部书记林红英透露，思明区援建的第一年，武平县中医院就从全省二级及以上医院出院病人满意度测评中脱颖而出，位居全省首位，此后常年保持前列。让林红英更加欣慰的是，以前医院都招不到人，医院条件改善后，每年都能招到人才，医疗水平不断提升。

思明区还安排800万元，援建了武平县妇幼保健院思明楼。新院占地面积扩大了8倍，产儿科床位增加了4倍，门诊量增加了四成，还有了孕妇学校。

经济发展的落脚点，在于改善民生。多年来，思明区就像“及时雨”一

◎ 武平县中医院残疾人康复中心，病人正在进行康复训练（朱春华摄影）

般，帮助武平县脱贫。

思明区山海协作给武平县带来的变化不胜枚举。一组数据，见证着两地的山海情缘。2017年，思明区援助武平县山海协作对口帮扶项目资金1300万元，支持武平民生改善、教育文化、产业发展和扶贫开发等事业建设。其中，投入贫困户脱贫项目785万元，充实山海协作贫困母亲救助金5万元，支持29个贫困村建设光伏发电项目补助244.2万元，支持异地扶贫搬迁项目328万元。

此外，“思明区武平奖学助学”基金项目持续帮助武平学子圆“求学梦”，2017年奖助高校新生和在校中小学生285人，金额51万元。

“让农民成为被羡慕的职业”

“快来尝尝!”在东岗村的“开心田园”，梁野山蔬菜专业合作社理事长吴才英端出武平黄金百香果，“都不够卖，很多订单都推掉了。”吴才英说，2017年自己在这里承包了百亩地，种起蔬菜瓜果，就是看中“五朵金花”的前景。

所谓的“五朵金花”，是武平县改“输血”到“造血”的手段之一。为了让农民成为被羡慕的职业，武平发挥梁野山生态优势和近城优势，实施环山五村联动发展。

“花开五朵，特色鲜明。”城厢镇党委书记钟桂林说。云礤、尧禄、东云、东岗和园丁村根据各自优势差异发展，分别打造云中村寨、客家桃源、淘宝客都、开心田园和十里花廊。如今“五朵金花”，各自绽放异彩。

“五朵金花”的旅行环线上，还有一片百香果采摘基地（城厢镇激励性扶贫项目）。28户贫困户通过自愿报名、综合评比、择优录取等程序，来到基地种植百香果。通过统一管理，激励贫困户学好种植技术，养成积极生产的良好习惯，并采取免费提供果苗、技术指导、保护价收购等方式开展精神物质双帮扶，确保了贫困户稳定增收。

绿水青山是武平县的又一大优势。受益于天然生态与集体林权制度改革，武平森林覆盖率达79.7%，全县深入实施“旅游富民”战略，全力打造闽粤赣城市群“清新养生后花园”。2019年9月23日，国家文化和旅游部正式公布了首批国家全域旅游示范区名单，武平县被认定为首批国家全域旅游示范区。

2018年以来，林改策源地万安镇捷文村着手实施美丽村庄三年建设规划，依托森林生态和田园风光，打造生态旅游名村。林下经济在加速升级，旅游设施在建设完善，村庄整治全面展开。作为武夷山国家森林步道南起点的森林步道也开始投建。

“在这里生活很幸福”

走进武平，宽阔美丽的武平大道让人赏心悦目，清幽的城市公园令人流连忘返，新建成的儿童乐园充满欢声笑语，规范的公交停靠站点让居民感受到出行的舒适……

“越来越幸福了”，这是每位武平人的感受。2016年，武平县委、县政府发出“四城同创”的号召，即同步推进国家园林县城、全国文明城市、国家卫生县城、国家生态文明建设示范县建设。

思明区五度蝉联“省级文明城区”，两地共建，使得全国文明县城武平在推进文明创建过程中，更上一层楼。

走进校门，给困难学生送去关怀；走进敬老院，为孤寡老人带去温暖；走上街头，劝导行人出行……武平已成立170余支志愿服务队，有志愿者近8000人。

“中国好人”郑彩坤、赖茂增、王荣玉，用自己的血汗钱帮助了无数困难家庭、贫困学子和孤寡老人，用真情和温暖感动着人们；“福建好人”周金明，面对他人丢失的1.8万元钱款，毫不犹豫地报警找失主……作为一个山区小县，因为“道德模范”“孝心少年”“中国好人”等先进人物的不断涌现，被誉为“好人之城”。武平率先在全省成立公民道德建设协会，率先建立全省首个好人数字馆，组建县乡村三级业余讲师团开展宣讲活动……

武平还把文化建设与文明县城创建活动有机结合起来，大力弘扬见义勇为、诚实守信、孝老爱亲等良好道德风尚，形成了全社会争当最美人物的浓厚氛围。

“性价比最高的度假地”

走进武平中山河国家湿地公园的千鹭湖景点，一只只白鹭翩翩起舞，人与自然和谐共处的生态美景画面映入眼帘，一股亲切感涌上心头。

作为福建省唯一一个跨省流域的山地河流型湿地公园，武平中山河国家湿地公园总面积2.3万亩，其中湿地面积1.2万亩，形成了湿地花香、竹林禅静、丹枫白鹭等九大景观。

◎ 千鹭湖湿地公园（林传府摄影）

白鹭，让思明区和武平县的山海情缘又一次得到了共鸣。正在公园里休闲漫步的当地市民蓝冬玉，听闻思明区辖内也有白鹭洲公园、筼筜湖，连连感叹："如此情缘，相信能吸引不少厦门游客来一探究竟。"

紧邻梁野山的城厢镇云礤村，同样涌动着浓烈的山海情。家住思明区的黄增住，是慕名而来的游客之一。2015年，当他第一次来云礤村时就喜欢上云礤。自此每年他都会来这儿住上几天，多时个把月，少则一星期。他说："我觉得梁野山这里空气清新，温度适宜，土鸡土鸭味道非常鲜美，青菜也是没有污染的。"在欧洲生活了十多年，也走过了大半个中国，在黄增住看来，"武平是性价比最高的度假胜地了"。

思明区旅游局和武平县旅游局还携手相继举办了花田运动会、山海协作大型主题自驾游活动、"彩色山地跑·山海大聚会"系列主题活动，每年都让厦门游客充分感受到了武平山水之美，并带动吸引了更多游客来武平游玩，有力推动了武平旅游全域化发展。

（邓婕、康泽辉、夏思萱）

你我牵手，同奔小康路

脱贫致富是全党全社会的共同任务。福建省坚持内引外联并举，搭建全社会力量参与的精准扶贫工作平台，形成“挖掘潜力激发内力、借助外力集聚合力”的良好格局。组织企业与贫困村签订结对帮扶协议，开展“百企帮百村”“百龙联百村”等活动。加大消费扶贫力度，同时激发内生脱贫致富的动力。

稳定实现农村贫困人口“两不愁三保障”（即不愁吃、不愁穿，义务教育、基本医疗、住房安全有保障），是农村贫困人口脱贫的基本要求和核心指标。福建省委省政府连续27年把“造福工程”列为为民办实事项目。早在20世纪80年代末，时任中共福建宁德地委书记的习近平同志就开始探索“连家船民”上岸和“茅草房”下山搬迁工程。截至2020年，福建省累计搬迁172万多人，整体搬迁7300多个自然村。此外，福建省多部门积极探索创新保障扶贫机制，构建保障体系，使贫困家庭的就医、就学问题得到保障。

小康路上，一个都不能掉队。

人人都是扶贫一员

社会力量一直以来都是推进精准扶贫的生力军。

在福建省，形式多样、效果显著的社会扶贫活动，正让社会扶贫力量不断汇聚和壮大，成为打赢全省精准脱贫攻坚战的重要力量。

尝试新方法，不断拓宽帮扶渠道

对于福建省扶贫基金会来说，2017年有两件事情开了先河：

2017年9月，印度尼西亚华侨翁俊民向福建捐赠了500万元人民币，由省扶贫基金会用于资助福建省省级扶贫开发县贫困村建档立卡贫困户子女在大学4年期间的学费，每人每年5000元，一共资助250位。这是福建省扶贫基金会作为省扶贫公募账号单位首次收到来自国外的捐款。

同样是在9月，“一元扶贫·共献爱心”App上线。这是福建省扶贫基金会首次尝试将扶贫与互联网结合，网络扶贫的第一例帮扶对象是长汀县策武镇德联村的陈某（国家标准贫困户）。他，1944年生，两个儿子都是智障，筹款的目的是“帮助病弱的家庭维持生计”，目标金额1200元。很快，58人参与支持，完成了筹款目标。

无论是海外募捐渠道的推广，还是网络募捐渠道的尝试，福建省扶贫基金会不断拓宽帮扶贫困户的募捐渠道。

事情再往前推一年，2016年10月，省扶贫基金会与省委宣传部、省委文明办、省文联联合举办“纪念红军长征胜利80周年书画邀请展暨艺术扶贫活动”，共有165名书画家捐赠书画167幅，共义卖捐赠314.1万元，全部用于长汀县、宁化县红军长征出发地和寿宁、政和、浦城的贫困老区村建设。这种艺术扶贫，既为贫困地区提供了文化产品，提升了文化素养，又能够筹资捐款，济贫帮困。

在福建省，还有更多形式的帮扶。

2016年以来，省市县各级扶贫协会从困难居民关心的身边小事做起，共支持办实事小项目240项、1322.2万元，为改善贫困地区居民的生产生活条件起到补缺补漏作用。

爱心企业家积极出资助学、助医、助扶贫：福建百盛科教设备有限公司每年资助15万元为重点贫困乡镇幼儿园捐赠幼教设备，持续5年；福建美亚健康管理有限公司每年资助15万元，为贫困乡镇的卫生院添置医疗设备，持续5年……

“只要是对扶贫攻坚有帮助的新事物，只要是对贫困户脱贫致富有帮助的新方法，我们都会尽可能地尝试。目的只有一个，通过我们的努力，广泛动员与凝聚社会各方面力量，以各种灵活多样的形式参与精准扶贫、精准脱贫，为助推打赢全省扶贫攻坚战做贡献。”福建省扶贫协会会长叶继革如是说。

形式多样化，用教育切断贫困代际传递

助学一人、脱贫一家。教育扶贫一直被认为是切断贫困代际传递的有效方法。许多贫困户由于家庭条件先天不足，他们没有能力为下一代寻找到更好的摆脱贫困的路径。这势必造成贫困在这些家庭代际传递，形成“穷一代”“穷二代”乃至“穷三代”这样的恶性循环。

来自南平乡村的晨晨（化名），是福建卫生职业技术学院护理专业的学生。晨晨的父亲有精神疾病，没有劳作能力。她的母亲早就离家出走。自懂事起，她就没见过母亲。她跟爷爷和爸爸相依为命。由于过早地分担家事，学习上分心太多，晨晨学习成绩一般，上不了好的高中学校。为了不增加家庭的负担，初中毕业后，晨晨打算外出打工。

2017年，南平市扶贫协会在省市有关部门的支持下，联系南平市工商联、市慈善总会、妇联与福建卫生职业技术学院、福建瑞泉护理服务有限公司，共同开设三年制中职护理专业委培班，专门招收南平市建档立卡贫困户和低保户的子女，考生考核合格后就读于福建卫生职业技术学院，学校学制3年，学生毕业时取得中专学历。与普通的招生不一样的是，这次招生对象不局限于应届毕业生，只要年龄在25岁以下，往届毕业生也可以报名。另外，学生的学费、住宿费等全免。学生毕业后，可选择进入福建瑞泉护理服务有限公司工作，月薪至少4000元。

“让贫困家庭的孩子进行免费的学历教育和专业技能培训，从根本上切断贫困代际传递，造就一支脱贫攻坚奔小康的生力军。”南平市扶贫协会会长柳贵清对这种扶贫方式的效果很看好。

晨晨本身喜欢护理专业，梦想就是当个护士为社会服务。她不假思索地报了名，“我觉得自己很幸运，能够免费学习自己喜欢的专业，还能有地方就业”。

融学历教育、技术教育、定向就业为一体。学生通过3年学习既可获得中专毕业文凭，又可考取职业资格证书，还可在资助企业保底就业和在其他渠道实现就业，从根本上解决了贫困学生文化低、无技术、就业难等问题，为贫困家庭的精准脱贫开拓了一条新路径。

学校在2017年夏季第一批共招收88名学生。“这批入学的88个学生中精神失常家庭子女有12人，单亲家庭子女有25人。这些学生初中毕业后自然衔接到中职专业继续学习3年，在校学习期间，不但享受免学费、免住宿费等待

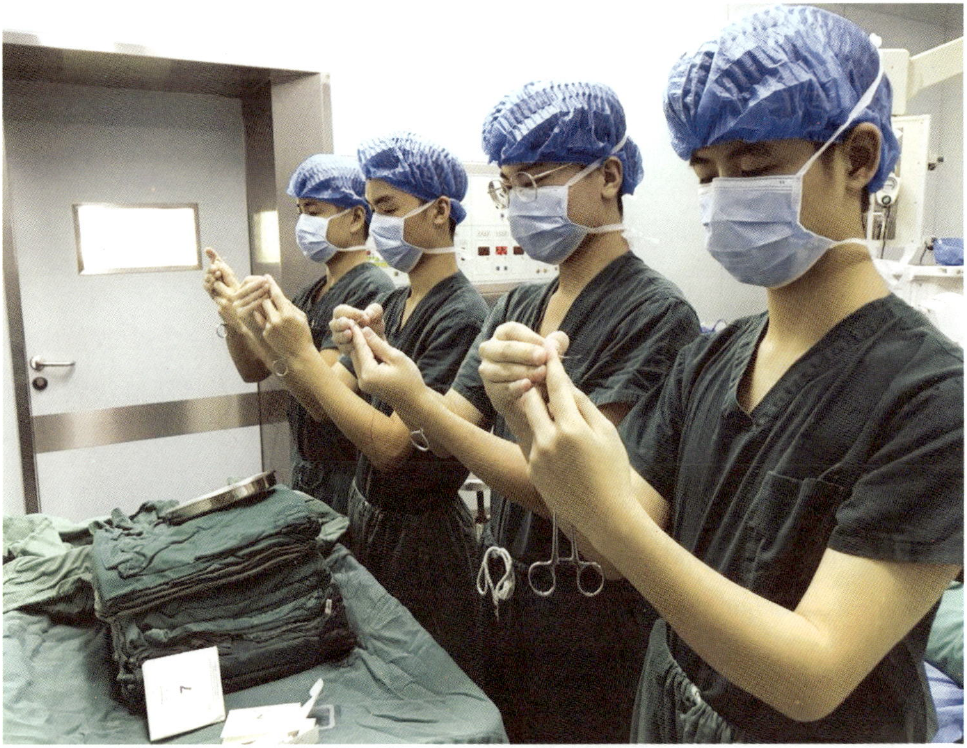

◎ 就读于福建卫生职业技术学院委培班的贫困家庭学子们在手术室里练习穿线

遇，而且还给予每月800元的生活费补贴。”南平市扶贫开发协会有关负责人介绍。

长期以来，教育扶贫关注的焦点主要集中在九年义务教育阶段的贫困学生和考上大学的优秀贫困学生身上，很少有人关注那些初中毕业考不上高中或中职学校的贫困学生，他们不能继续升学，也没有人扶持，因此享受不到助学政策的惠泽。

南平的实践，开辟了社会扶贫的新通道。中职护理专业委培班所搭建的平台，很好地引导各方资源集中投放到精准教育扶贫之中。

扶贫先扶智，助贫困户掌握一技之长

在福鼎，有26个身份特殊的人。退休前，他们是农业领域的专家，为农业发展做出了很大的贡献。退休后，他们又不辞辛苦，不顾年迈，为提高贫困地区农民科技水平和致富能力深入田间地头，继续发光发热。他们是农业专家顾问团。

2017年初，福鼎市扶贫开发协会组建了农业专家顾问团，26个成员中包括福建省农业科学院、省农业厅教授级研究员6人，宁德市教授级高级农艺师3人，福鼎市高、中级职称专家17人（均为退休干部）。

农业专家顾问团的任务，不仅要在培训课堂上给农民授课，还要亲临田间地头，手把手传授科技栽培知识，确保受训者能基本掌握一技之长，提高贫困地区农民科技水平和致富能力，助推特色产业发展。

◎ 福鼎市扶贫开发协会带领农业专家顾问团到店下镇岗亭村橘香园农场指导（林冰摄影）

2017年4月开始，福鼎市扶贫开发协会带领顾问团成员，一起深入福鼎6个乡镇9个试点村，开展产业扶贫工作专题调研，最终确定黄栀子深加工、种植高优水果、种植槟榔芋、发展林下经济、建设生态茶园、太子参高产栽培、大棚种植高优蔬菜、规模化无污染畜禽养殖、深海紫菜养殖、紫菜加工精细化、培育茶旅休闲产业、发展名优水果花卉等共12个产业扶贫项目。

随后，农业专家顾问团引进新品种13项、新技术11项，开发黄栀子深加工新产品13项，依托18家企业、农业合作社进行试验，对25个试验点每月不定期下乡跟踪指导。

谢云妹，是专家顾问团副团长。她黝黑、消瘦，常年不知疲倦地奔走在地头田间、果山瓜园。2005年，她从福鼎市农业局经济作物站站长职务上退休，婉言谢绝了外地农场、果园的高薪聘请，毅然投身福鼎农业科技扶贫工作。无论是高山、平原，只要哪里果园农场发生病灾虫祸，她都会去做消灾灭祸工作。她还根据农事节点下乡村，面对面为农民解难答疑做现场指导。毫无怨言，乐于奉献的她，每年有200多天时间下村下场。

农民朋友一说起专家顾问团的孔悦平，也是赞不绝口。她是福鼎市林业局教授级高级工程师，是助推栀农致富的科技引路人。

黄栀子是传统中草药材，以前农户栽种黄栀子，果子产量不高，质量也差，病虫害更多。孔悦平退休后加入福鼎退休农业专家顾问团，引进全国各地12个栽培品种，结合当地的水土、树种，进行种源实验。经过努力，她选育出产量高、外观好、品质优良的“分关一号”黄栀子良种。此良种的果子一投入市场，供不应求，贯岭、叠石、管阳及周边地区掀起黄栀子种植的热潮，广大栀农有了一条脱贫致富的新路。

蒋德顺、李招德、赖平玉、董广和、马显煌、徐年三、陈家梅等退休农业专家，也分别在植物保护、紫菜育苗养殖、淡水和湾水养殖等领域发挥余热，默默奉献。

（林淑霞、游笑春、吴恩儿）

下党定制版消费扶贫

花2万元买一亩茶园，不仅能收获50公斤生态好茶，还能因为帮助了村民，成为荣誉村民、获得爱心茶园主证书。这样的消费，你愿意吗？

在寿宁县下党乡下党村，就有几百亩这样的扶贫定制茶园。这里是中国第一个可视化扶贫定制茶园项目。项目整合一家一户零散的茶园，引导茶农加入合作社，统一管理，统一施肥，统一加工，统一定价，以“每亩茶园年租金2万元，合同期5年”的形式向全国招募爱心茶园主。

2015年，600亩扶贫定制茶园一推出，当即就实现销售额380多万元。2016年增加到500多万元。

2017年，下党村定制茶园销售总额达600多万元，实现了利税30多万元，累计销售“下乡的味道”品牌茶叶1.5万多公斤。茶农种植的茶青收益由原来的每公斤1.2元增加到 5元，茶园收入从每亩2000多元增加到6000元。下党村31户贫困户因此脱贫，其中26户修建了新房。

定制扶贫已得到万科集团、万顺集团、宁德时代等热心企业的支持。参与该项目的100多名消费者愿意继续通过这种模式定制该茶叶品牌。

下党村则因茶叶加工包装费、管理费等每年可获得10万元以上村集体资产收入。2018年，村集体收入50多万元。

下党村一手扩大规模，号召周边乡村加入；另一手推出扶贫定制果园、扶贫定制羊圈、扶贫定制蔬菜园……借助定制扶贫模式，下党村走出了一条独具特色的乡村振兴之路。

不卖茶叶卖茶园

人口1341人，309户，下党村靠山吃山，种植脐橙、锥栗、茶叶，是当地村民主要的经济来源。2014年，下党村年人均纯收入5600元，村集体经济收入为零。

修一条路，要一点钱，改变一点村貌，传统的驻村帮扶模式，让时任福建省委组织部派驻下党村党支部第一书记曾守福觉得不够。“我走后，下党村怎么办？如何把增强下党村造血功能的任务落到实处？”2014年驻村后，曾守福开始思考如何授下党以渔，为下党造血。

◎ 茶叶专家在下党村定制茶园开设田间课堂（吴通华摄影）

于是，在省委组织部和各方的助力下，中国首个扶贫定制茶园诞生。

2015年5月，下党村最大的茶厂建成。它按高标准建设，面积1600多平方米，投资400多万元，拥有高产能。茶厂聘请职业经理人制定了茶叶生产标准管理流程，让茶叶种植、生产、加工的全过程都能够达到国家有关质量要求，确保所生产的茶叶品质能够符合国家茶叶有关的食品安全许可。

一个贫困村，为何要建这么大的茶厂？没有叫得响的品牌，每年生产这么多茶叶，如何卖出去？面对这些质疑，作为茶厂的投资人之一，下党村村民王明秀心中一点也不慌，因为这个茶厂生产出来的茶叶，已经被人“承包”了。

原来，在曾守福的策划下，下党村正式推出600亩扶贫定制茶园，向全国招募爱心茶园主。茶园主以一年一亩2万元的价格买下茶园，合同定期5年。买下茶园后，茶园主将把茶园的生产交给专业的合作社，每年收获固定回报。

“茶园卖出去了，茶叶也跟着卖出去了。”正是这个理念，让曾守福开始实践扶贫定制茶园的模式。模式确定后，他找到北京一家品牌策划公司合作，负责项目的推广和销售，“福山水·聚茶园”成为扶贫定制茶园的品牌名称。

2015年全国两会期间，“福山水·聚茶园”在北京地区发售，“产业扶贫+消费扶贫”的理念，吸引了不少眼球。全国人大代表、南安市梅山镇蓉中村党委书记李振生第一时间认购茶园。60多岁的他还积极为下党村奔走，推广下党村的做法，发动爱心企业家认购茶园。

“一亩茶园一年可制成生态好茶50公斤，我们将精选好嫩芽，制成顶级好茶金观音1公斤、金骏眉1公斤特供给爱心茶园主，其余48公斤将制成上等高山红茶、高山乌龙茶、高山绿茶，将茶园与茶杯直接对接，无中间环节，用公道价格喝生态好茶，自己喝和送亲友都行。”曾守福说。

不仅如此，每一个茶园主，将获得下党村荣誉村民证书、福山水爱心茶园主证书等，在茶园现场，还树立以个人或机构命名的茶园牌。

“定制我们茶园的，很多是北京政商界知名人士。比如国务院扶贫办刘永富主任等。”曾守福说，“通过他们的影响力，我们的理念可以更好地传达出去。”

合作经营为村集体造血

茶园被人承包了，谁来种植和加工？如何保证茶叶质量？

2015年启动时，定制茶园的销售主要放在北京地区。当年“福山水·聚茶园”项目春季订单达2万公斤。如此大量的订单，保质保量的规模化生产必不可少。

2014年11月，下党村组建了茶叶种植专业合作社，注册“下乡的味道”商标品牌，27户建档立卡贫困户和50多户茶农入股合作社。

◎ 下党茶厂加工定制春茶（吴通华摄影）

2014年，依托下党村茶产业成立的梦之乡农业综合开发有限公司，成为下党村的“造血器官”。村委会占股20%，村民占股20%，管理人员占股60%，这样兼顾村民和村集体双增收。

“我们只负责把控生产环节，市场运作、品牌推广全部由北京策划公司做。”曾守福说，通过这个项目，每年茶农能增收3000多元，下党村集体收入可通过标准化茶叶加工厂增收10万元以上。

50岁的下党村村民杨弈月，家中有7口人，种植了3亩茶园。2015年3月，她申请加入茶叶专业合作社。合作社免费提供低农残农药，还优先优价收购茶青。这样的政策，让加入合作社的茶农络绎不绝，那一年，申请书在村委堆成一堆。

已有的茶园面积有限，如何解决新开茶园的资金问题？曾守福想出了村社合作经营的路子。村委会占股51%，合作社占股49%，由村委出资负责平整并流转土地，购买苗木和化肥，合作社出劳工和管理成本，合作社成员自愿参与，按股分红。这样的模式，既兼顾村集体收入增收，又调动合作社积极性。这成为曾守福为下党村打造的另一个“造血器官”。

2015年，下党村村两委投入近30万元，由村社合作新开高优白芽奇兰茶园100亩、锥栗50亩、优质高产油茶园500亩，给村集体收入每年增收10万元以上。

定制模式可复制推广

600亩定制茶园卖完了怎么办？曾守福表示，他已经开始和周边的乡镇谈合作，开发更多的扶贫定制茶园。他说：“我们会优先选择好管理、有基地的茶园，控制好质量，保证生产出来的茶叶物美价廉。”

曾与曾守福同一批下乡、驻下党乡亭下村的第一书记郑旭田，时不时就给曾守福打个电话，询问定制茶园的进展。亭下村离下党村几十公里，拥有

◎ 美丽的下党村夜景（林熙摄影）

数千亩茶园，产业基础良好。“如果曾书记的扶贫定制茶园不够卖，我准备第一时间‘抱他大腿’。”郑旭田十分看好下党村的模式，他计划在亭下村发展同样的模式。

曾守福说：“茶只是一种媒介，也是我们做的第一个消费扶贫的农产品。如果运作得好，扶贫定制茶园会成为一种全新的扶贫方式，完全可以复制到其他农产品身上。更进一步，通过打造一个消费扶贫农产品的O2O平台，那拉动的不仅仅是下党和寿宁的农产品销售，还可以辐射全国贫困地区。”

现年52岁的下党村村民王道全，曾无固定收入，还要照顾年老多病的母亲。2015年，在乡村两级干部的帮助和引导下，王道全种植了定制茶园2亩，并纳入合作社统一管理，收入有了很大提升。2016年，村委会又引荐他到梦之乡农业综合开发有限公司工作，每月他可领取2600元工资，让他既有了固定的收入，又可以照顾年老体弱的母亲。同时，他利用闲余时间，在村里建设工地打些零工，增加收入。2017年，王道全实现了脱贫。

不到30岁的下党村村民王培根，是被曾守福号召回乡创业的，还拉了4位年轻的“同伙”。2015年，王培根与合伙人投资近100万元，在下党村后山建了一个野山羊养殖基地。“下党村有不少人养野山羊，多少能挣一点钱。如果有爱心人士订购羊肉，我们就不愁销路了，可以专心把羊养好。”王培根说。扶贫定制的模式，正在下党村“落地生花”。

“消费扶贫的理念，说了很多年，但做得成功的不多。通过“福山水·聚茶园”项目，我们想以行动来提倡一种全社会爱心人士参与的消费扶贫模式，希望能对贫困地区发展有所借鉴。”曾守福的愿望很美好，行动很给力。

（游笑春、张颖）

一个集团与一个乡村

初夏时节，平和县长乐乡农家村四周的半山腰上，一棵棵美丽的梧桐花相继绽放，鸟语花香。干净整洁的村道，落错有致的农家小院，孩童嬉笑玩耍。文化墙上，写着关于党的惠民政策或孝老敬亲的内容。这一切，无不让人们感受到这几年来脱贫攻坚和乡村振兴的成果。其背后，除了党和政府的英明决策外，也凝聚着一家集团企业的心血。

农家村位于曾打响“八闽第一枪”的“平和暴动”策源地——长乐乡，福建永荣控股集团总部恰好位于福州市长乐区，重名的巧合既是缘分，也是使命。一场打响全国的扶贫攻坚战役，将一个集团与一个乡村连在一起。

2016年的春天，福建永荣控股集团以大长乐带动小长乐的总体思路与长乐乡进行对接。通过家庭创业扶贫、村级产业扶贫、个人就业扶贫、基础建设扶贫等方式，集团全面对接农家村，实施整体帮扶，奏响一家集团帮扶一个乡村脱贫攻坚的动人乐章。

结缘在那个春天

“以前山路又弯又陡不好走，村民出行很不便，种植的一些蜜柚等作物也常常无法及时运输出去，严重制约了村里的发展。” 每当说起以前的对外交通，村党支部书记石为信都深有感触。农家村在长乐乡最偏远的北部山区，是个革命老区基点村，海拔450米，距离乡政府所在地10多公里。蜿蜒曲折，坡陡路窄的山路，记下了几代农家人的苦难与无奈。

福建永荣控股集团有限公司组建于2009年，其前身是1979年创建的村办纤维厂。经过永荣人10多年的共同努力，企业深耕细作，茁壮成长，如今已发展成为以石化尼龙新材料为主业，集供应链、金融服务为一体的大型产业集团。

那是2016年的春天，永荣集团执行董事长兼总裁吴华新在一次偶然的机会得知长乐乡的困境，内心被深深地震撼了。作为一名几亿产业的掌舵人，他自己是经过一步一步拼搏走向成功的，深知大山里贫困村民的不易："能不能由永荣来帮助革命老区的村民脱贫致富，我们有经验，也愿意将这件事情做到底。"

"要致富先修路"，这句话对于农家村而言再恰当不过。从长乐乡政府所在地出发，十几公里的进村公路，最窄处只能容纳一辆小车通行，加上弯道多且急，开车得40多分钟才能抵达农家村。

"整个村落给人的第一印象就是凋敝破败，村民住的都是黄土房，没有看到一座像样的钢筋混凝土建筑。"作为集团首批进村现场调研的人员，集团人力资源副总黄剑从福州长乐出发，经过近6个小时的颠簸才到达农家村。

几进农家村，工作队汇报调研结果后，集团决定成立精准扶贫办公室，如同"号脉"诊断，永荣集团为农家村的脱贫攻坚开出了一张精准的"药方"。

由于村民居住的房屋多为土坯房，居住条件差，大家改善居住条件的意愿强烈。永荣人的首要目标是特困保障与建设修缮扶贫，改善基础设施条件，让村民尽快住上好房子。

于是，一场关乎农家村村民改善居住条件、改善交通设施、产业帮扶的集结号，在2016年的春天吹响了。

◎ 永荣集团董事长吴华新（右）代表集团向农家村捐赠百万现金

走出大山的儿女

农家村深处大山，这里地处闽粤两省交界处，如果不走出大山，很难改变命运，特别是一些青年人。外面的世界虽然很精彩，但是从没走出大山的农家村青年人，第一步要往哪里走呢？

“就到永荣集团来上班吧！我们接收了！” 2016年的早春三月暖意融融，10多位贫困户子女在乡干部的陪同下终于走出大山，由专车接到永荣集团办理入职手续。

刚办好入职手续的曾令圳24岁，父母在家以种田为生：“本来今年也准备外出工作，听村里说有好的工作机会，我就在家做好准备等了一段时间。来到这里，我很开心，我会好好珍惜机会，在这里有更好的发展。”

由于贫困人员文化程度不高，技能偏低，而且走出家门的意愿不强烈，普遍有“守土”情结。为了鼓励贫困人员积极就业，永荣集团特事特办，不限制学历、不限制年龄，只要贫困户体检合格，就可以到集团上班。集团还给出了包吃包住外，工资3000元的待遇，而且试用期待遇和正式职工一致。

集团入村举办了2次招聘会，和村干部一起入户宣传。村民入职当天，集团不仅派专车接送，还为他们购买了被褥等生活必需品。除了少数由于身体、年龄等无法适应工作岗位的务工人员外，多数人已经工作一年以上，工作满一年基本实现全家脱贫的目标。

曾令钦，这个性格内向的年轻人，初中毕业后就留在家中帮助父母务农，唯一的姐姐出外打工。“他入职永荣后，不仅能自己赚钱，而且走出去学技能、学本领，长了见识，变得阳光了，胆子都变大了。” 石为信内心感到很高兴。在这些年轻人身上，看到了新一代农家村人的精神面貌正在悄然改变。

找到产业新路径

除了可以走出去的人员，农家村还有不少走不出去的老弱病残。那么，他们的脱贫之路在哪里呢?

作为集团扶贫办公室的“发动机”，产业发展与家庭创业扶贫部承担起了为农家村“造血”的重任。

黄剑参与了产业规划的全过程。他表示，产业扶贫是当前各种扶贫模式中的“优选项”，变“输血”为“造血”，是贫困户实现脱贫的根本途径。

梳理农家村的优劣势，农家村乃至全乡都有养殖阉鸡、土鸡、土鸭的习惯，由于山地面积大，生态好，非常适合散养鸡鸭。“当地土地、饲料资源丰富，散养鸡鸭几乎不需要额外成本，而且劳动强度较低，非常适合女性和老人养殖。”黄剑分析道。

产业扶贫，真正的难点和“痛点”是市场入口与产品销售。而市场资源与产品销售，恰好是企业的优势。整合散养模式，永荣集团探索建立了“鸡鸭养殖，集团包销”的扶贫方式。他们与农家村建立农副产品供应机制，签订购销合同，由集团食堂每年定向采购贫困户土鸡土鸭4000只以上。全乡38户贫困户通过家庭养殖创业，实现稳定脱贫。

“叮叮当当、叮叮当当”随着一阵铃铛声响，农家村黄牛养殖基地的一些放养的黄牛回家了。

“牛都是放养的，放到山野，要靠铃铛的声音找回牛。”石为信笑着说。这个养牛基地是用集团资助的资金兴建的。

给钱给物，不如给条致富路。当地党委、政府指导农家村，利用牧草丰富的资源优势，成立专业合作社，建设鲁西黄牛养殖基地，采用“合作社+村集体+贫困户”的养牛发展管理模式和“三三四”的收益分配机制，有效调动贫困村民的积极性，从根本上解决贫困户的脱贫致富问题。

2016年，永荣集团鼓励村集体成立平和县立春养牛专业合作社，提供10万元资金，按照统一采购牛犊、统一放养、统一防疫、统一品牌、统一销售的企业化管理模式，在农家村设立养殖基地。

“非常感谢政府和永荣集团的帮助，我们真正得到实惠。”村民曾宪金说，他在村子边上的养牛场帮养牛，除了学到先进的肉牛养殖技术外，每月还有一笔工资收入。

“买牛不愁钱、养牛没风险、产牛有奖励”，首期实验养殖获得了成功，村民的干劲被调动起来了。村企达成共识，积极培育规模化养牛作为村里未来的支柱产业。

农家村终于脱贫了

精准扶贫，效果已经初显，但是整体脱贫仍需努力。2017年11月初，永荣集团落实二期百万元扶贫资金，为农家村援建办公、便民服务、医疗、老

◎ 在自家新建成的房子前，贫困村民向永荣集团董事长吴华新（右一）表示感谢

人活动中心等基础设施。同时，集团计划加大采购数量和品种，将长乐乡发展转变成为集团绿色食品采购基地，解决销售的后顾之忧。

与此同时，“有其屋”工程建设工作也在如火如荼进行中，一些无房贫困户有了新房子，一些贫困户的危房，也开始推倒建新房。

“谢谢，非常感谢你们。”在自家新建成的房子前，66岁的贫困村民石清山激动地说。

石清山身患重病，需长期服药，儿媳妇因受不了贫困离家出走了。现在儿子外出打工，孙子留在老家让他带，能住上钢混楼房是他一辈子想都不敢想的事，没想到现在梦想成真了。

曾凡仁是贫困户，原先一家人挤在一间破旧的平房里，下雨天的时候，屋顶漏雨，要用脸盆、桶来装雨水，要不然睡觉的时候，被子也会湿漉漉的。

此次修缮了房子，让原先的破房子换了新颜，而且还免费为他家装了家用电器，解决了他的后顾之忧。

“感谢党和政府关心我，还有永荣集团关心我，现在房子变得那么好，什么都有了，灶台、电器也有了，我很高兴。”曾凡仁说出了农家村受益的上百户村民的共同心声。

2019年春天刚过不久，喜讯传来了，平和县正式退出省级扶贫开发工作重点县，全县所有农村建档立卡贫困人口、贫困村全部实现脱贫摘帽。

农家村由村里通往乡里的山路早已拓宽，村里村外变得干净整洁，平坦的硬化村道边，原先的平房已变成一栋栋新房，一片片蜜柚果园像一颗颗翡翠镶嵌在村周围，村民们洋溢着热情友善的笑脸。

“全村都脱贫了，但脱贫不脱政策，脱贫不脱帮扶。”石为信说，接下来农家村要巩固脱贫成果，让全村村民走上小康路。

（张颖、黄如飞、萧镇平）

社会扶贫的云霄模式

“剪好了，看看满意吗？”在云霄县东厦镇船场村，脱贫户方添喜在自己的理发店，细心地为每一位顾客服务。一天下来，没怎么歇过，虽然累，但他的心里高兴：“我这店生意不错，一个月能赚个2500元，生活是无忧了。”

方添喜自幼患病，右腿残疾，妻子十多年前去世，留下一个女儿，生活一度陷入困境。虽然县里挂钩帮扶的干部帮助方添喜申请了帮扶资金，但只是杯水车薪。无技能，成为方添喜就业、创业的拦路虎。如何破解这一困局？2017年，挂钩帮扶的干部为他牵线搭桥，联系上云霄县美发美容协会扶贫志愿队的方义昌，为方添喜“量身选定”理发培训项目，让方添喜掌握了一门手艺，实现由“授鱼”到“授渔”的转变。

方添喜由社会保障兜底的对象，成为自食其力脱贫的人员，正是云霄县推行“贫困户+社会扶贫队伍”这一社会扶贫云霄模式以来的成效缩影。

“社会力量是推进精准扶贫的生力军。云霄县通过打造扶贫协会、社会扶贫志愿队、民间爱心团体、商会帮扶队四支社会扶贫队伍，最大限度地动员社会力量同行脱贫路。”县委书记王金狮说。在政府当主力、民间出大力的“二元扶贫”机制推动下，云霄县如期实现脱贫摘帽。

志愿扶贫当先锋

云霄县和平乡棪树村，67岁的脱贫户吴沧海建了爱心扶贫养鸡场。“我是协会的结对帮扶对象，他们一有空就会过来看看我，不仅送了鸡苗，还帮我建了鸡场。现在，每只土鸡能卖70到100元，协会经常派人来购买，不愁卖。”提起帮助过自己的好心人，吴沧海很是感激。他口中的协会是云霄县酒类收藏协会。

吴沧海的妻子早逝，儿子身患残疾，家里的日子过得紧巴巴，曾是棪树村的重点扶贫对象。2017年，吴沧海成为云霄县酒类收藏协会结对帮扶对象。协会捐助1万余元，给他建起“爱心鸡舍”，还送来100多只鸡苗。

热心人、贫困户携手同行脱贫路。2016年，酒类收藏协会积极响应县委县政府的社会扶贫倡议，率先成立扶贫志愿队，并与东方、安吉、棪树三个村55户贫困户认“亲戚”。此后，“社会扶贫+”效应持续发酵，企业与企业家联合会、慈善总会、微益公益协会等多支社会扶贫志愿队相继成立，实现了产业、就业、家业、学业、保业“五业”帮扶全覆盖。

与云霄县酒类收藏协会扶贫志愿队同行的还有其他13支社会扶贫志愿队。

微益公益协会扶贫志愿队已有义工2000多名，这股“红色正能量”关注社会弱势群体，聚焦特困户，关怀孤寡老人，活跃在助残、助学、济贫、敬老、环保等社会公益领域。协会共开展公益活动逾40场，受助居民超过400户。

中山医院健康扶贫志愿队依托自身职业技能优势，积极开展健康扶贫义诊活动，每年义诊人数逾2500人。

美发美容化妆品行业协会扶贫志愿队长期开展下乡免费义剪、全城义剪等公益活动，服务居民达10万人。

列屿镇巴非蛤养殖协会扶贫志愿队助力泮坑村、白石村等老茶村，在列屿渔村兴起茶业扶贫、渔业扶贫。

◎ 在云霄县省级贫困乡和平乡，扶贫志愿队给挂钩帮扶的贫困户送上慰问金和生活物资（丽芬摄影）

青年电商促进会、农村淘宝、田丰供应链扶贫志愿队则玩转“电商+扶贫”，推进“一店一户一码”模式、农产品上行，开展电商技能培训，让贫困户农产品卖得远、卖得俏。

……

14支扶贫志愿队“各显奇能”，充分发挥资金、技术、市场、管理等优势，通过资源开发、产业培育、市场开拓、村企共建等形式参与扶贫开发。每支扶贫志愿队的成立，云霄县委县政府都高度重视，主要领导均到会参加成立仪式并现场授旗。14支扶贫志愿队共结对帮扶贫困对象400多户，使扶贫从政府“单打独斗”向政府、社会“协同作战”转变。

扶贫协会当“头羊”

2018年5月，云霄县扶贫开发协会成立，首批吸纳会员单位90个。协会成立后，充分发挥社会扶贫平台作用，积极鼓励并高效引导社会力量参与精准扶贫。

2018年10月16日，在县扶贫开发协会的主动对接下，厦门翔安区工商联成员一行走进白石村、石屏村，分别为当地20户建档立卡贫困户送去生活物资、生产资金，捐赠资金达10万元。与此同时，一场由县扶贫办主办，县扶贫开发协会、微益公益协会承办的扶贫慈善晚会也拉开帷幕，社会各界爱心人士齐聚一堂，汇聚爱心力量，共筑脱贫大道。

走村入户忙，晚会聚爱心。2018年全国第五个扶贫日（10月17日）期间，云霄县扶贫开发协会经过精心策划，开展“八个一”扶贫宣传活动：在沿路街边、商家门前，随处可见扶贫宣传标语；县卫计局组织医务人员走进山区乡镇，为贫困户送去“健康”；社会各界人士造访校园，为贫困学生送

◎ 云霄县返乡大学生志愿者给环卫工人送上慰问物资，并与他们一同清扫路面（洪骏、刘倩摄影）

去助学金，让贫困学生喜圆求学梦；电视、手机，滚动播出社会扶贫专题宣传片。看，14支扶贫志愿队挥旗集结，集中入户送温暖；听，扶贫日期间，全省唯一一场扶贫济困文艺晚会唱响爱心之歌。

在县扶贫开发协会带动以及“八个一”活动助力下，云霄县打响了一条宣传标语，送去了一场医疗义诊，组织了一场扶贫志愿队集体进村入户慰问活动，开展了一次公益活动，举办了一场金秋助学奖学金发放仪式，策划了一场“扶贫济困献爱心”专题晚会，开展了一场与翔安区工商联开展对口帮扶济困活动，播出了一部社会扶贫专题片……补齐了政府扶贫的“短板”，化被动“输血”为主动“造血”，人人参与、爱心助贫热情高涨，实现多方共赢的局面。

爱心扶贫添动力

在云霄贫困村的田间路头，活跃着一群“小红帽”。他们与贫困户结对子，为村里捐资造桥修路，为贫困户送去生活物资。他们是云霄首个民间志愿组织爱心协会的志愿者。

“他们帮助村里造桥修路，让乡亲们出行更便捷，为村里的枇杷销售打开了一条产业通道。”提起县爱心协会，和平乡河塘村村民不吝称赞。以往，村头渡口没有架设桥梁，遇到洪涝灾害，十分危险。得知情况后，爱心协会会长黄荣来带头捐资，带动各界爱心人士出资出力，筑新桥、修新路，解决了村民生活、生产难题。

扶贫路上架起“连心桥”，雨润慈善超市服务中心汇聚了社会爱心企业、爱心人士捐赠或购买的生活用品、服装。经归类登记后，这些爱心物资免费发放给困难群体，同时还以义卖形式出售，所得的善款专项用于特困群体的救助帮扶。

越来越多的社会爱心力量加入扶贫助学行列。外出创业乡贤周全艺在县

◎ 云霄雨润慈善公益代表前往竹塔村慰问80岁以上老人，给老人送去羽绒服（方章雄摄影）

慈善总会设立冠名基金，基金总额500万元，每年到资80万元，专项用于资助贫困学生。县云阳方氏设立助学奖学基金，募集善款320多万元，12年如一日帮助考上高中、大学的方氏贫困家庭子女完成学业。近年来，通过政府牵线搭桥，云霄县相继成立了县爱心协会、慈善公益联合会、姓氏宗亲联谊会等各类社会爱心团体，涌现出了周全艺助学基金、黄廷方奖学金等一批个人帮扶基金。越来越多的社会爱心力量汇入扶贫大军。

商会扶贫加把劲

“这些年轻人每逢节庆就会捎上粮油等生活物资来‘串门’，让我们原本冷清的家变得热闹了。”北京、厦门云霄商会，福建田丰供应链有限公司主动对接东厦镇东崎村，不定期为村里高龄老人以及生活困难的老党员送去慰问金及生活物资。提到这群远道而来、登门送温暖的年轻人，村里的老人纷纷竖起大拇指。

异地商会成员与贫困户结对子、认亲戚，是云霄县以同心“121”工程为抓手，引导商会力量参与脱贫攻坚、助力乡村振兴的缩影。

2018年7月，云霄县被漳州市确定为“同心121”工程唯一挂钩县，8个乡镇、15个村成为“同心121”工程挂钩乡镇、村。以此为契机，云霄县精心组织，通过强化项目帮扶、商会对接等多措并举，积极引导非公经济、民营企业、社会团体、各地商会等组织参与扶贫开发工作。福州、厦门等5个云霄异地商会对接挂钩贫困村，并成功签约挂钩合作项目，带动了一批外出能人踊跃参与扶贫事业。

“商会力量”还在爱心助学、社会救助、产业帮扶等领域持续发力，为云霄县脱贫攻坚注入新血液、新动力。企业与企业家联合会充分发挥协会独特优势，吸纳有劳动能力的贫困家庭成员到企业务工，并对贫困学子加强创业指导，增强帮扶家庭的造血功能；依托“慈善一日捐”等活动，异地云霄商会、本土爱心企业家、社会爱心人士纷纷慷慨解囊，奉献爱心。

在社会扶贫云霄模式的引领下，各界爱心团体、爱心人士、爱心企业家、异地商会、志愿者等社会爱心力量纷纷行动，帮助贫困户在脱贫路上渐行渐好，奔向小康。

（黄如飞、王一雄）

连家船民书写上岸幸福

福安市下白石镇下岐村是闽东最大的连家船民村。初夏时节，走进依山傍海而建的下岐村，只见房屋鳞次栉比、错落有致，村容干净整洁、雅观宜人；傍晚时分，华灯初上，村中渔民广场开始热闹起来，大人们围坐闲聊，孩子们玩耍嬉戏，一派安乐祥和的景象。780多户连家船民正书写着上岸的幸福。

悠悠流年，沧海桑田。很难想象，在20多年前，这些连家船民“上无片瓦、下无寸土”，常年在江河湖海以打鱼为生，一家人挤在长七八米、宽不足两米的连家船上，过着居无定所、漂泊不定的生活。“一条破船挂破网，祖孙三代共一船，捕来鱼虾换糠菜，上漏下漏度时光。”这就是连家船民曾经的真实写照。

如今，在各级各部门的努力下，闽东连家船民实现了“岸上有房，作业有船”的梦想。按照“分期分批、全面搬迁”的原则，宁德市先后实施了两轮连家船民上岸定居工程，共完成福安、蕉城、福鼎、霞浦和古田等5个县（市、区）2.4万连家船民上岸定居工作，并通过发展滩涂养殖、捕捞、运输、建筑等产业有了稳定可靠的收入。

“忆往昔，居住小木舟，满江漂泊；想今朝，岸上建新房，倍感党恩。”从海上漂泊到岸上生活，连家船民演绎了一段“搬上来、住下来、富起来”的生动发展史。

船民幸福小区话幸福

在福安市甘棠镇外塘村船民幸福小区，4幢6层楼高、规格统一的建筑在田滩边异常显眼，小区里绿树成荫、鸟语花香，不时有小朋友在大人的看护下欢乐玩耍。

“感谢党的好政策、政府的贴心帮扶，让我们能够搬进环境优美、交通便捷的现代化小区。”在船民幸福小区一号楼，53岁的连家船民郑顺如开心地说，“我的儿子是在船上出生的，早年要出海打鱼，只能用绳子将孩子绑在船上，并垫上泡沫，防止掉入海里。”回想早年吃住都在船上的生活，郑顺如感慨万千。

◎ 福安甘棠镇外塘村船民幸福小区

福安是宁德连家船民聚集最多的县级市之一，1996—2000年，福安市先后建设连家船民新村或安置点21个，新居1335幢，安置船民1583户7419人。

从连家船到岸上住，郑顺如等船民经历了两次搬迁。第一次的搬迁点选在湾坞镇的一处滩涂。由于早年规划设计不周，每到天文大潮时节，安置点的房子都会被海水倒灌，给船民生产生活带来不便，加上生活习惯的不同，部分已上岸定居的船民又再次返回渔船或者渔排上居住。

为彻底实现连家船民上岸定居，改善船民生产生活条件，2011年，宁德市出台《关于实施“船民安居工程”的意见》，掀起了新一轮的船民上岸安居热潮。

2012年9月，甘棠船民幸福小区在距镇区只有几百米的外塘村动工建设，总投资2600万元，于2014年完工。在安置67户连家船民的同时，还可照顾到其他造福搬迁对象。

“搬进来前，每套房都已通水通电，还装修了卫生间、粉刷了墙壁等，我们只需按自己意愿铺设地板、装修厨房后，便可直接搬入家具入住。”郑顺如表示，每户还享受中央和省财政3万元补助，省脱贫办每人还给3000元，福安市财政每户再给1万元。

郑顺如的儿子郑坛宝现已成家，分配在该小区四号楼，两套房子直线距离不到一百米，祖孙三代其乐融融，幸福洋溢在脸上。“到了镇里，不用再担心台风和涨潮了。这里公共配套设施完善，中小学就在边上，不远处还有电机电器工贸园区和船舶拆解基地，孩子上学、老人看病、大人上班都方便，又不用交房租。”儿媳对未来生活充满憧憬。

从靠天吃饭到多元发展

“父辈们早年吃住都在船上，没有储蓄的习惯，可以说是吃了上顿没下顿。”谈起早年靠天吃饭的海上漂泊生活，57岁的溪尾镇溪邳村村民刘德仁

◎ 连家船民采收海产

感触颇深。

刘德仁是地地道道的连家船民，16岁就辍学帮衬家里，当时船民全部以讨小海为生，基本靠天和靠运气吃饭，遇上台风饿上几顿也是家常便饭。

“临海而居，靠海吃海。在村里，大家都没有丢掉老本行，不过，讨小海已经过时，经略海洋才是发展之路。”下白石镇下岐村党支部书记郑月娥说。上岸后，有了家，就有了安稳的落脚点，船民们也开始着手长远计划，从“讨海为生”向“牧海耕田”转变。

为了帮助船民实现“岸上富”，福安市政府专门制定22条优惠政策，引导船民大力发展养殖业、海上捕捞业、海上运输业、商贸旅游业等，推动船民脱贫致富。

在下岐村北斗都海域，现代化网箱养殖有序分布。郑月娥组织村民发展2000多亩“名、特、优”新品种鱼类网箱养殖，鼓励村民发展远海捕捞，并对接市场监管、税务等部门，为上岸村民经营海产批发、销售等提供优惠政策，联系邀请福安市相关部门的专家到养殖区现场指导养殖技术。现在村里已经形成了以滩涂鱼养殖、大黄鱼网箱养殖、海鲜批发、水产销售为主的渔业特色产业链。

在科技助力、规模养殖、经济互助等一系列举措推动下，溪邳村养殖业同样发展迅猛。溪邳村已发展藻贝类养殖3000多亩，渔排1500多亩。“我除了养殖传统海蛎、龙须菜等，还养生蚝，一年养殖纯收入十几万元，这是以前怎么都想不到的。”刘德仁高兴地说。

下岐村村民江成财则进行了几轮“创业”，成为远近闻名的致富能手。上岸初期，他瞄准海蛏养殖，带领30多名村民承包了100多亩滩涂，每亩年产值可达两万多元，村民年收入达到七八万元；之后，他又带领20多名村民转行从事建筑业，这些村民年收入都达到10多万元。郑顺如还联合了几户村民共同成立了远洋捕捞队，开渔时出海捕捞，休渔时留在小区边上的船舶拆解基地打工……

水产养殖、海洋捕捞产业等做大做强后，商贸业随之繁荣。村里还将原有的船寮、连家船等保留下来，发展观光旅游业，吸引人气，带动村民致富。下岐村村民刘秀梅在下白石镇区开设了“渔家小鲜”餐馆，6个包厢时常爆满。

2018年，下岐村产值达1.4亿元，村民人均纯收入超过2万元；溪邳村村民人均年收入19875元，村集体收入超过120万元……连家船民转型蔚然成风，演绎着幸福生活图景。

现代渔村筑梦新时代

连家船民不仅上了岸、有了房、富起来，生活也得到保障。下岐、溪邳、甘江等村更是率先实现了“住有所居、学有所教、病有所医、劳有所业”的发展目标。

上岸后，从无到有，从一到多，下岐村培育了220名大学生，成为未来

◎ 福安甘江美丽乡村

发展的宝贵财富。下岐村党支部副书记陈凌是返乡大学生，现在负责下岐村民富中心相关业务。“我们集合了阿里巴巴农村淘宝、京东和人社系统村级便民服务项目，为村民提供行政代办、村淘服务，村民不出村就可以上网缴费、购物和销售产品。”陈凌表示，村民不时来民富中心茶叙，一些发展方向也在闲聊中得以挖掘。

在溪邳村养老幸福院，81岁的陈顺梅老人在后勤工作人员的帮助下愉快地吃着晚饭。由于村集体殷实，这里的老人都由村里兜底，实现了老有所养。溪邳村还出资支付全村37至59周岁3759个村民社会养老保险费用，2500多人的医疗保险和村小学学生寄宿费与生活费，考上本一、本二的本村大学生还可获得2000至3000元的奖励。

海还是那片海，但连家船民现在的生活，却早已改变了。从激流险滩和狂风恶浪中穿行过来的连家船民们，正以激流勇进的魄力，演绎着新时代的生活变迁。

新时代，下岐村又有了新目标。下岐村正努力打造闽东沿海船民上岸第一村，争取成为脱贫攻坚、乡村振兴和基层党建的示范标杆。

“在我们闽东，山区有‘下乡的味道’，渔村有‘上岸的幸福’，我们一定以党建为引领，记住味道，珍惜幸福，确保在实现全面小康的道路上不掉队。”溪邳村党支部书记江宽全激情澎湃地总结道。

（范陈春、张文奎、吴庆堂）

贫困户变“股东”

建宁县均口镇隆下村，在一座没有围墙的农家院子前，67岁的宁淑英老人正在打扫卫生。

2012年，对于宁阿婆来说，是痛心的一年。因为在这一年，宁阿婆的爱人、儿子、女儿因为患癌相继离世，原本幸福的六口之家，如今就只有儿媳、十岁的孙女和她一起生活。

“一年三个亲人离我而去，到现在我都还没有办法接受……”说起伤心事，宁阿婆饱含泪水，“年前，多亏了政府送来的3435元分红金。”

像宁淑英这样的贫困户,是扶贫攻坚战中必须啃下的“硬骨头”。

建宁，是革命老区，属于经济欠发达地区，是23个省级扶贫开发工作重点县之一。在精准扶贫、精准脱贫的实践中，建宁县瞄准贫困点，因地因人制宜，灵活地运用国家各类扶贫政策，推广量化折股试点。

农机合作社有力量

叶华忠是里心镇代家村的贫困计生户。这些年，他和妻子都在家务农。家里虽然有200棵果树，5亩耕地，但由于自己体力不足，果园经济效益不高，耕地也缺少管理。一年忙到头，果园、耕地基本处于半荒废状态，挣不

◎ 在建宁县里心镇精准农机专业合作社内，工人们忙着烘干种子

了几个钱，更别说存钱。

像叶华忠这样既缺少技术，又缺乏劳动力的家庭，如何才能脱贫？

2015年底，上级下拨里心镇100万元扶贫专项资金。

100万元对于个人来说，是个大数字，但分摊到镇里的贫困人口身上，每人仅有1100元。

直接把扶贫资金发到贫困户手上，贫困户钱花完了，但生活还是没有改变，贫困帽子依然紧紧地压在头上。

如何才能让以往的“一次性”扶贫方式变成“细水长流”？

镇里经过充分考查论证，在征得143户贫困户认可后，结合当地实际情况，在上级指导下，把100万元扶贫资金和部分村自筹的35万元，加上他们的耕地折价作为股金，入股里心镇精准农机专业合作社，入股合同期限为10年，每年合作社按期上缴27万元固定利润用于出资村、贫困户分红，把60%收益用于帮扶贫困户，其余40%部分用于贫困村发展。

把这么大笔资金投到合作社，能产生效益吗？

“这不用担心！”里心精准农机专业合作社理事长汪小良说，镇里制种面积常年稳定在5万亩，水稻生产全程机械化的市场前景很好，每年7—9月，仅谷物烘干这一项，收益可达40多万元。除此之外，合作社还有工厂化育秧、机插、机防、机收等方面的收益。

好处还远不止这些，扶贫资金入股后，合作社还送给贫困户两个“大礼包”：合作社优先与有种植意向的贫困户签订种子收购合同，每亩保底产值在2500元以上，保证种植有效益零风险；合作社为贫困户提供秧苗、机插、机防、烘干、存放等服务时给予适当优惠，并允许赊欠。

扶贫资金量化折股，对于贫困户叶华忠来说，是一个惊喜。

“以前，想都不敢想，像我这样的贫困户，还能当上什么股东。”叶华忠说，这些年他和妻子在家务农，经济效益不好，收入微薄，自从加入合作社后，他具备了多重身份，既是合作社的股东，又是合作社的员工。他经营着6亩杂交水稻制种、200棵果树，这就有2万元收入，加上合作社打零工的8000多元工资，以及合作社的分红，总收入达到3万元，顺利实现了脱贫。

食用菌合作社很温暖

扶贫的关键在于找准切入点，在于让贫困户增收。

隆下村现有13户贫困户、共36人。这些贫困户都是因病（因残）致贫。几年前，上级下拨隆下村的扶贫专项基金共100万元。

如何让这笔资金产生最大的经济效益？

村里结合当地实际情况，在上级指导下，把其中的50万元投到本村的兴农食用菌专业合作社入股，把另外的50万元，投到邻村黄岭村的汇奇食用菌专业合作社入股。

大笔资金投进去，得有效益才行。两家合作社主要生产黑木耳、切片香菇等，效益一直比较稳定。村干部和贫困户都看在眼里，把钱投给他们比较放心，再加上纪委定期对扶贫资金的专项监督也给村民吃了“定心丸”。

在兴农合作社理事长邱小华办公室墙上，记者看到一张特别醒目的表——隆下村扶贫资金量化折股贫困户分红一览表。在这张表上，清楚地显示了隆下村量化折股分红的全面情况：股金收益分红（38.8%作为村集体入股资金，61.2%作为贫困人口13户36人入股资金（每股每人17000元），合作社发放股权证及分红证，年终按股分红。预计每年可实现分红收入7.83万元，其中贫困户分红4.79万元，村集体分红3.04万元，贫困户人均可分红1333元。

村集体分红收入用于发展村里的公共事业，提高村民生活水平。贫困户脱贫后，由村民代表大会和贫困户代表评议，由村集体收回扶贫资金的利润分成，在贫困户中进行二次分配，确保贫困户总数逐步减少、收入逐步增

◎ 建宁县溪口镇枫元村量化折股分红会

◎ 建宁县均口镇隆下村贫困户高兴地领到量化折股分红金

加，最终达到全部脱贫的目标。

有的贫困户种植了食用菌，又在合作社打零工，一年纯收入打底都有1万元。

建宁县均口镇隆下村的周友来就是这样一户贫困户，家里4口人，妻子残疾、母亲年迈、孩子上学，一切开销全靠他一人撑着。没资金、没技术、没路子，怎么办？

在镇、村干部的帮助下，周友来成了兴农食用菌合作社的一员。“现在我也是一名技术工，挣钱底气也更足啦！”周友来高兴地说，“2017年，我家种植食用菌10004袋，目前已经卖了一万多元。”

“国家的政策太好啦！不仅仅是送致富项目，更重要的是给我家送了政策‘礼包’。”说起眼下的幸福事，周友来便掰着手指头高兴地算了起来：精准扶贫贴息贷款2万元；种莲补贴，每亩150元；村里实施量化折股分红，按照人口及股份数量、占股及分红比例，2016年他一家4口人共领分红款5220元，2017年分红4580元。

旧水电站有新活力

在建宁县黄埠乡，贫困学生上学可获资助，贫困村每年能有固定收入。这样的好事是怎么做到的？

黄埠乡是三明市国家级扶贫开发重点乡之一，全乡有4个贫困村（陈余村、贤河村、友兰村、罗源村）、5个空壳村（大余村、封头村、山下村、罗源村、贤河村），其中贤河村、罗源村既是贫困村又是空壳村。

这么多贫困（空壳）村，如何脱贫？

这些年来，在精准扶贫、精准脱贫的实践中，建宁县黄埠乡一直在寻找如何让村集体收入增收的“法宝”。

经过努力，黄埠乡创新扶贫工作机制，转变精准扶贫方式，积极探索资产资源入股扶贫方法。村集体收入要增收，还得从实际出发。首先，要盘活乡属资产资源。目前乡里的桃路际电站容量较小，能否进行技改扩容增效？

经测算，电站改造完成后，总机容量可从原来的500千瓦增加到640千瓦，年发电量从原来的226万千瓦时增加到310万千瓦时，年毛利润从原来的49.7万元增加到93万元，可实现年纯收益83万元，年增效益43.3万元。

乡里将中央用于7个贫困村、空壳村的财政扶贫基金100万元以及教育扶贫基金50万元以入股的形式，投入到桃路际电站技改扩容项目之中，乡政府每年从电站纯收益中提取30%按不同比例分红给贫困村、空壳村，每个村每年可分得3万至4万元红利。此外，各村所分的红利中40%用于改善村级基础设施、民生事业方面，60%用于扶持贫困户发展生产等方面。这么多的扶贫资金入股，如何确保资金安全？针对量化折股项目，县纪委跟踪，乡纪委时时跟进，通过住村走访等工作，核实每笔资金的“下落”。

2017年底，黄埠乡的7个村获得量化折股分红，其中大余、封头、陈余、友兰、山下等村各获得分红1.5万元，贤河、罗元两个村各获得分红2

万元。“多亏了量化折股分红的2万元，村里的水渠才能及时修建。”贤河村党支部书记谢文贵指着修建好的水渠说，“2016年连续暴雨天气，将村里陂下小组的水渠冲毁。贤河村是空壳村，又是贫困村，村里没钱，没有办法修建。现在好啦，我们村也有固定收入了，每年2万元。”说这话时，谢文贵乐得合不拢嘴。

好处还远不止这些，乡政府还设立教育扶贫基金，制定扶贫助学方案，每年从电站纯收益中提取10万元，优先资助乡里贫困家庭学生完成学业，帮助他们成长成才。

2018年春节前，黄埠乡友兰村贫困学生周礼金收到了一份特殊的礼物：乡里的扶贫开发基金为他发放了1000元的助学金。“感谢好心人对我家的帮助！”周礼金的爷爷周仁寿感动地说。

在黄埠乡，像周礼金一样收到特殊礼物的贫困学生共有79名，共发放助学金6.64万元。

◎ 建宁县黄埠乡桃路际水电站技改扩容后新面貌

“扶贫资金量化折股”试点已扩展到建宁县均口镇、里心镇、溪口镇、黄埠乡，通过量化折股，实现了新型经营主体和贫困村、贫困户的三方共赢。

建宁县量化折股精准扶贫典型经验被评为“2017精准扶贫十佳典型经验”。

量化折股，让精准扶贫更加精准，更加有效。县里采用量化折股扶贫工作方法，全县整合各类资金1300万元，先将其投入当地发展前景较好的专业合作社或龙头企业，再以优先股的形式量化给贫困户和贫困村，最后贫困户和贫困村按照固定利润分红，实行滚动管理。这种做法自2016年推行以来，全县已累计投入扶贫资金6070余万元，辐射带动贫困（空壳）村51个，贫困村集体收入平均增收3万元以上，带动贫困人口3000余人，贫困户人均增收1000元以上。

2019年6月，建宁县顺利退出省级扶贫开发工作重点县，贫困发生率从2013年7.74%降为零，农民人均可支配收入达到17073元，增幅达到10.4%，比全省高出0.6个百分点，其中贫困户人均可支配收入达14000元以上，51个贫困（空壳）村村级收入平均达到30.66万元，实现省级扶贫开发工作重点县、3个市级扶贫开发工作重点乡、51个建档立卡贫困（空壳）村和全县建档立卡贫困人口全部脱贫摘帽。

（陈晓星）

点亮贫困母亲的希望

黄晓霞是福建省宁德市蕉城区计生协会项目部部长，为幸福工程奔波了21年。蕉城区下辖14个乡镇、2个街道，大大小小300多个村子，通往各村的每条山路，黄晓霞都走过。

幸福工程雪中送炭

黄晓霞第一次见到傅巧斌是在2003年。那时，蕉城区计生协会正在组织各个乡镇对贫困母亲的情况进行摸底。赤溪镇计生协会有关工作人员在各村走访时，听说了傅巧斌家的情况，将她作为帮扶对象的备选人报到蕉城区计生协会。黄晓霞走了几个小时的山路，顶着烈日爬过了两座山头，终于在山谷的草地间见到了正在放牛的傅巧斌。

傅巧斌是赤溪镇由知村的一名普通农妇，家里靠着一亩三分田和两头水牛勉强糊口，大女儿考上大学本应是值得高兴的事，但是随之而来的花销却让傅巧斌“愁白了头”。

黄晓霞问傅巧斌有没有想过赚钱的法子，傅巧斌的想法很简单：多养几头牛。要养几头牛？成本多少？销路怎么样？……黄晓霞一个个问题细细地问下来，帮傅巧斌捋清了养牛的思路。随后，傅巧斌被列入了幸福工程受助

◎ 傅巧斌养牛带动一方致富

母亲的名单，镇计生协会给傅巧斌送来了5000元的帮扶款。靠着这笔钱，傅巧斌起早贪黑忙养牛，成了镇上的“水牛状元”。

2016年，傅巧斌又获得了3万元的幸福工程发展资金，乘着赤溪镇乡村旅游的春风，开起了“鹅庄”农家乐，一道招牌菜“火烧鹅”引来不少回头客，生意越来越红火。

“现在，我两个女儿都大学毕业了。大女儿在广东当老师，小女儿是镇上的公务员。”傅巧斌觉得自己的日子越过越有盼头。

蕉城区虎贝镇七淀村二女计生母亲黄妹香是小额贴息贷款帮扶项目的受益者。1998年从海拔800米的桥头村搬迁到七淀移民安置村定居后，黄妹香夫妇起早贪黑地干活，种地、代销香菇料、加工竹木等，只要能挣钱都尝试做。

◎ 黄妹香（左二）带领计生贫困母亲发展食用菌生产

2012年，黄妹香申请到1万元幸福工程款，镇计生协会还帮她贷到了3万元小额贴息贷款。当年黄妹香夫妇种下了6000筒香菇并喜获丰收，扣除成本净赚1万多元。2014年，他们种植香菇的纯收入达6万多元，不仅还清了所有债务，还修缮了房屋。

2016年，黄妹香注册成立沃丰野食用菌农民专业合作社，并依托合作社与贫困母亲签订“入股享分红”协议及购销合同，带领12位计生贫困母亲共奔幸福路。

阮巧花是合作社的幸福工程贫困母亲之一，2018年她靠着合作社的帮助和自己的努力，终于摘下了贫困的帽子。阮巧花说：“我是2017年以入股的形式加入这个合作社，在这边干活和年底分红一年差不多能有3万元收入。2018年开始，我在老板的鼓励下单干了一点，菇棚和菌棒都是老板供应的。”

受助母亲反哺贫困户

在距离赤溪镇不远的洋中镇，阮美银是出了名的能人。“一个人管三个服装厂，能着咧！”说起阮美银，附近的村民都竖起了大拇指。

2005年，因家庭原因放弃了福州的工作选择返乡的阮美银，一下子没了收入，眼看着积蓄一点点变少，阮美银急在心里。踌躇了几个月，她萌生了在镇上开办服装加工厂的念头，“当时设备、厂房、资金都没有着落，心里没底。”四处筹集资金的阮美银，恰巧碰上了镇计生协会的入户调查。阮美银向计生协会工作人员吐露了心事：自己在服装企业工作了近十年，现在想自己创业，开办服装厂。冲着阮美银的决心，镇计生协会向区计生协会申请，经黄晓霞考察，为她争取到了3万元的幸福工程资助款。随后，还帮她租用了一处粮库旧址作为厂房。就这样，阮美银的美翔服装厂成立了。

阮美银是三个服装厂唯一的管理者，厂里大大小小的事情都需要她操持。有时候她觉得自己忙不过来，想关停一两家厂子，但随即就打消了这个念头，“因为3个服装厂80多个女工都指望着这份生计养家糊口，再辛苦也要撑下去！”阮美银口中的女工中有不少是贫困母亲，如今已经成为“老板”的她，14年前也是一位贫困母亲。

美翔服装厂由一个厂变成三个厂，由10台缝纫机变成84台缝纫机，阮美银早已摘掉了“贫困母亲”的帽子。这时，镇计生协会又找到阮美银，问她厂子里愿不愿意接纳一些贫困母亲，阮美银一口应承下来：“我觉得这是我‘反哺’幸福工程的好机会。”

2018年，美翔服装厂共吸纳了14位贫困母亲，阮美银变得更加忙碌。“除了忙经营，还要手把手地教她们怎么使用缝纫机，怎么区分布料等。”阮美银说，自己最希望这些贫困母亲能够有一技之长。

富起来的傅巧斌没有私心，而把自己多年牧养耕牛的经验、技术和销售

◎ 阮美银（右）正在指导贫困母亲进行产品加工

渠道无私地和其他计生户分享。在她的带动下，耕牛牧养在赤溪镇形成一个相当稳定的产业，年出售耕牛50余头，产值40余万元。她通过“农业园+计生贫困母亲”模式，连续4年带动70多位计生母亲发展特色果蔬种植和黄牛养殖。赤溪镇多个山区村创建高山花生、茶叶、甘蔗等创业基地12个，吸纳计生家庭150多户、务工人群500多人，受助户年均增收4万元。

黄妹香自告奋勇当上了幸福工程致富带头人，12位计生贫困母亲将2016年申请到的15万元幸福工程款作为股金投入合作社。3年多来，合作社累计吸纳了50万元幸福工程款，并捆绑60万元计生小额贴息贷款，吸纳70多名七淀村村民在家门口实现就业脱贫，其中计生户占了2/3。

扶志鼓劲促脱贫

扶贫先扶志，人勤百业兴。福建省计生协会的工作者深谙扶贫不能靠“等”和“要”，只有去除思想上的“穷病”，才能实现真正意义上的脱贫，因此在成立伊始，幸福工程就确定了“扶志”的救助模式：小额资助，直接到人，滚动运作，劳动脱贫。

这套模式黄晓霞实践了近20年，刻在心里，成了她工作的本能。在项目资金发放前一个月走访帮扶对象，摸底是否有产业，判断产业发展的前景；资金使用过程中做一次回访，了解帮扶对象的生产现状，以及是否遇到困难；项目资金到期前一个月发出还款通知……渐渐地，黄晓霞手上有了厚厚的“账本”，记录着蕉城区每个镇、每个村、每户帮扶对象的脱贫产业发展情况。

无论是傅巧斌的“鹅庄”农家乐，还是阮美银的美翔服装厂，抑或是散落在福建各地的计生母亲的创业项目，福建省幸福工程始终鼓励计生母亲通过发展自己的产业或事业来追求“更加幸福的生活”。

“我们希望幸福工程款能够实实在在帮助到那些有意愿脱贫、愿意劳动

◎ 黄晓霞正在查阅幸福工程档案

脱贫的计生贫困母亲，把钱花在‘刀刃’上。”让黄晓霞感到欣慰的是，在她管理蕉城区幸福工程款的近二十年间，没有出现过一笔坏账，这意味着，所有受到帮扶的计生母亲都实现了产业的可持续发展。

用脚步丈量土地，正是自上而下细致的工作给蕉城区计生协会幸福工程带来了耀眼的成绩单：蕉城区自1998年实施幸福工程21年来，累计筹集资金580.15万元，滚动投入3243万元，帮扶计生母亲3109人（户），惠及301个建制村12120人。

幸福工程已经在蕉城走过了22年，矢志不渝地为3000多计生贫困母亲带去了希望的“火种”，帮助她们摆脱贫困，走向致富。

受到计生协会帮扶致富后的幸福母亲，带动其他贫困母亲脱贫，成为奋斗在乡村扶贫扶志工作一线的榜样人物。她们的实践正在将福建省幸福工程的帮扶模式由单一型向多样型发展，由分散型向规模型发展，“公司（企业）+”“专业合作社（基地）+”“致富能人+”……未来还有更多的“X+”为计生贫困母亲走向幸福插上翅膀。

（李加进）

扶贫·扶志·扶智

他，并不是天生没有双手。

六岁那年，一次意外，被变压器的高压电击中后，他失去了右臂、左臂的大部分以及一只耳朵，从此变成了一位无臂少年。

为了生存，他学会了用双脚吃饭、洗漱、穿衣等，并逐渐用脚趾夹笔学写字、翻书和锻炼身体等。他能骑自行车，会打乒乓球，样样自强。

因为家境并不富裕，他在学习上比常人更加刻苦，顺利地考上了大学本科。2012年上大二，这年，一件事深刻地改变了他——

“至今，我仍清楚地记得，站在福建省首届‘海西励志先锋’的颁奖现场，省领导为我颁发了奖状，还同我亲切交谈，鼓励我继续努力。这是我人生之中第一次获得省级奖项，得到这么高级别的表彰，我永远不会忘记。”他的眼睛闪闪发光，像极了夜空中的星星。

他叫范凌。

主题教育，榜样引领

2012年，由省委教育工委等14部门联合举办的首届“励志校园·感动海西”学生资助公益宣传活动历时5个月，经过各地、各校逐级推荐，通过网络

◎ “海西励志先锋”范凌

投票、初评、专家评选和组委会评审，评出了“海西励志先锋”10人。

当时还在福建农林大学作物科学学院农村区域发展专业就读的范凌因为自立自强、励志向上的精神，令人感动，当选为“海西励志先锋”。

“因为荣誉，我不断反思、鞭策自己，如何让自己做得更好。也是从那时起，我开始关注资助工作。从模模糊糊的认识，到参评国家励志奖学金，到参与学校资助政策的宣传工作，我的存在价值就是为了告诉身处逆境还在迷茫中的同学们，国家资助有这么好的政策，为你解决后顾之忧，你所做的就是打消顾虑，除了奋斗，还是奋斗。”范凌说。

2016年范凌研究生毕业之后，考上了福建农林大学金山学院辅导员岗位，从事学生资助工作，“处于这个窗口位置，我觉得能够改变一些学生的心态和想法，资助已经超越了物质的意义”。

首届“海西励志先锋”中，还涌现了身残志坚的厦门理工学院罗耀桥、创新创业的福建师范大学应向阳、服务他人的福建工程学院黎花等一批优秀学生，为家庭经济困难学生树立了榜样。2015年、2018年，福建省又相继举办了第二届、第三届“励志校园·感动福建”优秀学生典型宣传活动。

“三行”活动，爱心接力

2017年起，省教育厅联合多部门，每年在全省高校组织开展资助育人“三行活动”，即“资助政策乡村行”“家校关怀万里行”和“金融知识校园行”。“资助政策乡村行”和“家校关怀万里行”活动是由全省各高校组织教师及学生志愿者，深入田间地头，走访农村经济困难家庭，宣传国家资助政策，开展助学帮扶活动。

作为高校资助工作者，范凌和学校其他师生也积极投身于“三行”活动。2017年7月8日至13日，范凌和学校其他师生组成家访小组，远赴龙岩市新罗区、上杭县、永定区开展“家校关怀万里行”精准家访活动，走访慰问

◎ 范凌（右一）走访农村家庭，宣传国家资助政策

了10名经济特别困难学生家庭，就学生家庭经济状况、办理生源地助学贷款、办理建档立卡、假期勤工助学、学业和扶贫政策落实情况等与学生和家长进行交流，详细讲解国家资助政策和就业政策并送去慰问金。

为期六天的走访，家访老师换乘各种交通工具，一共跨越了一个县两个区十个乡镇，共计1227.2公里的路程，步行超过63330步。作为正常人都觉得有些吃力，范凌硬是扛下来了。

“家访小组所到之处，家长们都非常感动，有流泪的，也有情不自禁拥抱我的。”范凌说，“我告诉他们，无论处境多么艰难，都要心怀感恩，努力向上。贫穷不是自己决定的，但是未来由自己决定。”

家访小组的行动，只是福建省高校资助育人“三行”活动的缩影。“三行”活动已连续开展3年，累计派出1500余支小分队9000多名学生志愿者，走访45000余户农村家庭。他们将国家资助政策送进田间地头，在经济上帮助贫困学生，在生活上鼓励贫困学生，帮助贫困学生树立自立自强自信的意识，引导贫困学生从他助到助人中实现自我价值，实现资助育人的双重功效。

协作联动，立德树人

扶贫，更要扶志、扶智。一个“范凌”成长起来了，如何让更多家庭经济困难学生成长起来，让青春焕发光彩？

“资助工作绝不能仅仅停留在经济保障上，还要进一步发挥好资助育人的重要责任，让每一个资助项目和每一个资助环节都融入育人要素。”福建省教育厅副厅长李迅清醒地认识到，“促进家庭经济困难学生成长成才，不只是资助部门的事情，各级各类学校要强化资助育人理念，构建资助育人‘三全’体系，努力形成全员参与、各部门配合、各教育教学环节统筹协调的资助育人机制；要在做好经济保障的基础上，对家庭经济困难学生的身心发展、道德品质培养、学业、就业等方面给予更多关怀和帮助，促进他们全面成长，使他们共同享有人生出彩的机会，共同享有梦想成真的机会，共同享有同祖国和时代一起成长和进步的机会。”

在福建师范大学，学生资助工作通过搭建平台，助力学生成长，保障了家庭经济困难学生上学无忧、在学无忧、发展无忧。不仅对资助对象进行精准资助，还授人以渔，开展能力和精神资助。

福建师范大学学工部副部长张兆文说，福建师范大学校党委加强顶层设计，提出“发展性资助”理念，通过项目引导和平台锻炼，让学生思想上进、学习上游、能力上升。项目和平台是“发展性资助”的两个着力点。学校设立了近十项“发展性资助”项目引导学生发展，资金近300万元。发展性平台则是通过搭建感恩教育、公益服务、就业能力提升等平台，使受助学生得到锻炼，让感恩、责任和能力提升不断成为福建师范大学学生独有的气质。

在福建工程学院，2019年3月学校成立大学生关爱联动中心以来，不断探索家庭经济困难学生扶贫、扶志、扶智的方法路径。福建工程学院学工部部长赵健介绍，关爱联动中心为家庭经济困难学生设立了志愿服务岗、行政助理岗、文明自律岗、学习标兵岗等1500余个细分的勤工助学岗位，还成立受助学子义工服务队，定期进社区开展义务维修家电、急救知识宣讲等志愿服务活动。

赵健说，关爱联动中心还努力探索“培养一人，就业一人，解困一户，造福社会”的良性教育扶贫路子。2019年5月以来，学校积极动员家庭经济困难学生参加“青年红色筑梦之旅”活动，共组织了28支“红旅”创业团队，参与师生1000余名，团队成员中家庭经济困难学生占比30%。该校2015级广告学专业金同学来自残疾家庭，在学校帮扶后，已经创立自有品牌“小精灵”，将福鼎特产推向全国30个省（市）和地区。项目参加首届红色筑梦之旅省赛获得省创业基金支持和“最具创业潜力奖”的荣誉称号。

（林密）

撑起健康保护伞

因病致贫、因病返贫，一直是脱贫工作中的硬骨头，是摆在国定、省定建档立卡贫困人口面前的一大难题。如何借助医保扶贫助力脱贫攻坚？泉州市通过先诊疗后付费、出台医保扶贫补充补助政策等举措，切实减轻农村贫困人口医疗负担，使大病患者得到及时有效的救治，为他们撑起一把健康保护伞，助力农村贫困人口如期脱贫，稳定脱贫。

先诊疗后付费，减轻贫困人口负担

“你相信吗？我去泉州的大医院住院治疗癌症，有一次只花了9块钱。”安溪县龙涓乡陈维福讲起了自己2018年的住院经历。

陈维福一家5口人，属于省定建档立卡农村贫困户。2018年年初，42岁的陈维福不幸被查出结肠癌。

对连过日子都显捉襟见肘的陈维福来说，去大医院看病，那是想都不敢想的事。

“多亏了医保扶贫好政策，不然我这种情况只能放弃治疗。”陈维福在泉州市中医院3次住院治疗。

第一次在2018年6月，医疗费用52000元，按照各项医保扶贫政策叠加报

◎ 定点医院设立窗口解决群众医保问题

销之后，他个人仅负担390元。

第二次和第三次在2018年7月，医疗费用都是9000元，他个人自付部分仅有9元。

更让他没想到的是，住院还不需要押金，只要拿医保卡在医院一刷，各项费用都能即时报销。

“以前，贫困人口住院，要自己垫付医疗费用，然后按规定比例报销。垫付医疗费用，对困难居民来说是一个不小的负担。”泉州市医保局副局长肖惠中介绍，从2017年11月开始，泉州将贫困人口信息输入全市统一的医保信息系统平台，困难居民入院治疗，只要一刷医保卡，系统就能自动识别，对此类人群先诊疗后付费，而且各项费用即时报销，个人只需要在出院时结清自付部分即可。

多重医疗保障，困难居民看得起病

从2015年开始，泉州对办理重症尿毒症透析特殊病种的参保人员，给予每周2次免费血液透析治疗或每月108袋（2000毫升/袋）腹膜透析液的免费治疗，费用由医保基金全额支付。数据显示，2018年上半年，泉州市尿毒症患者受益14.27万人次，受益金额达9502.36万元。

家住泉州市南安洪濑镇的王燕清就是受益人之一。王燕清一家四口，属于国定的建档立卡贫困户，同时她也是一位尿毒症患者。

王燕清说，以前这种病在农村没几个人能看得起，重症尿毒症患者一周要透析两次，一年费用要十几万元。

2018年，王燕清共透析治疗33次，花费医疗费用51667.61元，城乡居民基本医保报销38477.92元，叠加其他的医保扶贫政策，个人只要负担420.93元。

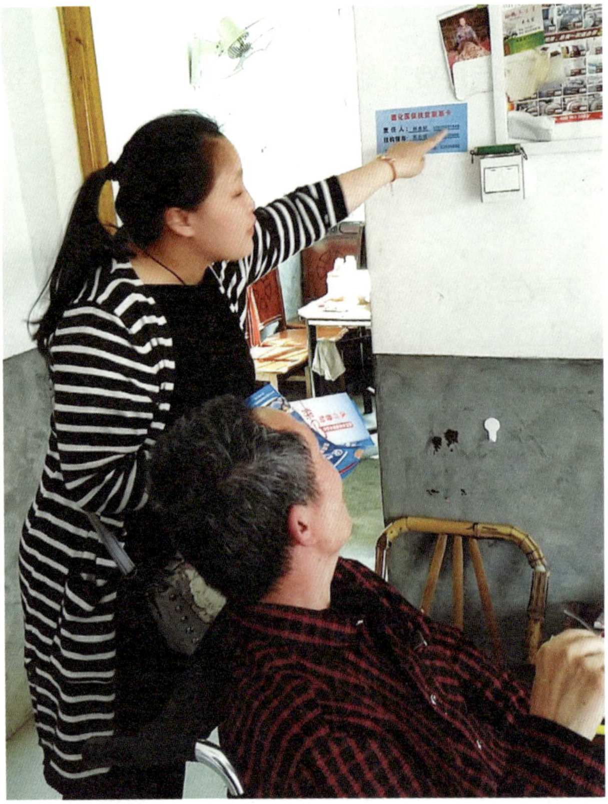

◎ 医保基金管理干部入户发放联系卡

2017年，福建省人民政府办公厅印发《福建省精准扶贫医疗叠加保险方案》，要求各地为建档立卡农村贫困人口构建基本医疗保险、大病保险、医疗救助、精准扶贫医疗叠加保险等四重医疗保障体系，缓解因病致贫、因病返贫问题。

王燕清享受的医疗扶贫保障还多了一重，泉州市在四重医疗保障基础上，再加一层保险，在全省率先实施医保扶贫补充补助政策，进一步完善对贫困人口的医疗保障体系。

“这一项补助，每年医保基金要多支出五六百万元。”肖惠中介绍说，这项政策自2018年7月1日开始执行，保障对象为国定、省定标准农村贫困人口，政策红利惠及泉州市5.3万名贫困人口。叠加此项医保扶贫政策以后，泉州贫困人口普通病的医疗费用实际报销比例能达到90%以上。

在永春县医院神经内科病房，医生正对脑卒中患者戴阿婆进行诊疗。戴阿婆是省定建档立卡贫困户，2019年10月，她被确诊患有脑卒中，按照单病种县级收费标准，治疗费用12600元，原本她需要自付3000多元的费用。

“没想到最后我只需要支付20多元。”戴阿婆说。原来，省定建档立卡贫困户可以通过医疗救助和医保精准扶贫进一步报销，所以最后仅需自付23.7元。

2017年7月起，泉州对贫困人口患有食管癌、胃癌、结肠癌、直肠癌、终末期肾病等13种大病患者进行集中救治，实际医疗费用报销比例达99%以上，个人负担部分不到总费用的1%。2019年8月，又将脑卒中、肺癌等疾病新增列入补助范围，专项救治病种达到31种。

除了帮扶贫困户之外，泉州市医保局还推进大病医保二次补偿，惠及所有参保居民，安溪的陈女士就是受益者之一。2017年，她被查出患有直肠恶性肿瘤，光手术费就花了9万多元。接下来的两年间，她每月还需支付近千元的药费。根据系统记录，2017年度她的累计医疗费用超16万元，因此，在享受医保报销的基础上，医保部门还对其发放了1.7万多元的二次补偿。

好政策广告知，打消贫困人口顾虑

2018年8月25日凌晨1时许，泉州市安溪县医疗基金管理中心的王城彬被一阵手机铃声吵醒。“我去医院真的不用花很多钱吗？”打来电话的是西坪镇一位患喉管癌的困难居民。

“您属于医疗扶贫保障对象，而且也在13种大病范围内，不管花多少钱，报销比例都能在99%以上……”耐心解答完咨询者的疑问已是深夜两点钟。

“半夜接电话已经习惯了。”王城彬说，在安溪全县像他一样的医保基金管理干部总共28位，按市里统一要求，大家都做了联系卡，送达到全县两万五千余名困难居民手中，随时解答各种政策疑问。

◎ 医保扶贫联系卡

“好的政策如果大家不知情，效果会打折扣。”肖惠中说，农村贫困人口大多学历不高，年龄偏大，要上门入户反复宣传解答才能打消他们的就医顾虑，不延误病情。

从2018年7月开始，泉州每一位贫困人口新入院，医保系统会给出提示，出院时会收到一份《医保扶贫红利告知单》，上面会详细列出总的医疗费用，以及各项医保扶贫补助政策报销的金额。

陈维福保存着这张告知单，在他看来，这就是一颗定心丸——四五百元的自付部分相对于7万元的治疗费用，基本可以忽略，有了这些医保扶贫政策，他才能安心治疗。

（阮锡桂、王帅、王宗平）

图书在版编目（CIP）数据

滴水穿石：脱贫攻坚福建故事 / 《滴水穿石：脱贫攻坚福建故事》编写组编著. —福州：福建科学技术出版社，2020.12

ISBN 978-7-5335-6336-3

Ⅰ. ①滴… Ⅱ. ①滴… Ⅲ. ①纪实文学 - 中国 - 当代 Ⅳ. ①I25

中国版本图书馆CIP数据核字（2020）第271146号

书　　名　**滴水穿石——脱贫攻坚福建故事**
编　　著　《滴水穿石——脱贫攻坚福建故事》编写组
出版发行　福建科学技术出版社
社　　址　福州市东水路76号（邮编350001）
网　　址　www.fjstp.com
经　　销　福建新华发行（集团）有限责任公司
印　　刷　福建新华联合印务集团有限公司
开　　本　720毫米×1020毫米　1/16
印　　张　22
图　　文　352码
版　　次　2020年12月第1版
印　　次　2020年12月第1次印刷
书　　号　ISBN 978-7-5335-6336-3
定　　价　69.00元